Das Bildnis der Domina

von

Edyta Zaborowska

Die Autorin

Edyta Zaborowska wurde 1970 in einem kleinen Dorf in Südostpolen geboren. Ihre Kindheit, Jugend und Erziehung waren geprägt vom Niedergang des Sozialismus und von strenger katholischer Lehre. Nach dem Abitur folgte ein Studium der Musik und Kunst in Breslau. Im Alter von zweiundzwanzig Jahren siedelte sie ohne Kenntnis der deutschen Sprache und gegen den Willen ihrer Familie nach Deutschland aus. Später folgten verschiedene Anstellungen, unter anderem im kaufmännischen Management, sowie musikalische Engagements im In- und Ausland. *Das Bildnis der Domina* ist ihr sechstes Werk. Weitere Informationen unter: http://edytaswelt.jimdo.com/

Ebenfalls von der Autorin erschienen:

Flieg mit mir, mein Schwarzer Schwan
Der Tanz des Schwarzen Schwans
Die Wahrheit hinter der Maske
Sklave, bis der Tod uns scheidet
Entdeckung der Dominanz

Information der Deutschen Nationalbibliothek:
Die Deutsche Nationalbibliothek verzeichnet diese Publikation in der Deutschen Nationalbibliografie; detaillierte bibliografische Daten sind im Internet über dnb.d-nb.de abrufbar.

© 2017 Edyta Zaborowska
Umschlagsgestaltung:
Umschlag und Foto: EdytasWelt
Korrektur: Latexbaum
Herstellung und Verlag: BoD – Books on Demand, Norderstedt
Hergestellt in Deutschland
ISBN 978-3-7431-7626-3

1.

Dr. Thomas Abbott hatte das Gefühl für die Zeit längst verloren.

Welcher Tag war heute? War es noch Dezember oder war bereits der Januar angebrochen, überlegte er angestrengt. Hatte er das Weihnachtsfest überhaupt noch zu Hause gefeiert? Wenn ja, mit wem?

Wäre sein Urlaub eigentlich nicht schon längst vorbei? Und hätte er nicht schon vor Tagen wieder an der Uni sein müssen?

Universität … Arbeit …

Der Alltag seines bürgerlichen Lebens schien hier in diesem dunklen Raum genauso weit von ihm entfernt zu sein wie eine warme Mahlzeit.

Die kleine Flamme der Kerze reichte kaum aus, um die schmale Mauernische gegenüber von ihm zu erhellen. Sie war nicht mehr als ein winziger Fixpunkt in dieser undurchdringlichen Düsternis. Er seufzte, denn er wusste im Moment nicht einmal, ob es Tag oder Nacht war.

Mühsam versuchte er sich zur Seite zu drehen. Ein metallenes Gerassel erfüllte den Raum und hallte von der Deckenwölbung zurück. Er neigte den Kopf ein wenig und stieß mit dem Kinn gegen die schwere Eisenkette, die an seinem Halseisen angebracht war und deren anderes Ende sich irgendwo in der Dunkelheit verlor. Der Fußboden unter seinem nackten Hintern war hart, ein Steinfußboden, erkannte er, als er mit den Händen darüber tastete, um den Trinkkelch mit Wasser zu erreichen.

An diesem fremden Ort war es dunkel, trocken, die Luft lauwarm – und er war nackt.

Wenn jedoch jemand Dr. Thomas Abbott gefragt hätte, ob er in dieser Situation unglücklich oder ängstlich wäre, dann hätte er mit einen entschiedenen „Nein" geantwortet. Hier, in der Geborgenheit seiner Gefangenschaft, fühlte er sich glücklich, denn er war sich sicher, dass die Herrin ihn schon bald besuchen würde.

In einem Zustand des wohligen Versinkens in dieser tiefdunklen Isolation hörte er nach einer endlosen Zeit energische, langsam lauter werdende Schritte. Sein Herz raste vor Aufregung, denn er kannte *ihren* markanten Gang nur zu gut, wusste exakt, welchen Klang die hohen Absätze der Lederstiefel auf dem steinernen Boden verursachten. Die Stiefel, die ihn schon so oft getreten hatten …

Knirschend drehte sich ein Schlüssel im alten Türschloss. Dann erscholl erneut das Stakkato der Absätze. Offensichtlich näherte sie sich ihm. Kurz darauf war ein Ratschen zu hören. Für eine Sekunde war eine Hälfte ihres Gesichts im Flackerlicht eines sich entzündenden Streichholzes zu erkennen.

Er wusste, was er jetzt zu tun hatte: Das geforderte Verhalten war ihm so oft eintrainiert worden, dass es in einen Automatismus übergegangen war. Er presste das Gesicht auf den Boden und hielt die Augen geschlossen.

Die Herrin würde ihre kostbare Aufmerksamkeit jetzt für ein paar Minuten an ihn verschwenden. Eventuell – wenn er ganz viel Glück hatte – würde er das Objekt ihrer sadistischen Lust werden. Vielleicht würde er ihr mit seinem Schmerz den Hauch eines zufriedenen Lächelns auf die Lippen zaubern dürfen, oder noch besser: Sie würde sich daran ergötzen, ihn zu quälen. Bestenfalls würde sie sich so sehr an ihm erregen, dass sie mehr begehrte! Er malte sich in Gedanken aus, wie sie danach in eines der vielen Gemächer in den oberen Stockwerken eilen würde, um sich einem ihrer Liebessklaven hinzugeben. Hitze stieg bei diesen Fantasien in ihm auf, denn eine solche Stellung hatte er noch lange nicht erreicht. Ganz unten stand er noch in der Gunst der Herrin.

Als sie ihm erlaubte, die Lider zu öffnen, sah er sie deutlich vor sich. Sie hatte um ihn herum brennende Kerzen aufgestellt, die alles in ein diffuses Licht tauchten. Eine Reitgerte in den Händen haltend, saß sie auf dem Stuhl vor ihm.
Schweigend betrachtete sie ihn.
Die Herrin war jetzt ganz nah, aber doch auch unerreichbar; vor allem aber ließ ihre Kleidung keinen Zweifel an ihren Absichten aufkommen: knielanger Lederrock, enge Lederjacke, schwarze Handschuhe, hohe schwarze Stiefel, Nylons …

Sein Herz schlug noch schneller. Er wusste, dass er nur dann einen Ton sagen durfte, wenn sie ihm die Erlaubnis erteilte.
„Komm näher! Versuche, die Herrin zu erreichen!", lockte sie ihn nach einer Weile unter hochmütigem Grinsen und wies ihn mit dem Zeigefinger an, sich ihr zu nähern.
Mit verzweifeltem, wehmütigem Blick sah er die Herrin an, als er mit aller Kraft versuchte, das Unmögliche zu schaffen. Ihr Lächeln! Es ergötzte sie, zu beobachten, wie er sich vergeblich für sie abmühte, wie er darum rang, auch nur einen Zentimeter näher an ihre Stiefelspitze zu gelangen.
Mit angeregter Neugierde verfolgte sie seine vergeblichen Bemühungen, sich trotz der Ketten nach vorne zu winden.
„Schwächling! Strenge dich für die Herrin an! Und wenn es deine Haut bis aufs Fleisch abschürft. Ich will, dass sich die Fesseln in deine Haut schneiden, bis es blutet! Hast du verstanden, Sklave?", lachte sie, und nach einer kurzen Weile des Beobachtens fügte sie flüsternd hinzu: „Es amüsiert mich, dass es schmerzhaft für dich ist!"
Darauf schlug sie die Beine übereinander, ließ den Fuß wippen und schüttelte verständnislos den Kopf.

„Die Fesseln sind zu kurz und zu fest, um mich zu erreichen. Aber dennoch windest du dich wie ein dummer, anhänglicher Straßenköter unablässig voran!"

Seine Hand- und Fußgelenke brannten wie Feuer, das Halseisen schien sich immer enger zu ziehen, um ihm auch die letzte Atemluft zu rauben. Nein, nicht aufgeben! Nur noch ein paar Zentimeter, dann hatte er ihren Stiefel erreicht, durfte dann vielleicht einmal am Leder riechen oder die Sohle küssen. Bitte, flehte er innerlich; er musste es schaffen!

„Du willst meinen Stiefel spüren?", fragte die Herrin und erhob sich gelangweilt aus dem Stuhl. „Ich werde dir meinen Stiefel geben!", beantwortete sie ihre Frage selbst und trat ihn so heftig in die Seite, dass er das Gleichgewicht verlor und auf den Rücken rollte.

Er stöhne laut, halb aus Schmerz, halb aus aufkommender Lust.

„Das war mein Stiefel, nach dem du so strebtest!", hörte er ihre jetzt ungewöhnlich sanfte Stimme und spürte darauf einen stechenden Schmerz an der Brust, als sie den Fuß darauf stellte. Gnadenlos bohrte sich die Spitze ihres Absatzes immer tiefer in das Fleisch zwischen seinen Rippen.

„Sieh an, mein Sklave hat ja vor lauter Schmerzen eine steife Rute bekommen! Hmm, gefällt dir das, was ich mache, kleiner Stiefellecker?", fragte sie spöttisch, wartete sein heftiges Nicken ab und hockte sich neben ihn.

„Frierst du, Sklave?"

„Ja, Herrin, ich friere. Der Boden ist so kühl", stammelte er.

„Die Herrin hat dir was zum Anziehen mitgebracht, damit dir nicht mehr ganz so kalt ist", sagte sie in einem liebevollen, mütterlichen Ton und holte einen dunklen Stoffbeutel hervor.

„Na, was meinst du, was ich hier für dich habe?", weckte sie seine Neugier und zog nach der Frage ein kleines Bündel Wäsche aus dem Beutel hervor.

„Bist du nicht auch der Meinung, dass dieses wundervolle Ensemble aus Damenslip und BH die passende Bekleidung für dich wäre? Was meinst du, wie schön es sich anfühlt, wenn sich Seide, Satin oder Spitze um dein kleines Sklavenschwänzchen und um die Hoden schmiegen?"

Dr. Abbott ächzte, als er sah, wie sie einen unschuldig weißen, mit zarten Spitzen besetzten Seidenschlüpfer auf seinen Unterleib legte und damit zärtlich seine Hoden massierte.

„So zärtlich würde sich Damenwäsche auf deiner Haut anfühlen."

Ihre Stimme war gefühlvoll, fast schon herzlich.

So weit war die Herrin noch nie gegangen. Tränen schossen ihm in die Augen. Er hätte nun alles für diese Frau getan, wäre für sie sogar gestorben, wenn sie es verlangt hätte.

Sein Glück kannte keine Grenzen. Die Zeit der Entbehrungen, die Dunkelheit, Hunger und Durst – all das hatte sich für diesen winzigen Moment ihrer Zuneigung tausendfach ausgezahlt. Seine Hoden zogen sich unter der Berührung der Seide zusammen. Von dort begann ein Kribbeln, das mehr und mehr seinen Unterleib erfasste und eine Gänsehaut über seinen ganzen Körper schickte.

„Ooooh, verehrte Herrin ... bitte ... oh ... das ... ", waren die unüberlegt gejapsten Worte, die eine Übertretung der ihm als Sklave auferlegten Grenzen bedeuteten und deren Konsequenzen er schon den Augenblick danach zu ahnen begann.

„Wusste ich es doch! Ihr Männer seid so durchschaubar! Ihr kennt nur eine Sprache, und das ist die des Schmerzes!", rief die Herrin, als sie ihre Hand von ihm wegzog und daraufhin ein leises Klicken zu hören war. Nun erkannte er etwas in ihrer Hand, das ihn im ersten Moment an einen Elektrorasierer erinnerte. Plötzlich baute sich ein kleiner, bläulicher Lichtbogen darauf auf.

„Erwecke nie den Schwarzen Schwan in mir!", zischte sie und drückte den Elektroschocker gegen seinem Unterleib.

Dem Lichtblitz folgte ein kurzer, extremer Schock. Sein Körper krümmte sich wie ein gespannter Bogen. Für eine Sekunde schien er wie gelähmt, und dann begann er spastisch zu zucken und es setzte eine unkontrollierte Atmung ein.

Das Letzte, was er – noch halb paralysiert – sah, war ihr wundervoller Hintern, um den sich der enge Lederrock spannte. Dann löschte sie die Kerzen und schloss die Tür hinter sich ab.

Als sich die Dunkelheit wieder um ihn legte, war es, als würde er in einem Berg von tiefschwarzer Watte versinken. Langsam verhallte das Stakkato ihrer Absätze auf dem Flur:

Tack, tack, tack, tack ....

***

„Tack, tack, tack, tack ...", prasselte der Regen immer stärker auf das Dachfenster des Schlafzimmers von Dr. Thomas Abbott, als dieser aus seinem nächtlichen Traum erwachte.

Er riss die Augen auf und blickte in die Dunkelheit. Die roten Leuchtdioden des Radioweckers zeigten drei Uhr morgens an. Schlaftrunken tastete er nach dem Schalter der Nachttischlampe.

„Es war nur ein Traum!", wisperte er und spürte sein steifes Glied, das sich am weichen Stoff des Slips rieb. Es war so hart, dass es schon schmerzte und ihn an die Erektionen seiner Pubertät erinnerte. Er schaltete die Nachttischlampe an und schob die Bettdecke von sich weg, strich mit dem Zeigefinger über die Spitzendessous, die er trug und unter denen sich seine Hoden und der steife Penis abzeichneten.

Dem Drang zu onanieren widerstand er nur schwer, holte stattdessen seinen Laptop ans Bett und schaltete ihn ein. Langsam fuhr das System hoch, bis schließlich das Hintergrundbild zu sehen war: eine weibliche Comicfigur in einem erotischen, schwarzen Einteiler. „The Black Widow", war in schnörkeliger Schrift darunter zu lesen.

Er öffnete eine Suchmaschine und tippte zwei Wörter in das Suchfeld ein: Schwarzer Schwan.

Neben einer Reihe von Seiten aus der Tierwelt fand er Webseiten zu dem gleichnamigen Hollywoodfilm mit Nathalie Portman und auch Informationen zu einem erotischen Roman mit dem Titel *Flieg mit mir, mein Schwarzer Schwan!* Er wollte gerade den Link dorthin anklicken, als ihm ein anderes Suchergebnis auffiel.

„… Erwecke niemals den Schwarzen Schwan in mir! … Dungeon of the German Baronesse Hanna … Kerker der besonderen Art auf Black Swan Manor … eingebettet in malerische Landschaft … Cornwall … erotisch, exotisch, exklusiv … Lack, Leder, Latex, Seide … ausschließlich handschriftliche Bewerbungen für belastbare Sklaven sind unter …"

Was er nach dem Anklicken dieser Webseite las, verschlug ihm förmlich die Sprache und raubte ihm für die restliche Nacht den Schlaf.

***

Gleich am folgenden Tag besuchte Dr. Thomas Abbott in seiner Mittagspause die Schreibwarenabteilung der Universitätsbuchhandlung und wählte aus dem dortigen Angebot ein seiner Meinung nach besonders geschmackvolles Briefpapier aus. Darauf wollte er am kommenden Wochenende ein aussagekräftiges Bewerbungsschreiben an die Baronesse verfassen. Bei dieser Lady schien alles ganz anders abzulaufen, als es bei herkömmlichen Dominas der Fall war. Man hatte sich schriftlich zu bewerben, würde dann ein Vorstellungsgespräch durchlaufen und dürfte eventuell für eine gewisse Zeit – und gegen einen hohen Tribut – in ihren Kerker einziehen. Bei diesen Überlegungen fiel ihm ein, dass er noch den erforderlichen Urlaub bei seinem Arbeitgeber einzureichen hatte. Er nahm sich vor, dies gleich nach der Mittagspause nachzuholen.

In diesem Moment tippte ihm jemand auf die Schulter. Nervös drehte er sich um.

„Abbott! Mein größter Konkurrent!", lachte ihm jemand ins Gesicht.

Doktor Dean Fleming, Leiter der Abteilung Studium und Lehre, grinste ihn breit an.

„Na, Abbott! Ich habe gehört, Sie wollen sich auch bewerben? Und das wollen Sie tatsächlich damit machen?", fragte er feixend und zeigte mit dem Finger auf die in Verkaufsfolie eingeschweißte Packung mit Briefpapier, die er für die Bewerbung ausgesucht hatte und nun mit feuchten Fingern umklammert hielt.

Er öffnete den Mund, hob und senkte den Kiefer, brachte aber keine Antwort heraus. Woher wusste dieser Fleming von der Bewerbung, war sein erster Gedanke, der ihm durch den Kopf schoss.

„Dann werden wir wohl Rivalen?", fuhr Fleming in einem weitaus sachlicheren Ton fort.

Abbott, immer noch verwirrt angesichts dieses Zusammentreffens, brachte kein Wort heraus. Stattdessen hüpfte sein Adamsapfel auf und ab, so als wolle er das Gehörte herunterschlucken.

Dann legte sein Gegenüber ihm die Hand auf die rechte Schulter.

„Hat es Ihnen die Sprache verschlagen? Ich werde das Rennen machen, weil ich besser bin als Sie!", sagte der glatzköpfige Mann und kam dann ganz dicht an ihn heran. „Abbott! Sie haben keine Chance gegen mich! Ich werde die ausgeschriebene Professorenstelle besetzten und nicht Sie!", zischte er und verließ das Geschäft.

Abbott schloss die Augen und atmete tief durch. Innerlich fiel ihm ein Stein in der Größe eines Findlings vom Herzen. Natürlich wusste jeder, dass er sich hier in der Universität um die Stelle eines ordentlichen Professors bewerben wollte und sich dabei durchaus gute Chancen ausrechnete. Aussichtsreichster Kandidat für diese Stelle war allerdings dieser kleine, selbstverliebte Dr. Fleming, der neben fundiertem Fachwissen vor allem eine gehörige Portion Durchsetzungsvermögen mitbrachte, wovon Abbott nicht gerade viel besaß.

„Macht vier Pfund fuffzig", hörte er den gelangweilten Ton der jungen Verkäuferin, vermutlich eine Studentin, die sich hier etwas Geld für ihr Studium verdiente.

„Wie viel?", fragte er und bemerkte jetzt seine verschwitzen Finger, die auf der Umschlagfolie der Verpackung einen feuchten Abdruck hinterließen.

„Vier Pfund fuffzig", wiederholte das junge, Kaugummi kauende Fräulein und verdrehte die Augen. Mit einer Kopfbewegung warf sie ihren Zopf nach hinten und hielt ihm die ausgestreckte Hand hin.

***

Eine gute Woche nachdem er seine Bewerbung an die Baronesse abgeschickt hatte, klingelte eines Abends sein Telefon. Die Frau am anderen Ende der Leitung stellte sich als Madame Aimée vor und sprach mit einem französischen Akzent, der einen gewissen Charme hatte, in dem jedoch auch ein sehr strenger Unterton mitschwang. Seine Bewerbung hätte das Interesse der Baronesse geweckt, sagte sie und erklärte ihm danach die Bedingungen für das zu führende Bewerbungsgespräch. Nach ihren Worten plante die Baronesse eine Art Hotel für Sklaven, wobei die Kunden in einem Kerker im Keller ihres Anwesens untergebracht und dort den sadistischen Neigungen der Mistresses und Dominas der Baronesse ausgeliefert wären. Der Kerker wäre bereits fast vollständig mit den entsprechenden Geräten eingerichtet. Jedoch sollte vor der offiziellen Eröffnung ein Probedurchlauf mit drei passenden männlichen Probanden stattfinden, und er könnte mit ein wenig Glück einer dieser drei werden.

***

Ganz wie es ihm von Madame Aimée telefonisch erklärt worden war, saß er zwei Wochen später an einem Tisch eines exklusiven Restaurants, das nicht weit von der Residenz der Baronesse entfernt lag. Über dreißig Minuten nach der vereinbarten Zeit – er fürchtete schon, dass die Baronesse ihn versetzen würde – hörte er ein dumpfes Röhren draußen auf dem Parkplatz. Er warf einen Blick durch das Fenster, konnte aber in der Dunkelheit nichts erkennen.

Einige Zeit darauf betrat eine elegante Dame das Restaurant, bei der es sich nur um die Baronesse handeln konnte. Entgegen seinen Gewohnheiten hatte er in den Tagen des Wartens die Regenbogenpresse studiert und dabei mehrere Reportagen über die berühmte Skandalbaronesse Hanna gelesen. Immer wieder gaben ihre exzentrische Art und ihr bizarres Leben Anlass zu reißerischen Artikeln, die er inzwischen gierig verschlang. Und nun war da dieses gewagte Vorhaben mit dem Kerker in ihrer Residenz in Cornwall. „Black Swan Manor" war der Name des feudalen Herrensitzes aus dem 19. Jahrhundert, benannt nach einem auf dem Anwesen gelegenen See, der seit vielen Generationen dafür bekannt war, dass dort immer wieder die in England nicht beheimateten Schwarzen Schwäne gesichtet wurden. Bis heute konnte man sich das seltsame Naturphänomen nicht erklären.

Die Baronesse blieb im Eingangsbereich des Restaurants stehen und warf ihm einen begutachtenden Blick zu. Genüsslich zog sie dabei an einer Zigarette. Die hoheitliche Ausstrahlung dieser Frau fesselte ihn vom ersten Moment an. Aufgeregt griff er nach dem Erstbesten, was seine Hände auf dem

Tisch fanden: Das war der Strauß roter Rosen, den er für sie gekauft hatte.

Ein gut gekleideter Herr kam zu ihr geeilt, offenbar der Restaurantbesitzer. Der Mann machte einen Diener und gab ihr einen Handkuss. Dann rief er über die Schulter seinen Angestellten etwas zu.

Umgehend eilte ein Mitarbeiter herbei und nahm ihr den Pelzmantel ab. Ihr dunkles, fast durchsichtiges Etuikleid aus Spitze, der Perlenschmuck und die schwarzen Opernhandschuhe waren atemberaubend. An der rechten Hand baumelte eine schwarze Lackhandtasche.

Im Restaurant wurde es stiller. An den anderen Tischen schien man miteinander zu tuscheln, verstohlene Blicke wurden der Dame zugeworfen. Sie aber blieb stehen und rauchte ihre Zigarette unbeirrt weiter, wobei sie immer wieder zu ihm herübersah. Sie schien die Aufmerksamkeit, die sie hier erregte, zu genießen.

Sie drückte die Zigarette in dem von einem der Angestellten bereitgehaltenen Aschenbecher aus und kam, begleitet von dem Klacken ihrer hohen Absätze, zielstrebig auf ihn zu.

Eilig stand er auf. Die Begegnung mit dieser Dame schnürte ihm schon jetzt förmlich die Kehle zu. Aufgeregt hielt er ihr die als Aufmerksamkeit mitgebrachten Rosen entgegen.

Mit einem knappen Lächeln und dem kurzen Satz: „Nicht alle Männer bringen einer Frau Rosen" legte sie den Strauß auf den Tisch, ließ sich den Stuhl von einem Kellner heranschieben und nahm Platz. Erst jetzt erkannte er, dass die Lady die ganze Zeit etwas in der Hand gehalten hatte, das sie jetzt beim Hinsetzen neben sich auf dem Tisch ablegte: eine kurze, schwarze Reitgerte!

Sie wies den sichtlich nervösen Kellner an, ihr einen guten trockenen Weißwein zu bringen. Als der Mann gegangen war und sie wieder alleine waren, forderte sie Abbott auf, sich zu setzen.

Eine Zeitlang wurde er aus kühlen, grünen Augen schweigend gemustert. Die Baronesse war genauso attraktiv, wie er sie von den Fotos aus den Illustrierten kannte. Das makellose Gesicht strahlte trotz der Schönheit eine außerordentliche Autorität aus. Sie verstand es, ihre aristokratischen Auftritte in Szene zu setzen. Sie holte das Bewerbungsschreiben hervor und ergriff das Wort:

„Thomas Abbott! Doktor der Anglistik und Philosophie, wissenschaftlicher Mitarbeiter an der Universität, Sprachen: Englisch, Französisch, Deutsch, Spanisch, zweiunddreißig Jahre alt, ledig, keine Kinder, schwarze Haare, dunkelbraune Augen, eins dreiundsiebzig groß, vierundsechzig Kilo, schlank. Die äußeren Angaben in deiner Bewerbung scheinen zu stimmen, wenn ich dich so anschaue! Du bist nicht gerade das, was man als maskulin bezeichnen würde!"

Er lächelte verlegen und wollte gerade etwas erwidern, als sie ihm zuvorkam:

„Du bist wirklich Brite? Du siehst nicht unbedingt wie einer aus!"

„Mei...meine Mutter stammt aus Martinique, einer kleinen Insel in der Karibik. Mein Vater ist Engländer. Ist das ein Problem für Sie?", erkundigte er sich vorsichtig.

„Nein, ganz und gar nicht. Wir haben übrigens nicht einen Schreibfehler in deiner Bewerbung gefunden. Mein Kompliment! Aber auch wenn sie sehr ausführlich war, möchte ich etwas aus deinem Mund von dir erfahren. Erzähl mir über dich!", forderte sie ihn auf.

Diese Worte ließen an seinen Händen ein erneutes Zittern aufkommen, das irgendwie auch seine Stimme erfasste.

„I...ich ... fü...fühle mich geehrt, ... dass ...", stotterte er, rückte sich dabei aufgeregt den Schlips zurecht.

„Du scheinst nicht der beste Redner zu sein, Thomas Abbott!", schnitt sie ihm erneut das Wort ab. Ich habe aus den Bewerbungen die vielversprechendsten ausgewählt und möchte mich jetzt ein wenig mit dir unterhalten. Du solltest dich also am Riemen reißen, wenn du tatsächlich meine strenge Schule im Kerker durchlaufen möchtest! Ich stelle Ansprüche an meine Sklaven, in jeglicher Hinsicht. Ich werde dir also ein paar Fragen stellen hinsichtlich deiner Sauberkeit, kulturellen Bildung, Finanzen, Gesundheit, Intellekt, Sexualleben, Potenz, Demut und vor allem deiner Schmerzempfindlichkeit!"

Als sie die letzten Wörter aussprach, umspielte ein Lächeln ihre Lippen.

Nach seinem gestammelten „Natürlich!" hellte sich ihr Gesicht auf und sie sagte:

„Vorher wird aber bestellt! Ich habe Hunger!"

Eine kurze Geste ihrer Hand ließ einen der Kellner zu ihnen an den Tisch eilen. Geschwind nahm er die Bestellungen auf.

Während der Wartezeit und des Essens hatte er zahlreiche Fragen zu beantworten, wobei ihm das Gespräch mehr wie ein polizeiliches Verhör als wie ein Bewerbungsgespräch vorkam. Die gesamte Zeit führte sie sprachgewandt die Konversation und schien sich für alles zu interessieren. Obwohl im Restaurant strenges Rauchverbot herrschte – am Eingang hatte er eine deutliche Warntafel gesehen –, steckte sie sich am Tisch eine Zigarette an. Damit nicht genug: Nur ein paar Sekunden später war ein Kellner zur Stelle und stellte ihr sogar einen Aschenbecher hin.

Während er weiterhin darum bemüht war, ihre Fragen befriedigend zu beantworten, zog ihn die Erscheinung dieser Frau immer mehr in den Bann. Die lederne Reitgerte auf dem Tisch, die glamouröse Hochsteckfrisur à la Audrey Hepburn in „Frühstück bei Tiffany", die schwarze Zigarettenspitze, durch die sie den blauen Dunst inhalierte ... all das bewies, was für eine außergewöhnliche Lady die Baronesse war.

„Du hast Urlaub genommen?"

„Ja, meinen gesamten Jahresurlaub, ... Baronesse", antwortete er und dachte kurz daran, dass er es noch rechtzeitig geschafft hatte, nicht nur seinen Urlaubsantrag, sondern auch seine Bewerbung um die Professorenstelle bei der Universität einzureichen.

Sie schob ihm eine dünne Ledermappe mit darin befindlichen Papieren über den Tisch.

„Ich bin in dreißig Minuten zurück. Bis dahin liest du dir das ganz genau durch! Wenn du mit den Bedingungen einverstanden bist, unterschreibst du und bist für die kommenden vier Wochen daran gebunden. Wenn nicht, bezahlst du, lässt die Mappe auf dem Tisch liegen und verschwindest!"

Mit diesen Worten stand sie auf und verließ den Raum, gefolgt von seinen und den Blicken aller anderen Restaurantbesucher.

Eine halbe Minute später hörte er wieder das laute Röhren auf dem Parkplatz. Offenbar besaß die Mistress einen Sportwagen und war damit weggefahren.

Inbrünstig hoffte er, dass sie zurückkehren möge.

Wie in Trance überflog er die Papiere, bei denen es sich um einen Sklavenvertrag zur Unterbringung in ihrem Kerker handelte. Sein lange gehegter Wunsch schien jetzt Wirklichkeit werden zu können. Für einige Wochen durfte er ein folgsamer Sklave, ein misshandelter Gefangener und demütiger Bewunderer der Mistress und ihrer Ladys sein. Während er in seiner Aufregung bemüht war, den Vertragsinhalt zu verstehen, wanderten seine Gedanken immer wieder zu dem, was ihn wohl erwarten würde: Sessions, Fetischspiele, Folterkammer, peinliche Verhöre, Einkerkerung, Demütigungen, sadistische Frauen, lustvoller Schmerz.

Vielleicht sogar auch die Transformation zu einer Sissy?

Kurz blickte er auf die schwarze Reitgerte, die noch immer an ihrem Platz lag, strich einmal behutsam mit dem Finger über die Spitze des Zuchtinstruments. Wer mag sie schon zu spüren bekommen haben, fragte er sich.

Mit zittriger Hand unterschrieb er den Vertrag, übertrug der Baronesse damit alle Nutzungsrechte an seiner Person. Ab jetzt hatte er sich in ihre Hände begeben, dachte er und voller Stolz konnte er sich nun als ihr menschliches Versuchsobjekt bezeichnen. Er war ab sofort einer von drei ausgewählten Probekunden für ihren neuen Kerker. An ihm würde sie alles ausprobieren: die Geräte der Folterkammer, ihre bizarren Ideen und auch die Tauglichkeit der Gefängniszellen. An ihm würde sie testen können, wie weit sie in ihrer Grausamkeit gehen konnte, ehe in einigen Monaten die ersten normalen Kunden kommen würden. Eine stattliche Summe würde es ihn kosten, aber was zählte Geld bei der Erfüllung des wohl größten Traums, den ein Mann wie er sich nur vorstellen konnte.

Er bestellte einen doppelten Cognac, den er in einem Zug austrank und wartete dann geduldig auf seine neue Herrin.

Eine gute Stunde später – es war ihm wie eine halbe Ewigkeit vorgekommen – kehrte die Baronesse zurück. Als sie diesmal das Lokal betrat, verzichtete sie darauf, ihren Pelzmantel abzulegen und kam direkt zum Tisch. Ohne eine weitere Begrüßung und ohne ihn anzusehen setzte sie sich und blätterte die Papiere in der Ledermappe durch. Die Aufmerksamkeit der benachbarten Tische war jetzt wieder ganz auf sie gerichtet. Im Raum war erneut nur noch ein leises Murmeln zu vernehmen.

„Du hast deine Kreditkarten und genügend Bargeld bei dir?"

„Ja, einen Teil habe ich hier und ein Teil ist noch im Au…"

Ein lautes Klatschen auf den Tisch ließ seine Antwort sofort verstummen.

Die Baronesse hatte nach der Ledergerte gegriffen und diese mit aller Wucht auf die Tischplatte geschlagen. Auf einmal verstummte auch das letzte Gemurmel im Raum. Sämtliche Anwesenden schienen zu ihnen zu gaffen. Einige griffen nach ihrem Smartphone, offenbar um die bizarre Szene zu filmen oder zu fotografieren.

Erschrocken blickte er seine neue Gebieterin an, die die Reitgerte wieder an ihren Platz auf dem Tisch zurücklegte. Ihre vollen, knallroten Lippen zuckten für den Bruchteil einer Sekunde, der Mundwinkel deutete den Hauch eines zufriedenen Grinsens an. Sie hob den Kopf und sah ihn mit einem so durchdringenden Blick an, dass ihm der Schreck durch die Glieder fuhr. Sie zog die Augenbrauen nach oben und sprach mit unterkühlter Stimme:

„Du bist mein Eigentum geworden und sprichst mich nur noch mit Herrin oder Mistress an, wenn du auf meine Fragen antwortest! Wie entschuldigt man sich für solch eine Verfehlung?", fragte sie, öffnete im selben Moment ihren Pelzmantel und streckte ihr linkes Bein aus.

„Entschuldige dich!", forderte sie ihn mit einer derart energischen Stimme auf, dass es an den umliegenden Tischen zu hören war.

Verschämt blickte er um sich und sah in die neugierigen Gesichter der anderen Gäste. Er hoffte inständig, dass ihn hier, etwa vier Autostunden von seinem Zuhause entfernt, niemand erkennen würde. Blut rauschte durch seinen Kopf. Die Professur würde bei einer Entdeckung genau wie sein guter Ruf als Anglist für immer verloren sein. Er würde zum Gespött auf dem Campus werden.

Für eine Sekunde sah er in das aufmerksam auf ihn gerichtete Gesicht, rutschte dann seitlich vom Stuhl und fiel neben dem Tisch auf die Knie. Zärtlich küsste er ihre hohen, schwarzen Pumps, nahm den Geruch des Leders wahr und sah unter den dünnen Nylons die in den Schuhspitzen verschwindenden Zehen

„Das reicht! Hoch mir dir! Leg dem Maître mindestens zweihundert Pfund auf den Tisch und dann verlässt du mit mir das Restaurant! Und gib mir deine Autoschlüssel!"

Auf dem Parkplatz erwartete ihn eine Überraschung. Neben seinem Škoda hatte ein großer, schwarzer Mercedes älterer Bauart geparkt. Daneben warteten zwei gut gekleidete Herren. Wie er nach ihrer Bekleidung einschätzte, waren sie der Chauffeur und der Leibwächter der Baronesse.

„Es ist ein Mercedes 600 Pullman. Er diente in den 60er und 70er Jahren als Regierungsfahrzeug. Der deutsche Bundeskanzler Willy Brandt soll darin sogar schon einmal zusammen mit Queen Elizabeth II. chauffiert worden sein. Ich bin gerade dabei, die Innenausstattung für meine Zwecke umbauen zu lassen", hörte er die Stimme der Herrin, die daraufhin einem der Männer die Schlüssel für den Škoda zuwarf. Dann musste er mit ansehen, wie die beiden kräftigen Kerle seinen Wagen öffneten und gründlich durchsuchten.

„Gib mir deine Brieftasche, dein Geld und alle persönlichen Dinge, die du bei dir trägst. Mach schon!", fauchte sie ihn ungeduldig an.

„Du wirst deine alte Persönlichkeit alsbald abgelegt haben und sie nicht mehr brauchen. Sklaven wie du haben weder eine Würde noch Rechte oder Besitz."

Einige demütigende Minuten später hatte der Chauffeur alle Wertsachen und persönlichen Gegenstände aus dem Auto in einen Plastikbeutel verpackt und verstaute diesen im Fond des Mercedes, während der Leibwächter den Kofferraum der alten Limousine öffnete.

„Du wirst der erste sein, der darin transportiert wird!", sagte sie lächelnd zu ihm und wandte sich dann an die beiden kräftigen Männer: „Fesseln und dann ab mit ihm in den Kofferraum!"

Unmittelbar darauf spürte er einen muskulösen Arm, der sich um seinen Hals legte und seinen Oberkörper nach hinten bog und dann auf den Boden drückte. Jemand griff nach seinen Händen und legte sie ihm auf den Rücken. Es fühlte sich an, als würden Schaubstöcke seine Handgelenke zusammenpressen. Nach kurzer Zeit war er mit Seilen und Handschellen gefesselt.

So unbeweglich und hilflos auf dem Parkplatz liegend überkam ihn plötzlich eine dunkle Vorahnung. Was würde die Herrin tatsächlich mit ihm vorhaben? Von zwei Männern hatte sie ihm nichts erzählt. Die düstere Vorahnung steigerte sich zur Furcht. Flehend sah er zur Baronesse, hätte am liebsten Schutz bei ihr gesucht. Etwas breitbeinig stand sie nur ein paar Schritte von ihm entfernt, rauchte eine Zigarette und verfolgte mit kühlem Gesichtsausdruck das rabiate Treiben ihrer Helfer.

In dem Moment, als man ihn gerade anheben wollte, ertönte wieder ein dumpfes Röhren, das sich schnell zu enormer Lautstärke steigerte. Nahezu infernalisch wurde der Lärm, als ein nachtschwarzer Lamborghini auf den Parkplatz einbog und unter einer Laterne neben ihnen zum Stehen kam. Sogar die beiden Männer ließen jetzt von ihm ab, wollten sich offensichtlich nicht das Schauspiel entgehen lassen, das sich ihnen gleich bieten würde. Der Motor verstummte, und langsam hoben sich die Scherentüren des italienischen Sportwagens.

Das erste, was er aus seiner Position am Boden erkannte, waren zwei lange Frauenbeine, die sich mit einer galanten Schwung aus dem flachen Fußraum herauswanden. Zwei spitze lange Absätze drückten sich in den Kiesboden. Das kurze, im Licht der Laterne schimmernde Kleid der Frau schob sich nach oben, gab dabei einen Blick auf die Oberschenkel, den Saum ihrer Seidenstrümpfe und Strumpfhalter frei. Nachdem sie mit fast fließenden Bewegungen ausgestiegen war, lehnte sie sich an ihren Wagen und schien zu warten.

Das zuvor so kühle Gesicht der Baronesse hellte sich sichtlich auf.

„Aimée!", rief sie in einem freudigen Ton aus und schritt auf die schwarzhaarige Frau mit dem Pagenschnitt zu. Sie legte die Hand um deren Hüfte, strich ihr mit den Fingern der anderen Hand über die Wange und flüsterte ihr etwas zu. Dann gab sie der schönen Unbekannten einen zärtlichen Kuss und stieg selbst hinter das Steuer des Lamborghinis. Langsam senkte sich die Fahrertür wieder.

Welch Intimität diese Szene hatte! Alles schien hier wie in einem irrealen Film abzulaufen und entbehrte auf eine gewisse Weise aller ihm bekannten Logik. Mittelmaß schien im Leben der Baronesse nicht zu existieren. Den Platz von Normalität nahmen unergründliche Erotik und die Herrschaft der Frau über das männliche Geschlecht ein. Er brauchte eine Weile, um sich klarzumachen, dass dies genau die Lebensart war, die er seit so langem suchte und nun gefunden haben könnte. Ein neuer Schauder durchfuhr ihn, einerseits in Erinnerung an seinen nächtlichen Traum, und dann noch unruhiger, als er erkannte, dass er an diesem Tag in diese angestrebte Welt eintauchte.

Stolz und glücklich bekannte er sich innerlich zu seiner frisch gewonnenen Unterordnung.

Für einen Augenblick blieb die fremde Schönheit am Wagen stehen und musterte den neuen Gast mit einem ebenso emotionslosen Blick, wie es die Baronesse zuvor im Restaurant getan hatte. Nun erkannte er auch das glänzende Material des schwarzen Minikleides, das sich wie eine zweite Haut um ihren perfekt geformten Körper schmiegte: Latex. Mit einem angedeuteten Kopfnicken gab sie den Männern zu verstehen, dass sie ihre Arbeit fortsetzen sollten. Dann schlenderte sie um den Lamborghini herum und nahm auf dem Beifahrersitz neben der Baronesse Platz.

Wieder heulte der Motor auf. Gemächlich rollten die gebändigten Kräfte des Sportwagens über den knirschenden Kies, um kurz an der Ausfahrt zur Landstraße stehen zu bleiben.

Das letzte, was er einstweilen von seinen neuen Herrinnen mitbekam, war das brachiale Beschleunigen des Lamborghinis auf der Landstraße, die in Richtung Black Swan Manor, der Residenz der Baronesse, führte.

2.

1840 - Der Maler

Als die eisenbeschlagenen Holzräder der Kutsche über das Kopfsteinpflaster des kleinen Residenzstädtchens in Richtung Black Swan Manor polterten, schreckte Percy Byron aus seinem Dämmerschlaf auf. Er gähnte, streckte die Arme aus und spannte seine Gesäßmuskeln an. Die beiden verschwitzten Mitreisenden auf der Sitzbank gegenüber, zwei Kaufmänner aus Yorkshire, schienen davon nichts mitbekommen zu haben. Sie schnarchten mit offenen Mündern und verbreiteten einen bestialischen Mundgeruch im Abteil.

Seine Reise mit der Postkutsche von Manchester bis hierher in die düsteren Hochmoore im Südwesten von England dauerte nunmehr bereits zwei Wochen. Das bedeutete vierzehn lange Tage auf einer harten Holzbank, üble Gerüche von mürrischen Mitreisenden, schlechte Herbergen, Furcht vor Überfällen, verschlammte Wege und dieses unsägliche Gerüttel und Gepolter. Aber wie sonst hätte ein stellungsloser Kunstmaler dem Hunger und der bitteren Not entfliehen können? Als er vor zwei Monaten das verlockende Angebot des kleinen, aber sehr vermögenden Hauses des Earl Edwin of Devonshire für eine Stelle als Hofmaler auf dessen Landsitz Black Swan Manor erhielt, hatte er keine Sekunde gezögert und zugesagt.

Er zog den Stoffvorhang des kleinen Kutschenfensters neben sich auf und schaute aus dem Abteil nach draußen. Die Stiftskirche eines ihm unbekannten, noch im Schlaf liegenden Städtchens zog an ihm vorbei. Niemand schien zu dieser frühen Morgenstunde auf den Beinen zu sein.

Mit einem Ruck bog die Kutsche nach rechts ab. Als sie den Ort wieder verließ, bestätigte ihm ein an der Stadtmauer angebrachter Wegweiser, dass der eingeschlagene Fahrweg in Richtung der Residenz Black Swan Manor führte, dem Ort, wo sein künftiger Dienstherr, der Earl of Devonshire, residierte.

Percy Byron warf einen Blick zurück. Um die Stadtmauer schmiegte sich eine ausgedehnte Fläche grüner Wiesen und Wälder, dahinter zog sich eine sanft gewellte Hügelkette dahin. Jenseits der Wiesen musste der River Tamar liegen, dessen Flusslauf sich durch die düsteren Hochmoore Cornwalls zog.

Er ließ das Bild der Landschaft auf sich wirken. Ganz sicher würde es lohnende Motive für Gemälde bieten.

Die gewundene Straße führte bergab und ging dann geradeaus. Die ganze Gegend war im Besitz der Adelsfamilie. Am Tag zuvor hatte ihm der Kutscher erzählt, dass der Earl of Devonshire vermögend genug sei, um den ganzen Tag in eine Richtung reisen zu können, ohne dabei seine Besitztümer zu verlassen.

***

Die Kutsche verringerte nach ein paar Meilen ihre Geschwindigkeit, bog rechts ab und passierte ein schmiedeeisernes Tor. Der Weg wurde hier noch romantischer, führte durch eine Allee alter Buchen, deren Kronen ineinander gewachsen waren und ein geschlossenes grünes Blätterdach bildeten. Percy lehnte sich aus dem Seitenfenster. Weit vorne, am Kutscher und an den vier Pferden vorbei, konnte er bereits – wie ein Licht am Ende eines Tunnels – die helle Fassade von Black Swan Manor erkennen.

Die Kutsche beschrieb vor dem prachtvollen Haus einen Halbkreis und die Pferde kamen schnaubend zum Stehen. Das große Anwesen mit dem schweren, wunderlich geschweiften Dach und den zwei Türmen stand schweigsam und fast schon ein wenig wehmütig vor ihm. Vier Halbsäulen durchzogen die helle Fassade. Der Kutscher löste das Gepäck vom Dach und stellte es neben den Pferden ab. Ohne ein Wort des Abschieds bestieg dieser wieder den Kutschbock und schüttelte die Zügel, woraufhin die Zugtiere das Gefährt polternd weiterzogen.

Auf der ausladenden Eingangstreppe lag ein Jagdhund, der alle viere von sich gestreckt hatte und in der Morgensonne döste. Eine Magd überquerte den Hof, ohne Notiz von ihm zu nehmen. Er passierte den schlafenden Setter auf dem Treppenabsatz und betätigte den schweren Türklopfer, worauf sich nach einer Weile die massive Eichentür knarrend öffnete.

„Ja?"

Die Stimme des Hausdieners war ungewöhnlich hoch.

Percy Byron nahm seinen Hut ab, nannte seinen Namen und erklärte, dass er vom Earl eine Anstellung als Hofmaler erhalten hätte, die er nun anzunehmen gedenke.

„Treten Sie ein!", forderte die Fistelstimme den Maler auf, der daraufhin an dem Bediensteten vorbei in eine große Eingangshalle gelangte.

„Ich werde den Earl von Ihrer Ankunft in Kenntnis setzen. Warten Sie bitte hier, mein Herr", sagte der Mann und verschwand durch eine Tür, tauchte nur einen Moment später wieder auf.

„Der Earl gedenkt den Herrn zum Abendessen zu empfangen. Ich werde Ihnen jetzt Ihren Wohn- und Arbeitsraum zeigen und Ihr Gepäck bringen lassen."

„Bitte richten Sie den Trägern aus, vorsichtig zu sein. Die Leinwände sind empfindlich und reißen leicht ein."

„Selbstverständlich, der Herr. Bitte folgen Sie mir."

Er folgte dem Hausdiener durch die Halle und über die geschwungene Marmortreppe hinauf in den zweiten Stock. Dort hielten sie sich links und schritten durch einen mit rotem

Teppich ausgelegten Flur des Ostflügels, wo sie eine Ahnengalerie passierten.

Wie von einer fremden Kraft getrieben blieb er plötzlich vor dem Bild eines Kindes stehen, dessen Portrait sich von allen anderen Bildnissen in dieser Galerie abhob. Der Ausdruck des kleinen Jungen war gebieterisch und strahlend. Sein Gesicht besaß eine vollkommene Schönheit. Indem er das Gemälde anstarrte, wurde Percy Byron sich auf einmal und unerwartet eines seltsamen Gefühls tiefen Glücks bewusst.

Ich wünschte, er wäre lebendig und hier, dachte er mit einem Seufzer. Welch lieber Gefährte er sein könnte! Er wandte sich ab, nur um festzustellen, dass das nächste Bild das eines gleichaltrigen Mädchens war, welches dem Jungen ähnelte. Die Portraits waren zweifellos von derselben Hand gemalt, stellte Byron fest, und ganz offensichtlich handelte es sich um Zwillingsgeschwister. Das Mädchen war engelsgleich, und so jung sie noch war – kaum älter als sechs oder sieben Jahre – hatte ihr Gesicht bereits die Schönheit einer Aphrodite. Ihr schmollender Mund war wie eine purpurrote Schlange, die Haut fast durchscheinend. Das blonde Haar fiel in Wellen über zarte, bloße Schultern. Ob sie gelebt hat, um erwachsen zu werden, fragte Byron sich in Gedanken. Sie müsste inzwischen eine bemerkenswerte, ja berühmte Lady sein. Was mag der Künstler in ihr gesehen haben? Die vollkommene Unschuld?

Ein Räuspern des Dieners holte Byron in die Wirklichkeit zurück.

„Es ist nicht mehr weit zu Ihrem Zimmer!", hörte er und folgte dem Mann, bis sie die letzte Tür des Korridors erreicht hatten.

„Es wird Ihren Zwecken gewiss genügen. Wenn Sie keinen Auftrag mehr für mich haben, würde ich Ihre Sachen jetzt bringen lassen", sagte der seltsam zugeknöpft wirkende Diener und verließ den Raum.

***

Die Sonne strahlte durch die großen Galeriefenster hinein und erfüllte alles mit gleißend hellem Licht. Das Eckzimmer mit Fenstern zu zwei Seiten war für seine Arbeit ideal, freute er sich. Einige in einer Ecke stehende Leinwände und eine Staffelei deuteten darauf hin, dass dieser Raum schon einmal von einem Maler genutzt wurde. Offenbar hatte sein Vorgänger hier ebenfalls gewohnt. Ein Bett, Schrank und Stühle standen an den rötlich gestrichenen Wänden.

Er wanderte zunächst ein wenig ziellos durch den Raum und blickte dann durch das große Fenster, von dem aus er den Park überblicken konnte. Verträumt sah er auf die symmetrisch angeordneten Wege und Beete hinab, bis etwas seine Aufmerksamkeit erregte. Auf einem der Kieswege bewegten sich drei Personen langsam auf das Haus zu: eine junge Frau und zwei jugendlich wirkende Personen. Im ersten Moment dachte er an drei Ordensschwestern oder Nonnen, verwarf diesen Gedanken jedoch, als sie näherkamen. An den Bewegungen der Köpfe erkannte er, dass sie sich angeregt unterhielten, bis sich der Blick der mittleren plötzlich mit seinem traf. Sie hielt inne und das Lachen in ihrem Gesicht verstummte. Schweigend blickte sie zu ihm hoch.

Ihre Schönheit zog ihn sofort in den Bann.

***

Percy Byron hatte sich darauf eingestellt, das abendliche Dinner mit mehreren Mitgliedern der herrschaftlichen Familie einzunehmen, aber nur der Earl erwartete ihn im Speisezimmer. Als sie nach der Begrüßung gemeinsam Platz genommen hatten, fiel ihm auf, dass die Tafel für fünf Personen gedeckt war. Der Hausherr hatte also noch drei weitere Personen zum

Dinner geladen, folgerte er und vernahm dessen dunkle Stimme, als dieser ein mit Wein gefülltes Glas erhob:

„Sie wurden mir übrigens von einem Freund empfohlen, der sich geschäftlich oft im Norden aufhält. Ihr guter Ruf als Portraitmaler ist also schon bis hierher in den Süden des Königreichs gedrungen."

„Ich fühle mich geehrt und danke Euch. Ich bin übrigens nicht nur Portraitmaler, sondern auch ein recht passabler Landschaftsmaler", entgegnete Percy Byron nicht ohne Stolz, ergänzte jedoch ein wenig zurückhaltender: „Aber in diesen schweren Zeiten ist das Handwerk des Malens auch für den begabtesten Künstler nur wenig erträglich."

Er hob daraufhin ebenfalls das Glas und nahm einen Schluck, um das Gespräch mit einer Frage fortzusetzen:

„Gibt es in der Nähe ein Nonnenkloster?"

„Oh, nein! Oh, nein!" Der Earl schüttelte lachend den Kopf. „Ganz offenbar haben Sie aus dem Fenster Ihres Zimmers meine junge Gemahlin Lucy und meine Zwillingskinder aus meiner ersten Ehe gesehen. Sie vertreiben sich oft die Zeit miteinander, indem sie im Park lustwandeln!"

Bei der Erwähnung seiner Kinder schien sich für einen Moment der Gesichtsausdruck des Earls zu verändern.

„Ihr habt Kinder?"

Das Gesicht des Gastgebers verfinsterte sich nach des Malers verfänglicher Frage zusehends.

„Ja, ich habe zwei Kinder. Ihre leibliche Mutter ist verstorben, als sie sechs Jahre alt waren!"

Byron schluckte beschämt, nickte dann verständnisvoll.

„Es tut mir leid, dass ich Euch darauf angesprochen habe", sagte er leise und versuchte das Thema zu wechseln: „Ich möchte schon morgen mit meiner Arbeit beginnen!"

Doch der Hausherr ließ nicht locker.

„Meine Frau hinterließ mir zwei schwachsinnige Nachkommen!", brummte er mürrisch vor sich hin. „Sie sind von stumpfem Geiste und verkümmertem Gemüt. Obwohl die Zwillinge schon das achtzehnte Lebensjahr erreicht haben, so ist ihr Geist doch der von kleinen Kindern."

„Könnt Ihr es so einrichten, dass Ihr mir morgen die Motive nennt, so dass ich mit den Vorskizzen beginnen kann?", versuchte Byron den soeben gehörten Satz zu übergehen.

Er spürte einen Kloß im Hals.

„Ich frage mich manchmal", fuhr der Adelsmann unbeirrt fort, „aus welchen Motiven wir uns Kinder anschaffen. Sehen wir in unseren Kindern eine Verlängerung unseres eigenen Lebens? Falls ja, dann wäre auch ich schwachsinnig, ohne es zu wissen!"

Seine Stimme wurde erregter.

„Tut mir leid, ich habe keine Kinder und kann dazu nichts sagen", versuchte Byron sich dem Thema zu entziehen. Die Situation wurde ihm immer unangenehmer. Am liebsten hätte er das Esszimmer unverzüglich verlassen.

„Wissen Sie, Byron, mir erscheinen Kinder als ein untaugliches Mittel, das eigene klägliche Leben zu verlängern. Ich denke manchmal, sie sind Gottes Strafe für begangene Sünden! Was meinen Sie, warum ich mich mit einer jungen Gattin umgebe, deren Bestimmung es eigentlich war, den Rest ihres Lebens als Betschwester in einem Kloster zu verbringen?"

Der Hausherr redete sich immer mehr in Rage. Der junge Hofmaler, sichtlich verwirrt von der ungenierten Art seines Gegenübers, konnte als Antwort nur vorsichtig mit dem Schultern zucken.

„Meine geliebte Gattin Lucy war lange Jahre ihres noch jungen Lebens eine Frau, die das Gelöbnis vor Gott abgelegt hat. Eine Nonne! Eines guten Tages stand sie vor der Tür und bat um Einlass. Sie sagte, die heilige Mutter Gottes hätte ihr den Weg hierher gewiesen. Ich habe sie aufgenommen, weil ich mir erhoffte, dass ihre gottesfürchtige Tugendhaftigkeit und ihre Reinheit meine Seele von dem Schmutz meiner Sünden zu säubern vermöge!"

Er lachte laut und grimmig nach diesen Worten und fuhr dann fort:

„Eines Tages besann ich mich ihres Liebreizes und wollte den Bund der Ehe mit ihr schließen. Ich habe viel Geld und Zeit aufgewendet, musste meine Beziehungen bis in die obersten Kreise der Kirche spielen lassen, um …"

„Sie hat aber ihr Gelöbnis abgelegt! Wie konntet Ihr eine Nonne mit dem Segen des Klerus heiraten?"

Byron biss sich auf die Lippen, fürchtete mit diesem unüberlegten Einwand den Zorn des Gastgebers noch mehr heraufbeschworen zu haben. Intuitiv zog er den Kopf zwischen die Schultern.

Doch der alte Mann blieb seltsam ruhig.

„Die Kirche ist sehr empfänglich für weltliche Werte. Und mit Gold ist der Segen des Klerus und damit von Gott zu bekommen, sogar hier in dieser geisterhaften und gottverlassenen Gegend", entgegnete er, zog die Mundwinkel verächtlich nach unten und schüttelte den Kopf.

Eine Zeitlang schwiegen die beiden ungleichen Männer. Jeder schien in seine Gedanken versunken zu sein.

Plötzlich unterbrach der Earl die unheimliche Stille:

„Lucy ist kaum älter als meine Zwillingskinder. Seit ich mit ihr den Bund der Ehe eingegangen bin, versteht sie sich mit meinem schwachsinnigen Nachwuchs, als wären es ihre eigenen Geschwister. Sie schauen ihr alles ab, sie sprechen wie sie, sie kleiden sich schon wie sie! Sogar mein Sohn ist schon wie ein Weib gekleidet", klagte er, schenkte sich Wein nach und leerte das Glas in einem Zug.

„Ständig suchen sie ihre gegenseitige Gesellschaft und stecken ihre Köpfe zusammen, bei Tag und auch bei …"

Der Adlige unterbrach und musterte seinen neuen Maler.

„Sie werden sich jetzt sicherlich fragen, warum ich all das dem unbekannten Mann erzähle, der mein Hofmaler werden soll?"

Byron schluckte erneut und nickte fragend.

„Dann folgen Sie mir! Ich möchte Ihnen etwas zeigen!"

Der Earl streckte nach diesen Worten den Arm aus und zog an der Klingelschnur. Als wenige Sekunden später der Diener erschien, wies er diesen an:

„Geh zu meiner Gemahlin. Sag ihr und meinen Kindern, dass sie zum Dinner erscheinen sollen! Und sorg dafür, dass jetzt das Essen gebracht wird!"

***

Als der Diener wieder verschwunden war, griff der Earl nach einem Kerzenleuchter und bewegte sich damit in eine unbeleuchtete Ecke des Speisezimmers.

„Kommen Sie näher, Byron, und betrachten Sie meine verstorbene Gattin!", forderte er und leuchtete mit den Kerzen einen Teil der Dunkelheit aus.

Dieser näherte sich vorsichtig und starrte zunächst in die Finsternis, aus der die Stimme seines neuen Herrn gekommen war. Es dauerte ein wenig, bis sich seine Augen an das Licht gewöhnt hatten und er erkannte, was sich dort befand.

An der mit dunkelrotem Stoff verkleideten Wand hing ein mit einem opulent verzierten Goldrahmen eingefasstes Portrait. Die darauf abgebildete Frau trug ein Kleid aus dickem, schwarzem Brokat, das mit einer Knopfleiste vom Hals bis zu den Füßen geschlossen war. Mehrere Tücher waren um ihren Hals und über die Schultern gelegt, einige davon mit langen Fransen, die wie die Zweige einer Trauerweide an ihr herabhingen. Halb saß sie, halb lag sie, die Arme auf dem Polster einer Chaiselongue ausgebreitet. Zwei dürre, von schlaffer Haut umgebene Hände ragten aus den Ärmeln.

Ihr schauerliches, fast grauenhaft stark geschminktes Gesicht voller Falten und Runzeln flackerte kreidebleich im Schimmer der Kerzen.

Auf den Kopf war eine Perücke aus dichten, weißen Locken gestülpt. Wenn der Anblick der Frau nicht so erschreckend gewesen wäre, hätte Byron nichts als Mitleid für diese hässliche Kreatur empfunden. Innerlich war er froh, dass sie bereits lange tot war und er sie somit nicht mehr würde portraitieren müssen.

„Ihr Vorgänger verstand es nicht nur, seine Modelle so zu malen, als wären sie lebendig, sondern er konnte den von ihm gemalten Bildern noch mehr verleihen! Kommen Sie ein wenig näher!"

Nach diesen Worten hielt er die flackernden Kerzen dicht an das Gesicht der Verstorbenen. Er hielt den Lüster so schräg, dass sich flüssiges Wachs aus den Kerzen löste und zu Boden tropfte.

„Sehen Sie, Byron? Sehen Sie ganz genau in ihr Gesicht!"

Es war als würde ihn ein Stoß mitten in den Magen treffen. Er taumelte zurück und hielt sich an der Kante einer Kommode fest, um nicht nach hinten zu fallen. In dem fratzenhaften Gesicht war etwas Unergründliches, das er jetzt im Flackerlicht auszumachen meinte. War da nicht irgendetwas, das sein Vorgänger mit dem Bild einzufangen versucht hatte, etwas aus einer eigenartigen Sphäre? Etwas, das dem Betrachter für einen Augenblick Einsicht in diese andere Welt erlaubte? Es bedurfte einer wirklichen Begabung, um solch ein angsteinflößendes Bild malen zu können, überlegte der junge Maler. Was mochte der Künstler damals wirklich in der Adelsfrau gesehen haben?

Er öffnete den Mund, brachte aber kein Wort heraus.

„Wie ich aus ihrer Reaktion schließe, haben Sie es erkannt, Byron. Ja, ihr Vorgänger hat es verstanden, nicht nur das Antlitz genau wiederzugeben, er hat auch die Seele der Person darzustellen gewusst!"

Mit diesen Worten zog er den Leuchter wieder zu sich heran. Das Bild war nun wieder von einer schier undurchdringlichen Dunkelheit umgeben und nichts schien darauf hinzudeuten, welch grässliches Antlitz sich dort verbarg.

Stattdessen wurde jetzt das Gesicht des Hofherrn von dem gelblichen Kerzenlicht beleuchtet. Dieser grinste und sagte:

„Und so kommen wir zu Ihrem ersten Auftrag. Ich möchte, dass Sie meine Lucy so portraitieren, wie ihr Vorgänger es mit meiner ersten Gemahlin tat. Als ich mit Lucy den Bund der Ehe einging, war sie rein und voller Tugend, ihr Herz schien voller Aufrichtigkeit, ihr Gemüt voller Güte! In den letzten Monaten hat sie sich immer mehr verändert. Ihr anfänglicher Liebreiz scheint verschwunden. Immer gereizter sind ihre Worte und immer mehr verschließt sie sich meinen Gefühlen, vermeidet meine Nähe."

Nach diesen Worten machte er eine kurze Pause und sagte dann in einem flehenden Ton: „Ich möchte wissen, ob ihre Seele noch immer unbeschmutzt ist."

Byron sah, dass sich die Augen seines Gegenübers weiteten. Die Augäpfel schienen ziellos von oben nach unten, von rechts nach links zu irren, bis sie dort verharrten, wo in der Dunkelheit das Abbild seiner Gattin an der Wand hing.

„Die Wände, die Mauern, das ganze Anwesen ist mit Sünde und Untugend durchzogen! Schreckliche Dinge sind hier geschehen. Noch heute sind tief unten im Keller die Spuren davon sichtbar!"

Dann packte er den Maler am Kragen.

„Helfen Sie mir zu erkennen, ob auch die einst so reine Seele meiner Lucy schon der Sittenlosigkeit verfallen ist!"

Unwillkürlich trat Byron einen Schritt zurück. Seine Knie zitterten und er musste sich zusammenreißen, um einen Satz zu formulieren:

„Was ist mit meinem Vorgänger geschehen?", fragte er ängstlich.

In diesem Moment öffnete sich die Tür des Speisezimmers.

Lucy trug ein Kleid, das in dem Halblicht blassgelb erschien. Ihr Haar war am Hinterkopf zu einem Knoten gebunden und mit einem Diadem geschmückt. Kleine Locken fielen ihr in die Stirn und hingen unter den Ohren. Sie stand reglos und schweigend da, mitten im Raum. Dahinter ihre beiden jugendlichen Begleiter, fast wie um Schutz suchend hielten sie sich hinter ihrer kaum älteren Stiefmutter.

„Das ist die ehrenwerte Countess Lucy, meine junge Gemahlin", stellte der Earl seine Gattin vor, sprach dann liebevoll, beinahe väterlich zu ihr: „Komm näher, mein Kind."

Sie hielt den Blick starr auf ihren Gatten gerichtet und trat ein paar Schritte vor, um dicht neben dem Stuhl des Gastes stehenzubleiben.

Byron spürte eine seltsame Unruhe in sich. Diese unterschied sich jedoch gänzlich von dem Gefühl bei der Begutachtung des Gemäldes der ersten Gattin des Earls. Lucys kühle Schönheit, ihr heller, makelloser Teint, die vollen Lippen und die grünen Augen faszinierten ihn sofort. Diese Frau in dem hochgeknöpften Kleid, das sich auffallend eng um ihren Körper legte, wirkte ruhig und erhaben. Sie strahlte die Keuschheit einer Dienerin Gottes, aber zugleich eine seltsame Versuchung aus. Er spürte eine Regung im Unterleib, und als er sich zum Handkuss hinabbeugte, nahm er den rosigen Duft ihrer Haut wahr.

„Das ist der begabte Percy Byron, von dem ich dir bereits erzählt habe!", schloss der Earl die Vorstellung ab. „Er ist unser neuer Hofmaler und wird dich schon bald portraitieren. Setz dich zu uns!"

Lucy umkreiste den Tisch und schaute ihren künftigen Maler dabei ein wenig scheu an.

Der Hausherr warf einen Blick auf die Zwillingskinder, die unentschlossen in der Mitte des Raums standen. Sein Gesicht bekam einen hämischen Ausdruck.

„Jamie und Alice!", krächzte er, machte dabei eine Handbewegung, als wolle er sie aus dem Zimmer fegen. „Setzt euch schon!"

Schweigend kamen die Geschwister der Aufforderung ihres Vaters nach und nahmen am Ende der langen Tafel Platz.

„Verschwenden Sie nicht zu viel Mitleid an die beiden, Byron!"

Die Stimme des alten Mannes riss den Maler aus seinen Gedanken an die hübsche Lucy, die jetzt gegenüber von ihm Platz nahm.

Die Dienerschaft trat herein, entzündete die restlichen Kerzen auf dem Tisch und servierte das Abendessen. Beim Dinner hatte Byron somit die Gelegenheit, sein künftiges Modell in der gedämpften Atmosphäre des Speisezimmers zu betrachten. Allzu gesprächig war sie nicht, schien sich nur für das junge Zwillingspaar und den servierten Wildbraten zu interessieren. Seine Versuche, sie in die Tischgespräche einzubinden, scheiterten. Sie reagierte auf jede Annäherung mit einem Kopfnicken. Erst als er auf seine Arbeit zu sprechen kam und dem Earl vorschlug, dass man morgen früh das Kleid für das Portrait aussuchen möge, bemerkte er, dass sich ihr Interesse regte.

Daher sprach er sie direkt an:

„Countess Lucy, ich möchte gerne vermeiden, dass Ihr ein Kleid mit einem Muster tragt, da es die Arbeit nur unnötig erschweren würde. Ferner sollte es von einfachem Schnitt und heller Farbe sein. Habt Ihr oder Ihr Herr Gemahl besondere Wünsche?"

„Ich glaube nicht!", waren die ersten zurückhaltenden Worte, die er von ihr überhaupt hörte, und ihr väterlicher Gatte fügte hinzu: „Suchen Sie das aus, was Ihnen am vorteilhaftesten erscheint. Lucy verfügt über eine umfangreiche Garderobe."

„Wann wird man damit beginnen, mich zu portraitieren?", fragte sie, Augenkontakt und eine direkte Anrede vermeidend.

„Ich möchte gerne schon morgen mit den ersten Skizzen beginnen – wenn Ihr keine anderen Verpflichtungen habt."

„Meine Lucy hat keine anderen Verpflichtungen!", hörte er die krächzende Stimme des Earls, die einen starken Kontrast zu der anmutigen Stimme seiner Frau bildete.

Daraufhin erklärte der Maler, dass er in den kommenden Tagen mehrere Skizzen in verschiedenen Positionen anfertigen werde. Das eigentliche Malen würde erst danach beginnen. Um die Lichtverhältnisse im Atelier auszuloten, wäre es vonnöten, dass die Kohleskizzen zu verschiedenen Tageszeiten gefertigt würden. Nur so könne der günstigste Lichteinfall ermittelt werden.

„Die Ausführungen über die Malerei sind kurzweilig. Jedoch kann ich diesen nicht mehr folgen, wie es sich für mich gebühren sollte. Alice, Jamie und ich sind vom langen Spaziergang müde und ich möchte mich gerne mit ihnen zurückziehen."

Byron war überrascht. Lucy hatte für die fortwährend schweigenden Kinder des Earls gesprochen! Ob sie eine unbekannte Beziehung miteinander pflegten, die er noch nicht zu ergründen verstand?

Nach der Einwilligung des Earls verließen die drei den Raum. Byron sah ihnen nach. Bevor sie durch die Tür verschwand, drehte Lucy sich hinter dem Rücken ihres Gemahls um. Ein ironisches Lächeln umspielte ihre vollen Lippen, als sie den Blickkontakt zu Byron für eine Sekunde suchte.

Kurz zögerte sie und steckte dann dem an der Tür wartenden Diener eine mit einer rötlichen Flüssigkeit gefüllte

Glasampulle zu. Dieser nickte kurz und ließ das schmale Gefäß heimlich in der Tasche seiner Livree verschwinden.

***

Ein wenig beklommen von den Eindrücken des Abendessens, gleichzeitig aber in euphorischer Erwartung eines baldigen Wiedersehens mit solch einer bezaubernden Frau wie Lucy, legte Percy Byron sich auf das Bett seines Galeriezimmers. Draußen war es längst dunkel, nur die dünne Sichel des Monds erhellte ein wenig die Umgebung. Alles war ruhig und schien zu schlafen. Erst jetzt merkte er, wie müde er eigentlich war. Kurz vor dem Einschlafen kamen ihm die beiden ungewöhnlichen Zwillinge wieder in den Sinn. Die ganze Zeit hatten sie geschwiegen, schienen aber der Unterhaltung am Tisch stets mit aufmerksamer, kindlicher Neugierde gefolgt zu sein.

Mit welch einer außerordentlichen Schönheit hatte Gott diese beiden schwachsinnigen Kinder ausgestattet, sann er. In gewisser Weise erinnerten sie mit ihrem vollen, lockigen Haar an die Engel aus den berühmten Deckenmalereien italienischer Kirchen. Ja, es waren wahrlich engelsgleiche Schönheiten, die aus dem Leib dieser abstoßend hässlichen Mutter geboren worden waren – vielleicht nur dazu geboren, die passenden Begleiter für Lucy abzugeben.

Mit dem Gedanken an diese Frau fiel Byron in einen unruhigen Schlaf.

***

In der Nacht erwachte er aus einem unheimlichen Traum, in dem er selbst die Rolle des Malers der verstorbenen Gattin des Earls eingenommen hatte, deren Bild man ihm am Abend im Speisezimmer gezeigt hatte:

Die alte Frau hatte ihm ihre dürre Hand entgegengestreckt und wollte das Ergebnis seiner Arbeit sehen. „Nun helfen Sie mir schon hoch, ich bin schon ganz eingerostet", herrschte sie ihn an. „Ich will endlich sehen, ob Sie mich gut getroffen haben!" Er verließ seine Staffelei und eilte zu ihr, nahm ihre dargebotene Hand. Als sie ihren Oberkörper vor ihm aufrichtete, fiel ihm auf, dass ihr Kleid vorne bis zum Unterleib aufgeknöpft war und den Blick auf den darunter nackten Körper freigab. Er starrte fassungslos und angeekelt auf die schlaffen Brüste, die wie dünne, welke Blüten an dem faltigen Oberkörper herabhingen. Ihre Schminke war verschmiert und die Perücke verschoben. Dünne, verfilzte Haarsträhnen schauten darunter hervor. Dann streckte sie ihre Hände zu ihm aus und vergrub ihre Fingernägel in seinem Hals, öffnete den Mund, um ihn zu küssen. Ein grauenhafter Geruch entwich ihrem mit verfaulten Zähnen ausgestatteten Mund ...

Mit einem unterdrückten Schrei erwachte Byron aus dem Alptraum und schlug die Augen auf.

Der Mond schien durch das große Galeriefenster in sein Gesicht.

Noch etwas wackelig auf den Beinen stolperte er zum Fenster und sah in die Nacht hinaus. Draußen war alles ruhig und in silbriges Licht gehüllt. Am gegenüberliegenden Flügel des Hauses, trat der Schimmer von Kerzen aus einem der Fenster heraus.

Lucy!

Regungslos stand sie hinter dem Glas und blickte zu ihm. Es war, als hätte sie darauf gewartet, dass er aus dem fiebrigen Traum erwachen würde.

Es war wie ein Stich, der ihm durch Magen und Unterleib gleichzeitig ging. Das Herz begann zu pochen, und er musste sich abstützen, um nicht ins Wanken zu geraten.

Sie hob kurz den Kopf an und schien sich mit jemandem hinter ihr zu unterhalten. Dann lachte sie und verschwand, um nur eine Sekunde danach die Tür zu öffnen, die auf den Zimmerbalkon führte.

Mit einem Leuchter in der Hand trat sie in die Sommernacht hinaus. Die ganz in weiß gekleidete Lady stellte den Leuchter auf der Balkonbrüstung ab und sah schweigend eine Weile in die Dunkelheit. Sie legte den Kopf nach hinten und öffnete die oberen Knöpfe ihres Nachthemdes, das darauf zu Boden glitt. Ein sanfter Windzug ließ die Flammen der Kerzen auflodern und hüllte die gesamte Szene in ein unwirkliches Flackerlicht. Ihr wohlgeformter Körper schien nun zu tanzen, seltsam kreisende Bewegungen zu verrichten.

Dann sah er zwei Hände, die sich von hinten aus dem Schatten um ihren Körper legten und damit begannen, ihre Brüste zu streicheln. Der Unbekannte trat nun ganz an sie heran und lehnte sein Gesicht an ihren Hals, küsste diesen zärtlich. Eine dritte Person mit einem weiteren Leuchter kam aus dem Zimmer und gesellte sich zu den beiden Liebenden, beleuchtete den Balkon ein wenig mehr und vertrieb die Schatten von der Außenwand.

Jamie und Alice!

Jetzt erkannte er die beiden bezaubernd schönen Kinder des Hausherrn. Ihre blonden Locken leuchteten wie reinste Seide. Er öffnete den Mund, spürte immer deutlicher eine wachsende Erektion. Als Lucy erneut in seine Richtung sah, erschrak er, fühlte sich wie ein ertappter Zuschauer. Trotzdem blieb er reglos stehen. Er wollte sich nicht durch schnelle Bewegungen verraten, obwohl er sicher war, dass sie nur darauf gewartet hatte, ihm dieses Schauspiel zu bieten. Es gab keinen Zweifel, sie hatte gewollt, dass er ihr dabei zusähe, wie sie sich mit den Stiefkindern in verbotenen Leidenschaften erging. Provozierend lehnte sie sich nach vorne, lachte ihn verführerisch über die Balkonbrüstung an.

Was Byron nun mit ansehen musste, stellte sein moralisches Weltbild vollkommen auf den Kopf, zog ihn jedoch – je länger er voyeuristisch zusah – immer mehr in einen unheimlichen Bann. Die beiden Frauen setzten sich nebeneinander auf die Brüstung und ließen den jungen Mann vor sich knien; und während sie sich leidenschaftlich im Kerzenschein küssten, leckte er wie ein braver Hund ihre Füße. Immer wieder unterbrachen sie das Spiel ihrer Zungen, um ihm mit harschen Backpfeifen dazu anzutreiben, noch intensiver ihre Zehen in seinen Mund gleiten zu lassen. Die Frau, die ihm zuvor so unschuldig und rein erschienen war, erregte sich am sündigen Spiel mit Schmerz und Lust. Gedämpft drangen die demütigenden Schläge der Ladys bis zu ihm ins Atelier, ab und an begleitet von höhnischem Lachen.

Vorsichtig öffnete er das Galeriefenster vor sich, darauf bedacht, kein Geräusch zu verursachen. Ein kühler Luftzug strich über den Schweiß auf seiner Stirn. Dort auf der anderen Seite spielte sich noch Ungeheuerlicheres ab als der Alptraum von einer abstoßenden Greisin, der ihn zuvor im Schlaf beschäftigt hatte. Hier auf Black Swan Manor wurden unsittliche Träume offenbar zur Wirklichkeit. Das Sittenlose regierte über die Tugend, und mehr und mehr erregte ihn, was er dort unten sah. Wie lange war die einst so gottesfürchtige Lucy schon dieser Sünde verfallen? Bei diesen Gedanken geriet er ins Stöhnen, ließ seine Hose hinabgleiten und begann zu onanieren.

Alice beugte sich vor, vergrub die Finger in die Lockenpracht ihres Bruders und drückte dessen Gesicht direkt auf den mit gespreizten Oberschenkeln wartenden Unterleib ihrer Stiefmutter. Und während sich die Frauen wieder in einem Kuss ergingen, sich streichelten und unverständliche Worte miteinander wechselten, waren Jamies geduldig kreisende Kopfbewegungen zwischen Lucys Schenkeln zu beobachten.

Lucy löste sich von ihrer Liebhaberin, lehnte sich noch weiter auf der Brüstung zurück und ließ sich ihre Brustwarzen von der Stieftochter küssen. Ihre Hände legten sich dabei auf den Kopf des Jungen zwischen ihren Beinen und fuhren durch seine vollen blonden Locken. Wie von Sinnen warf sie ihr Haupt hin und her, ihr Stöhnen wurde lauter und rhythmischer und steigerte sich schließlich zu einem hemmungslosen Keuchen, das eher von einem wilden Tier als von einer wohlerzogenen Dame zu stammen schien.

Dann geschah alles auf einmal. Während Lucy ihren Orgasmus bekam, erfüllte ein zischendes Geräusch die Umgebung. Es war, als wenn die Schwingen eines riesigen Nachtvogels die Luft durchschnitten. Die Kerzen flackerten auf und erloschen durch einen plötzlichen Windzug. Lucys wollüstiges, animalisches Aufschreien schnitt sich wie ein Messer durch die Nacht. Byron seufzte tief und sein Sperma spritzte in starken Stößen gegen das Glas des Galeriefensters.

Noch vollkommen außer Atem, versuchte er weitere Einzelheiten auf dem Balkon zu erkennen. Doch in der Dunkelheit war nichts mehr auszumachen. Nur der weiße Seidenvorhang von Lucys Balkontür wehte flatternd in die Nacht hinaus.

3.

Hanna gab Aimée ein Zeichen, hielt die Zügel ihres Pferdes noch etwas fester und presste die Schenkel zusammen. Mit zunehmender Geschwindigkeit der Reittiere wurde der Waldweg immer schmaler. Weit vorne war er nicht mehr als nur noch ein schmaler, von knorrigen Eichenstämmen gesäumter Strich, der auf einen hellen Punkt zulief. Dort hinten wurde der Wald durch das Flussbett des River Tamar begrenzt, der sich mühsam in Richtung Süden schlängelte.

Am sanft abfallenden Ufer des Flusses angekommen, stoppten sie ihre Pferde und ließen sie trinken. Seitwärts dehnte sich ein Stück Marschland mit Wiesen aus. Die Landschaft war noch von einer dünnen Schneeschicht bedeckt, die jetzt in den Strahlen der aufsteigenden Frühlingssonne abzuschmelzen begann. Ein paar Hainbuchen ließen ihr vertrocknetes Blattwerk im Wind rascheln. Sanft zog die Brise über die noch wintergrauen Gräser und Büsche und erzeugte ein gleichmäßiges Rauschen. Hanna, im Sattel sitzend, blickte über den Fluss und die Wiesen hinweg in Richtung des Hügellandes am milchig-weißen Horizont, der noch im Morgendunst lag. Bis dahin reichte ihr Grundbesitz. Die Flussmarsch, der Wald und das feudale Herrenhaus Black Swan Manor mit seinem parkartigen Garten und den zahlreichen Nebengebäuden: All das war jetzt ihr Eigentum.

Begeistert warf sie einen Blick auf Aimée, die sich nach vorn gelehnt hatte und die Hände auf dem Sattelknauf abstützte: schwarze Reitstiefel, enge Reithose, weiße Bluse mit bis an die Ellenbogen hochgekrempelten Ärmeln, kurze Lederhandschuhe. Ihr volles, pechschwarzes Haar mit dem flotten Pagenschnitt schien mit dem Fell ihres Rappen in Konkurrenz treten zu wollen.

Schon während der Ehe mit ihrem vor vier Jahren verstorbenen Gatten, dem deutschen Baron Ludwig von Nordgründen, hatte Hanna mit der damals noch als Au-pair-Mädchen angestellten Aimée eine stürmische Romanze begonnen. Seitdem teilten sie sich nicht nur das Bett, sondern auch ihre bizarren Leidenschaften. Nur zu gern hatte sie in ihrer offen ausgelebten Liebesbeziehung mit der fast fünfzehn Jahre jüngeren Französin ihren masochistisch veranlagten Ehemann erniedrigt, hatte ihn dabei zusehen lassen, wie sie sich ihrem attraktiven Hausmädchen sexuell hingab.

Hanna strich gedankenverloren mit dem Daumen über den Griff ihrer Reitgerte. Wie oft hatte Ludwig dieses Zuchtinstrument in dem halben Jahr ihrer ungewöhnlichen Ehe spüren müssen, oder besser gesagt: dürfen? Er war Masochist gewesen, nur durch Demütigung und Schmerz hatte er Glück und tiefe sexuelle Erfüllung erfahren können.

Nach Ludwigs tragischem Krebstod verließ sie das mit ihm gemeinsam bewohnte Schloss Nordgründen in Deutschland und zog mit ihren engsten Vertrauten nach England, wo sie sich auf dem von ihr erworbenen Herrensitz Black Swan Manor eine neue Existenz aufbaute. Dort lebte sie, mit einem exklusiven deutschen Adelstitel und einer riesigen Erbschaft ausgestattet, weitgehend zurückgezogen, genoss aber mittlerweile das sorgenfreie Leben einer vermögenden Baronesse und Luxusdomina, war somit wohl eine der begehrtesten, jedoch auch bizarrsten Adelswitwen in ganz England.

***

Mit einem Kopfnicken deutete Hanna ihrer jungen Gefährtin an, dass sie den Ausritt fortsetzen wollte. Beide hatten die ganze Zeit über noch nicht ein Wort miteinander gewechselt. Fast gleichzeitig zogen sie die Zügel herum und trabten langsam auf einer gestreckten Höhe direkt am Fluss entlang nach

Norden. Hanna hielt ihr Pferd um eine Kopflänge hinter dem von Aimée zurück. Unerwartet gab diese ihrem Schwarzen einen knappen Hieb mit der Gerte und versetzte ihn in Galopp. Hanna tat ein Gleiches; der warme Frühlingswind wehte ihnen jetzt entgegen. Als sie sah, dass ihre Begleiterin vergnügt vor sich hin lächelte und den Kopf nach oben streckte, während ihre Pagenfrisur bei jedem Schritt des Pferdes auf und ab wippte, schloss sie dicht zu ihr auf. Der Wind drückte Aimées weiße, nahezu durchsichtige Bluse gegen ihre Brust, wo sich ein schwarzer BH abzeichnete, der ihre strammen Brüste keck nach oben drückte. So jagten sie einige Minuten am Fluss entlang.

Unter ihnen zog der River Tamar langsam dahin. Die beiden Reiterinnen verfolgten seine gewundene Bahn. Jenseits hatte inzwischen ein steiles Ufer die vormals flach abfallende Senke zum Fluss hin abgelöst. Zu ihrer Linken lag weiter der dunkle Wald. Er war eine senkrecht aufgerichtete grün-braune Wildnis, gewaltig, lautlos und unbeweglich. Was hätten diese knorrigen Eichen wohl zu erzählen? Hatten sie der vor fast zweihundert Jahren verstorbenen Countess Lucy dabei zusehen können, wie sie hier mit ihren Gesellschafterinnen lustwandelte? Noch einmal trieben Hanna und Aimée die Tiere mit der Reitgerte an, dass die Hufe den Sand nur so aufwirbelten.

Nebeneinander reitend lachten sich die Freundinnen an. Das Leben mit Aimée war wie ein nicht enden wollender Traum, dachte Hanna, als sie allmählich weg vom Fluss in die Dunkelheit des Waldes hineinjagten. Hier war es kühler, feucht und fast schon unheimlich. Sie sah, dass sich eine Gänsehaut auf den Unterarmen ihrer Begleiterin bildete.

Als sie einen von Schilf bewachsenen Teich erreichten, ließen sie die Pferde halten. Sie stiegen ab, setzten sich auf eine verwitterte Holzbank und legten die Reitgerten neben sich ab.

Schweigend blickten sie über das dunkle Wasser, das bewegungslos vor ihnen lag. Aimée schlug die Beine übereinander und wippte mit dem rechten Fuß. Ihre helle Haut, der knallrote Lippenstift auf den vollen Lippen, ihre schwarzen Augen mit unendlich langen Wimpern und elegant nachgezeichneten Augenbrauen standen in einem herrlichen Kontrast zu der umgebenden Natur, sinnierte Hanna. Aimées erotische Ausstrahlung, dieser eigene, bezaubernde Liebreiz, bewirkte stets aufs Neue, dass sie sich in ihrer Anwesenheit so befreit fühlte. Manchmal konnte Hanna bei diesem sinnlichen Anblick schon fast vergessen, dass sie die eigentliche Mistress war. Sie wandelte daher gerne in der Welt von Aimées Sinnlichkeit, nahm sich das von ihr, was sie begehrte.

Sanft schob sie die Hand in das Haar ihrer Freundin. Diese schreckte ein wenig zusammen. Ihre Blicke trafen sich und Hanna bemerkte, dass Aimée den Mund ganz leicht öffnete, so als würde sie in jeder Sekunde ihre Lippen erwarten. Sie deutete ein Lächeln an, atmete mehrfach tief ein und aus. Kurz schien die junge Französin zu zögern, dann kam ihr Gesicht näher – so nah, dass Hanna ihren warmen Atem spürte.

Rote, volle, weiche Lippen. Hanna genoss das zärtliche Spiel ihrer Zungen und sie ließ ihren Gefühlen freien Lauf, als sie einen unendlich leidenschaftlichen Kuss austauschten.

***

Thomas Abbott fragte sich, wie lange er geschlafen hatte. Seine Kehle war trocken und er hätte einiges darum gegeben, jetzt einen Schluck Wasser trinken zu können. Noch halb schlaftrunken, versuchte er auf die Beine zu kommen. Vergeblich! Die Ketten verhinderten es. Der metallene Hundenapf auf dem Boden neben ihm war leer. Er schüttelte die Handgelenke und hörte wieder das metallische Rasseln, das jede seiner Bewegungen während der letzten Stunden begleitet hatte. Unmöglich, sich daraus zu befreien!

War das wieder einer dieser erotischen Träume?

Für eine Sekunde kam ihm der schreckliche Gedanke, dass es abermals eine dieser nächtlichen Traumfantasien sein könnte, aus der er gleich erwachen würde.

Hektisch sah er sich um. Ein quadratischer Raum, Holzwände mit Regalen, ein alter, verrosteter Kanonenofen, zwei einfache Holzstühle, ein Tisch und ein Bett. Durch milchige Butzenfenster drang Tageslicht in die Hütte ein, in der er gefangen war.

Nein, es war die Wirklichkeit! Das Stroh, das sein nacktes Hinterteil kitzelte, der Geruch von altem Holz, all das war inzwischen viel zu real, um seinen Fantasien entsprungen zu sein. Und er war ganz sicher: Vor drei Tagen hatte er den Vertrag unterzeichnet, seit drei Tagen stand er in den Diensten der göttlichen Baronesse Hanna.

Und nun fiel ihm alles wieder ein. Die Willkür der Herrin und sein eigenes Unvermögen hatten ihn in diese Hütte gebracht, hatten dafür gesorgt, dass er nackt und gefesselt auf diesem Strohlager lag. Die Gründe ihres Handelns waren dabei so banal wie auch logisch: Es war die Strafe für sein kläglisches Versagen, eine ihm übertragene Aufgabe zu ihrer Zufriedenheit zu erledigen!

Während ihres täglichen Inspektionsgangs am gestrigen Mittag im Kerker hatte sie vermeintliche Verschmutzungen auf dem Boden seiner Zelle entdeckt und ihn deswegen auf den Flur treten lassen. Er hatte sich daraufhin vor den Augen von Herrin Hanna und Madame Aimée sowie seiner beiden Mitgefangenen ausziehen müssen. Nackt, auf Knien und unter ihren prüfenden Blicken hatte er auf ihre Anweisung hin dann den Boden der Zellen und des Flurs gewischt, hatte Sand,

Matsch, Speichel und Körperflüssigkeiten seiner Mithäftlinge von den kühlen Fliesen entfernt.

Bei diesen Gedanken warf er einen flüchtigen Blick auf seine schmutzigen Knie. Die Haut war dort abgeschürft und noch immer gerötet.

Doch hatte er die Baronesse mit dem Ergebnis seiner Arbeit enttäuscht. Er würde noch einige Zeit brauchen, um ihren Ansprüchen gerecht zu werden, wusste er inzwischen. Schließlich war er ja nur Anglist und Philosoph, musste den Beruf des Putzsklaven erst von Grund auf erlernen …

Die Baronesse hatte ihrem Zorn über seine schlechte Arbeitsleistung Luft gemacht. Sie hatte ihn getreten und gedemütigt, während er vergeblich versuchte, mit seiner Zahnbürste einen hartnäckigen Flecken zu beseitigen. Irgendwann hatte sie die Geduld mit ihm verloren.

„Schaff ihn von hier weg, Adam! Bring ihn ins Waldhaus, dort kann er die Nacht alleine verbringen!", hatte sie mit klarer Stimme mit deutschem Akzent befohlen und war gegangen. Das Aufschlagen ihrer spitzen Stiefelabsätze hallte beim Weggehen von der Gewölbedecke wider. Nur eine Sekunde später hatte er zwei kräftige Hände gespürt, die sich um seine Oberarme legten und ihn spielerisch in die Luft hoben.

Adam war der Leibwächter der Baronesse. Der *stumme Adam*, so sprach es sich unter den drei Gefangenen herum, war schon seit einigen Jahren in den Diensten der Herrin. Sie hatte den damals vollkommen heruntergekommenen und mittellosen polnischen Tagelöhner irgendwo auf der Straße aufgelesen, bei sich aufgenommen und ihn danach systematisch gedrillt und trainiert. Abbott beneidete den stummen Polen, denn dieser genoss zumindest die Aufmerksamkeit und das Vertrauen der Herrin. Es sollte sogar schon vorgekommen sein, dass sie ihn damit beauftragt hatte, Sklaven in ihrem Beisein auszupeitschen.

Thomas Abbott starrte auf das Sprossenfenster an der Südwand und flehte innerlich, dass die Baronesse jemanden schicken möge, um ihn wieder abzuholen. In diesem Moment schob sich die Sonne vor das Fenster und erfüllte den Innenraum mit mehr Licht und sogar etwas Wärme. Wenn ich nur einmal einen Blick auf die Mistress werfen dürfte, flehte er innerlich und befreite seinen unbekleideten Körper so gut es ging von den piksenden Halmen.

In ein paar Wochen würde er wieder den Hochschulmief einatmen müssen, überlegte er. Er würde sich in Vorlesungen damit abquälen, gleichgültigen Studenten die Lehren von Thomas Hobbes oder Friedrich Nietzsche zu vermitteln. Er würde um Budgets kämpfen und sich um die Bildung seiner Hochschüler genauso bemühen wie um die bald frei werdende Stelle als Professor.

Hier jedoch existierte eine andere Welt. Baronesse Hanna war die unumschränkte Herrscherin, hochmütig und unnahbar, über allem stehend. Hinter der barocken Fassade von Black Swan Manor wurde er degradiert, erniedrigt und Opfer ihrer unberechenbaren Launen. Hier war er zwar gefangen und rechtlos, gleichzeitig aber befreit von allen moralischen Zwängen der Außenwelt. Auf Black Swan Manor konnte er um die Aufmerksamkeit der unnahbaren Herrinnen betteln, sich glücklich fühlen, diese einmal nur für eine Sekunde erhaschen zu dürfen. Hier war er, Dr. Thomas Abbott, glücklich, denn es war ihm erlaubt, devot und masochistisch zu sein.

In diesem Moment drehte sich von außen ein Schlüssel in dem rostigen Türschloss.

***

Als die Sonne über den Baumkronen erschien und damit begann, sich im schwarzen Wasser des kleinen Teiches zu spiegeln, unterbrach Aimée die Stille.

„Ist es noch weit?", fragte sie.

Hanna, die ihren Kopf in den Nacken gelegt hatte, um die warmen Strahlen zu genießen, lehnte sich zurück und schob sich die Sonnenbrille in die Haare.

„Wir können die letzten Meter gehen. Die Hütte befindet sich am anderen Ufer, gleich hinter den ersten Bäumen."

„Er wird Durst haben."

„Ich weiß. Wir alle haben unsere Bedürfnisse", grinste Hanna, schob sich die Sonnenbrille wieder vor die Augen und lehnte sich zurück, „Die Sonne ist so herrlich nach dem langen Winter, ich will sie noch ein Weilchen genießen."

Die Pferde am Zaumzeug führend, schlenderten die Baronesse und Aimée eine Stunde später um den Teich herum. Hanna sah beim Gehen aufs ruhige Wasser hinaus. Es war vollkommen windstill. Regungslos standen Inseln von Schilf und Schachtelhalm im Wasser. Die immer mehr in Richtung Süden aufsteigende Sonne vergoldete ihre Spitzen. Hier und da blühte schon ein Busch inmitten dieser noch friedlich im Winterschlaf liegenden Natur. Irgendwo trällerte ein Singvogel. Von den schwarzen Schwänen, die seltsamerweise immer wieder am Teich auftauchten und ihm den Namen Black Swan Lake gegeben hatten, war zu dieser Jahreszeit aber noch nichts zu sehen.

„Es ist alles so friedlich, Aimée. Ich bereue es nicht, Nordgründen verlassen zu haben, um hier gemeinsam mit euch ein neues Leben aufzubauen."

Aimée schwieg, ihr Blick wanderte über das blonde Haar der Baronesse, den Rücken hinab zum Po, um den sich das Leder ihrer Reithose schmiegte. Hanna war für sie etwas Besonderes: eine Frau und Herrin in der überlegenen Stellung einer reichen, luxusverwöhnten Baronesse. Und sie hatte das Glück, zum intimsten Teil ihrer lasterhaften Welt zu gehören. Sie hatte das Privileg, mit ihr das Bett zu teilen, ihre Geliebte und engste Vertraute zu sein.

„Wir sind da! Binde unsere Pferde dort am Baum fest und vergiss nicht, die Satteltasche von meinem Pferd mitzubringen!"

Aimée schluckte. Sie kannte Hannas bestimmenden, kühlen Unterton, den ihre Stimme immer dann annahm, wenn sie sich mit der eiskalten Aura der Domina umgab. Der Schwarze Schwan! Er war wieder präsent! Hanna hatte ihn gerufen und er war in ihr erwacht. Gleich schon würde er ihre Gedanken und Handlungen lenken. Aimée zögerte daher keine Sekunde, den Anweisungen zu folgen.

Hanna fischte einen Schlüssel aus ihrer Tasche und schritt zielstrebig zur Tür. In diesem Moment schob sich eine Wolke vor die Sonne und es wurde kühler. Es schien Aimée auf einmal fast so, als ob sich sogar die Natur der Stimmung der Herrin unterwerfen wollte.

***

Der Lederriemen der Bullenpeitsche knallte laut und schnitt sich über den Nacken und Rücken bis zu den Oberschenkeln in die Haut. Thomas Abbott hielt die Luft an und war kaum noch in der Lage, einen Gedanken zu fassen. All seine Konzentration galt der Verarbeitung des brennenden Schmerzes. So sadistisch wie heute war die Herrin mit ihm noch nicht ins Gericht gegangen. Sein Wille war nach zwei Dutzend Hieben genauso gebrochen wie sein Selbstwertgefühl. Nicht nur sein Körper gehörte der Baronesse, sondern auch seine Seele hatte er ihr hingegeben.

„Wie hast du der Baronesse zu danken? Du darfst jetzt zu ihr hochschauen!", hörte er wie aus weiter Ferne die Stimme von Lady Aimée, die, in lasziver Pose an die Holzwand gelehnt und eine Zigarette rauchend, die qualvolle Session der Baronesse mit amüsiertem Gesichtsausdruck verfolgte.

Der Kopf des im Stroh knienden Mannes bewegte sich bedachtsam nach oben. Thomas Abbott ließ sich Zeit, konnte so Zentimeter um Zentimeter der Herrin, in deren Obhut er sich begeben hatte, bewundern.

Die Baronesse stand genau vor ihm, so dass jede Einzelheit des genarbten Leders ihrer schwarzen Reitstiefel zu erkennen war. Leichte Scheuerspuren an den Innenseiten und den Sohlen zeugten von ihrem Gebrauch. Sein Blick wanderte hoch, über die an den Innenseiten abgesetzte und im Gesäßbereich nach außen erweiterte Lederreithose. Dann die enge, wie angegossen sitzende, weiße Satinbluse, wie bei Lady Aimée ebenfalls bis an die Ellenbogen aufgekrempelt. Schwarze Lederhandschuhe.

Schweigend stand sie über ihm, ließ ihm Zeit, ihren Anblick zu genießen. Er spannte seine schwachen Muskeln an, versuchte, soweit es die Ketten zuließen, sich nach oben zu strecken.

Ihr Gesicht war dezent geschminkt, grüne Augen, edel, kühl und makellos. Der Blick auf den Luxuskörper dieser unnahbaren Frau! Das war die Belohnung für die erlittenen Qualen! Wahrhaftig stand die Herrin vor ihm. Nein, sie war nicht das Déjà-vu eines nächtlichen Traums, aus dem er vor einigen Wochen in seinem Bett erwacht war; sie war so real wie der brennende Schmerz auf seinem Rücken und das Stroh unter seinen Knien!

Wie ein Blitz schnellte ihre Hand vor. Für den Bruchteil einer Sekunde sah er Sterne.

„Träum nicht, du stinkende Kreatur! Wie hat man zu danken!"

Sein Gesicht schmerzte und es piepste in seinem linken Ohr. Sie hatte offenbar den Griff der Peitsche gegen seinen Kopf geschlagen. Die Peitsche wieder in beiden Händen haltend, wies ihr rechter Zeigefinger nach unten.

Die Stiefel!

Er stöhnte auf. Immer mehr drängte das Blut in sein Sexualorgan, das sich schmerzhaft versteifte. Er durfte jetzt eine

Aufmerksamkeit der Herrin erfahren, jauchzte er innerlich, beugte den Oberkörper nach unten und inhalierte den Geruch der Stiefel. Es roch nach Leder, Erde und ein wenig nach Pferd. Inbrünstig überschüttete er die Schäfte mit gefühlvollen Küssen.

„Was hast du der Herrin mitzuteilen, künftiger Professor der Philosophie? Du darfst reden!", hörte er die Stimme mit dem französischen Akzent von links.

Er versuchte zu sprechen, doch Mund und Kehle waren zu trocken. Die spröden Lippen zitterten, stießen zunächst ein unsicheres „angebetete Herrin" aus, formulierten dann nach einiger Zeit:

„Schmerz ist der letzte Befreier unseres Geistes.
Er zwingt uns in unsere Tiefen zu steigen."

Hanna lachte laut auf, sah ihre Freundin an und fuhr ihn dann mit beißendem Ton an:

„Unser Wurm zitiert Nietzsche!? Wie passend! Mit etwas Glück wirst du es noch schaffen, als Schoßhündchen in meiner Bibliothek zu landen. Dort könnten wir beiden an langen Winterabenden vor dem Kaminfeuer über das Leben, den Tod und den Schmerz philosophieren! Was meinst du, würde dir das gefallen? Zu meinen Füßen vor meinem Lesesessel am Kamin zu liegen? Wie ein Hund?"

Er überlegte, was er sagen sollte, fand aber keine passende Antwort. Hoffnungslos war allein der Wunschgedanke daran. Plötzlich spürte er, wie sich ihre Hand unter sein Kinn legte und sein Kopf hochgedrückt wurde.

„Oder wollen wir stattdessen aus dem angehenden Professor ein kleines Püppchen machen? Hmm?"

Sie zog bei diesen Worten die linke Augenbraue nach oben.

„Du wirst ein süßes Kleidchen, Strapse und Stöckelschuhe für die Herrinnen tragen und für uns auf den Straßenstrich gehen, lässt dich in deinen Hintern vögeln und gibst der Baronesse die Einnahmen? Was meinst du, Aimée, was er uns einbringen könne? Zweihundert Pfund nach zwei Stunden Straßenstrich?", wandte sie sich schmunzelnd zu ihrer Freundin nach hinten, die darauf spöttisch entgegnete, dass sie sich durchaus gut vorstellen könnte, ihn auf den Strich zu schicken. Mit etwas Make-up und künstlichen Brüsten könne man aus der nicht wirklich männlichen Erscheinung des Sklaven durchaus eine ganz passable Transe zaubern.

„Sieh doch nur, was für ein zartes Fleisch sein schmutziger und mit Striemen übersäter Körper hat!", lachte Hanna und schien dann nachzudenken.

Die eine Hand noch unter seinem Kinn belassend strich sie dem eingeschüchterten Mann mit der anderen über das wellige Haar und sah ihm tief in die Augen.

„Hast du schon einmal einen Schwanz geblasen oder bist in den Arsch gefickt worden?", fragte sie nach einer Weile.

Er wich ihrem Blick aus und sah verschämt nach unten.

„Würde dir das gefallen?"

Ihre Worte kamen fast flüsternd.

Sein Adamsapfel hüpfte auf und ab. Er wurde rot im Gesicht, brachte bloß ein gestottertes „Herrin, ... ich ... ich habe ..." heraus, wurde daraufhin mit einer knappen Geste zum Schweigen aufgefordert.

„Aimée, stell dir nur vor: Der achtbare Herr Professor der Philosophie würde ein Doppelleben führen, wäre in seinem zweiten Leben eine versaute Transe, die für ihre Herrin anschaffen geht!"

Hanna konnte das Lachen nicht mehr unterdrücken.

„Süße Löckchen hat die Kleine ja schon!", kam die feixende Antwort von Aimée.

Abbott atmete einige Male tief durch. Mit solch einer Aufmerksamkeit der Herrinnen hatte er nicht gerechnet. Aufkommende Glücksgefühle, aber auch eine unbestimmte

Furcht beherrschten sein Empfinden, denn er wusste, dass für die Baronesse die Regeln, Sitten und Normen der normalen Gesellschaft bedeutungslos waren.

„Genug mit den Späßchen! Lass es uns beenden, ich habe die Lust an diesem verschmutzten Stück Fleisch verloren. Wir überlegen uns noch, was wir mit ihm machen. Wir haben im Moment wichtigeres zu tun und ich habe Hunger. Ich will frühstücken und brauche einen starken Kaffee!"

Sie drückte dem vor ihr knienden Mann den Stiefel so stark auf die Brust, dass er nach hinten fiel. Stroh piekste in seine mit Striemen überzogene Haut. Er schrie auf, wälzte sich vor Schmerz auf seinem Lager, verstärkte seine Qualen dadurch nur noch.

Beide Frauen lachten, als sie das Schauspiel verfolgten, bis Hanna sagte:

„Ich glaube, er hat Durst. Gib ihm zu trinken! Und dann mach ihm eine Hand los, so dass er masturbieren kann!"

Nach diesen Worten trat Hanna ans Fenster.

Gedankenverloren sah sie nach draußen.

Es war bereits Mittag und die Sonne hatte fast ihren Zenit erreicht. In den angrenzenden Büschen hüpften Vögel hin und her, verdorrtes Gras oder Schilf vom nahen Teich im Schnabel zu den Nestern bringend. Der Frühling nahte mit großen Schritten, sinnierte Hanna und lächelte zufrieden.

Hinter sich hörte sie ein metallenes Klicken, als Aimée die Kette an Abbotts Handgelenken löste. Ohne hinzuschauen, wusste Hanna, was hinter ihrem Rücken geschah. Aimée würde den Verschluss ihrer Reithose öffnen, sie zusammen mit dem Slip runterziehen und sich über den Hundenapf hocken.

Kurz darauf hörte Hanna ein Plätschern. Nun konnte sie sich nicht verkneifen, sich umzudrehen.

Aimée hockte auf dem Boden, ließ ihren warmen, goldenen Saft in den metallenen Hundenapf zwischen ihren Stiefeln laufen. Ihre Hand vergrub sich in das schwarzhaarige Haupt des Sklaven und drückte es fast zärtlich hinab. „Stille deinen Durst! Du darfst währenddessen bei dir Hand anlegen!", flüsterten ihre Lippen, während der Strahl langsam versiegte und nur noch ein Tropfen zu hören war.

Hanna drehte sich wieder zum Fenster, betrachtete die Landschaft da draußen.

„Trink alles aus, Sklave! Labe dich am goldenen Saft der Herrin und lass nichts übrig!", hörte sie Aimées warme Stimme, während sie ein gieriges Schlabbern wie von einem trinkenden Hund hörte und dann ein immer lauter werdendes Stöhnen.

Ein Sperling hüpfte aus einem Holunderbusch furchtlos auf die Fensterbank, hob den Kopf schräg an und begutachtete zuerst die Baronesse, dann die Szenerie im Blockhaus.

„Schmerz ist der letzte Befreier unseres Geistes.
Er zwingt uns in unsere Tiefen zu steigen."

rief Hanna sich das von Abbott aufgesagte Zitat ins Gedächtnis und dachte dabei an den Schwarzen Schwan. Wann immer sich dieses dunkle Wesen in ihr regte, konnte sie sich ganz in ihre Rolle als Domina fallen lassen. Mehr noch: Sie entwickelte dann einen unbegreiflichen Sadismus, zog aus dem Schmerz ihrer Sklaven einen sexuellen Lustgewinn, der alles überwog. Der Schwarze Schwan war für sie ein dunkler Begleiter, ein unheimliches, aber ebenso anregendes Symbol ihrer weiblichen Sexualität und Dominanz.

Es war schon seltsam, aber wie damals auf Nordgründen hatte dieses symbolhafte Tier auch hier in diesem abgelegenen Herrenhaus in Cornwall einen unerklärbaren Einfluss auf die weiblichen Bewohner. Soweit sie aus den alten Aufzeichnungen des Herrensitzes ersehen konnte, zierte der Schwan nicht nur seit Lebzeiten der Countess Lucy das Wappen des Anwesens, sondern war offenbar auch ein fester Bestandteil seiner Geschichte geworden. Hinzu kam diese seltsame Population von schwarzen Schwänen, die hier immer wieder am Teich gesichtet wurden. Im Moment war für sie dieses Phänomen aber nicht wirklich greifbar, und besonders abergläubisch war sie auch nicht. Jedoch befanden sich in der Bibliothek des Hauses zahlreiche alte Aufzeichnungen, die es zu entschlüsseln und zu deuten galt, wozu Hanna sich allerdings wegen der schwer zu lesenden Schrift nicht imstande fühlte.

Sie wurde aus ihren Gedanken gerissen, als das Stöhnen hinter ihr lauter wurde. Mit einem kreischenden Laut kam der Sklave zu seinem Höhepunkt. Sein Schrei war so schrill, dass die Holzwände und die Fensterscheibe zu vibrieren schienen.

In diesem Moment erblickte Hanna zwischen den Büschen eine seltsame Gestalt.

Verwirrt legte sie die Fingerspitzen der rechten Hand auf die Fensterscheibe und wurde sich bewusst, dass eine aufmerksame Zuschauerin sie beobachtete. Die alten Bäume am Waldrand warfen zwar einen starken Schatten, doch konnte sie es genau erkennen: Kein Zweifel, dort stand eine Frau! Wie ein Fremdkörper aus einer längst vergangenen Epoche stand sie da, helle Haut, ein altmodisches Kleid mit knöchellangem Rock, hochgesteckte Haare.

Hanna sah nervös zu Aimée hinüber, die sich in diesem Moment wieder aufrichtete, und, als sie den besorgten Gesichtsausdruck ihrer Freundin bemerkte, sofort zu ihr ans Fenster eilte.

„Aimée! Da hinten! Vor den Büschen! Am Waldrand!"

Spannung und Aufregung, als sie sich fragte, ob Aimée ebenfalls etwas sähe, ließen Hannas Herzschlag eine Sekunde aussetzen. Sie hielt den Atem an, während sie abwartete, welche Reaktion die altertümlich gekleidete Frau bei ihrer Freundin hervorrufen würde. Doch als Antwort warf Aimée ihr nur einen fragenden Blick zu.

Sie hatte ganz offenbar niemanden gesehen.

„Schon gut. Mir war, als ob uns jemand beobachtet hätte. Lass uns gehen!", flüsterte Hanna ihr zu. Sie wollte jetzt auf andere Gedanken kommen, näherte sich dem auf dem Boden liegenden und schwer atmenden Sklaven und ging neben ihm in die Hocke.

„Ich werde dich nachher abholen lassen. Solange bleibst du hier und übst dich in Geduld!", sagte sie, packte ihn darauf an den Haaren und näherte sich seinem Ohr. Dann zischte sie ihm zu:

„Erwecke nie den Schwarzen Schwan in mir!"

4.

1840 - Der Maler

„Seid Ihr wirklich sicher ...?"

„Ja, es geht nicht so, wie ich es mir vorgestellt habe. Das Licht ist für diese Position zu ungünstig. Neigt den Kopf ein wenig ... ja, genau so. So ist es gut!"

„Vielleicht sollte ich in Richtung des Parks sehen?"

„Nein, bleibt so wie jetzt! Und nun die eine Hand auf die Rückenlehne."

„Ist es so recht?"

„Vielleicht solltet Ihr den Arm noch anders legen? Ich werde es Euch zeigen, Countess ... wenn Ihr erlaubt, dass ich Euch berühre?"

„Ihr dürft! Ebenso habt Ihr mich Lucy zu nennen! Warum so förmlich, Percy?"

Percy Byron beugte sich über die mit rotem Samt bezogene Ottomane, auf der Lucy für das Bild Platz genommen hatte. Behutsam schob er seine Hand unter ihren Ellenbogen und platzierte ihren linken Arm auf die Lehne. Mehrfach änderte er noch dessen Position, bis er die offensichtlich beste Stellung gefunden hatte. Wie gerne hätte er ihre Hand ergriffen, die weiche Haut dieser Frau gespürt. Er bemerkte, dass sein Körper zu zittern begann und musste sich zwingen, nicht zu stottern, als er zu ihr sprach:

„Ihr solltet Euch noch ein wenig mehr zurücklegen, Count... Lucy"

„Ihr meint, ich soll so liegen wie die Frauen auf den Gemälden der großen Meister? So wie das Abbild der ruhenden Venus, der römischen Göttin der Liebe und des Verlangens?", hauchte sie dem Maler verträumt zu, lächelte, als sie darauf die Verwirrung in seinem Gesicht erkannte und sagte: „Die großen Sagen längst versunkener Kulturen sind meine liebste

Lektüre. Erinnert mich daran, Euch einmal die Bibliothek zu zeigen!"

Nach diesen Worten lehnte sie ihren Oberkörper ähnlich wie ihr mythologisches Vorbild lasziv nach hinten. Starr sah sie dem Maler ins Gesicht, spreizte die Beine unter ihrem langen Kleid und hob die Brust an.

„Oder porträtiert mich doch als Peitho, die griechische Göttin der erotischen Überredung! Peitho überredete junge Mädchen, sich nicht zurückzuhalten, sondern sich der Liebe und der Erotik hinzugeben. Ich bin nicht viel anders als Peitho. Ihr habt mich doch gestern dabei beobachtet, mein lieber Percy. Seid nicht so schüchtern und gebt es ruhig zu, denn es hat mir gefallen!", lachte sie ihn auffordernd an und deutete mit dem Zeigefinger auf die hellen Punkte am Atelierfenster. „Und Euch ganz offensichtlich auch!"

Die getrockneten Spermaflecken! Er hatte vergessen, die verräterischen Spuren vom Fensterglas zu entfernen!

Beschämt versuchte er dem forschen Blick von Lucy auszuweichen. Sein Herz raste vor Aufregung und Scham. Auch wenn er wusste, dass sie ihn in der Nacht hinter dem Fenster gesehen hatte, so wäre er doch am liebsten im Boden versunken. Er ballte die Fäuste, zwang sich so zur Ruhe und warf ihr einen verstohlenen Blick zu.

„Eure rechte Hand, Lucy, vielleicht wäre ein kleiner Strauß Lilien dazu passend. Sie würden sich vor Eurem bezaubernd weißen Kleid sehr gut abheben", wechselte er das Thema und wagte, ihre Hand zu nehmen, um sie in ihren Schoß zu legen.

„Ihr zittert ja, Percy! Könnte das Ergebnis auf der Leinwand nicht komisch aussehen, wenn Ihr mich mit zitternden Fingern maltet?"

Intuitiv wollte er seine Hand wegziehen, wurde jedoch festgehalten. Mehr noch, statt ihn loszulassen drückte Lucy sie gegen ihren Unterleib. Er verzog überrascht das Gesicht, spürte dann die Wärme ihrer Scham an seinem Handrücken.

„Spürt Ihr meine Begierde, Percy? Seit ich in diesen Mauern als Gemahlin meines bejahrten Mannes lebe, hat mich wie Venus und Peitho die Wollust gepackt! Da wundert Ihr euch doch sicher, wie ich es mit diesem verrotteten Greis aushalte."

„Ihr ... Ihr lest meine Gedanken!"

„Er hat mir sogar verboten, den Besitz zu verlassen! So gern würde ich mein Pferd satteln lassen und durch den Wald reiten. Black Swan Manor ist ein goldener Käfig, nicht mehr als ein Gefängnis. Nur Alice und Jamie bieten mir Zerstreuung, nur in ihrer Anwesenheit erfahre ich Glück."

Mit diesen Worten presste sie seine Hand stärker gegen den Stoff des Kleides, spreizte die Beine ein wenig mehr, schloss die Augen und stöhnte kaum hörbar. Percy ließ es geschehen, denn mehr und mehr hatte die erotische Ausstrahlung dieser Frau ihn in ihren Besitz genommen.

„Lucy ... ich ... weiß nicht, was ..."

„Oh, mein Leben wäre so belanglos ohne meine reizenden Stiefkinder! Die beiden bezaubernden Engel haben sich von mir in die Gärten des Eros führen lassen. Und mit ihnen werde ich bis in die dunkelsten Abgründe der Wollust hinabsteigen. Sie werden das willige Werkzeug meiner Rache an diesem widerlichen Scheusal sein!"

Ihre Augen weiteten sich. Sie schien sich an ihren finsteren Gedanken zu erregen.

„Aber Lucy! Ihr wart einst eine Schwester Gottes!", beschwor er sie.

„Das bin ich die längste Zeit gewesen. Damit habe ich viel zu viel Zeit verschwendet!"

Zornig starrte sie ihn an. In ihren Pupillen schien ein Feuer aufzulodern.

„Meine wahre Liebe gilt der Göttin der Wollust! Oft ist sie mir auf dem Gipfel des Verlangens erschienen", flüsterte sie, ließ seine Hand los und griff ihm plötzlich so sehr in den

Schritt, dass er einen Schmerzensschrei nicht unterdrücken konnte.

In diesem Augenblick erscholl aus einer Ecke des Raums eine helle Stimme.

„Meister? Die Rottöne sind vorbereitet! Aber das Mohnöl für das Blau ist uns ausgegangen!"

Der Griff um seinen erigierten Penis lockerte sich.

„Geht schon! Eure beiden Lehrlinge warten auf Euch!", forderte sie ihn lächelnd auf.

„Moment!", rief Percy verwirrt nach hinten, erhob sich und eilte dorthin, wo Alice und Jamie damit beschäftigt waren, die Farben zu mischen.

Es war unfassbar, mit welch einer Geisteskraft die Zwillinge ausgestattet waren, überlegte er, als er zu ihnen eilte. Auch wenn ihr Vater sie als schwachsinnig und zurückgeblieben bezeichnet hatte, verfügten sie über eine unerklärlich schnelle Auffassungsgabe. Nur kurze Zeit hatten die beiden ihn am Vormittag beim Herstellen und Mischen der Farben beobachtet und konnten es jetzt so selbstständig verrichten, als würden sie es schon seit Jahren machen. Hier im Atelier, abgeschnitten vom Einfluss des Earls, schienen die Kinder auf rätselhafte Weise aufzuleben. Sie stellten sich sogar als sehr gesellige und unterhaltsame Menschen heraus. Entgegen der ersten Vermutung verfügten sie durchaus über einen klaren und gesunden Menschenverstand.

„Dann mischt die Blautöne eben aus dem Leinöl!", sagte er und beobachtete das verspielte Treiben der Geschwister, das jetzt folgte. Ihre Hände, das Gesicht und die Kleidung waren mit den verschiedensten Farbtönen verschmiert. Auch wenn all ihre Handlungen wohlüberlegt waren, verhielten sie sich wie kleine Kinder.

„Und nennt mich nicht Meister! Ihr seid nicht meine Lehrlinge, auch wenn ihr jetzt schon besser die Farben zubereiten könnt als mein letzter Lehrling am Ende seiner Ausbildung.

Ihr glaubt ja nicht, was für ein Stümper der war!", lachte Percy und setzte sich hinter seine Staffelei, um sich wieder seinem Bild zuzuwenden.

„Bleibt so, wie Ihr jetzt seid, Lucy! Heute werde ich nur Skizzen mit leichtem Farbauftrag fertigen. Ich werde versuchen, so viele wie nur möglich zu machen. So kann ich, wenn Ihr nicht zugegen seid, auch aus dem Kopf arbeiten. Dadurch werdet Ihr am wenigsten von mir belästigt."

Lucy lachte auf, zog sich eine Locke aus der Stirn und legte die Hand zurück in den Schoß.

„Wer sagt Euch denn, dass mich das belästigt? Wie ich schon sagte, lebe ich in einem goldenen Käfig. Da kann ich meine Zeit besser hier verbringen!"

Lange Zeit schwiegen sie. Lucy schien in Gedanken versunken dazusitzen, während Percy sich mit der Skizzierung seines Modells ablenkte.

Am Abend, als sie das Arbeitszimmer verlassen wollte, wagte er die Frage zu stellen, die ihn den Tag über beschäftigt hatte. Er musste dazu seinen ganzen Mut aufbringen.

„In welcher Gestalt ist Euch die Göttin der Lust erschienen?"

Lucy grinste dämonisch und warf ihm einen vielsagenden Blick zu.

„Die Göttin erscheint mir in der Gestalt des *Schwarzen Schwans*. Sie ist durch einen Spiegel zu mir gekommen. Geduldet Euch nur, auch Ihr werdet bald dem Schwarzen Schwan gegenübertreten! Verlasst Euch darauf, mein ehrenwerter Percy!"

***

Beim Abendessen am nächsten Tag erkundigte sich der Earl, wie Percy mit dem Porträt vorankomme.

Lucy und die Zwillinge waren an diesem Abend nicht beim Dinner anwesend. Seit Mittag hatte der Maler sie nicht mehr gesehen. Der Earl gab zu verstehen, dass sie sich nicht wohlfühle und auf Anraten des eigens gerufenen Arztes in ihrem Gemach bleiben würde.

Nachdem Percy sein Bedauern über das Befinden der Gemahlin zum Ausdruck gebracht hatte, antwortete er:

„Wir machen gute Fortschritte. Die ersten Skizzen sind angefertigt und ich hoffe, dass ich schon bald die ersten Farbaufträge ausprobieren kann. In diesem Zusammenhang möchte ich einen Wunsch an Euch richten."

„Scheut Euch nicht, geschätzter Byron!"

„Ich benötige, auch wenn meine gesamte Konzentration auf das Bildnis Eurer Gattin gerichtet ist, ein wenig Ablenkung, um Kraft für meine Arbeit zu schöpfen. Daher erbitte ich die Erlaubnis, den Park und den Wald zu betreten, um Inspirationen für neue Motive zu gewinnen. Gerne würde ich dort auch einige Skizzen anfertigen."

„Nehmen Sie sich die Zeit, die Sie für Ihre Arbeit beanspruchen! Sie wissen ja um Ihren Auftrag und haben hiermit meine Erlaubnis. Liege ich falsch in der Annahme, dass ein Bild umso besser wird, je länger sich der Künstler dafür Zeit nimmt?"

Er wollte gerade antworten, als der Earl ergänzte, dass er nicht allzu viel vom Malen verstehe, ihm dies aber der gesunde Menschenverstand sagen würde.

„Ihr Menschenverstand gibt Euch Recht", entgegnete er und wischte sich instinktiv den Mund ab, so als wolle er damit die soeben ausgesprochene Lüge aus der Welt schaffen.

Seit den ersten gemeinsamen Stunden mit der faszinierenden Lucy war es sein sehnlichstes Begehr, so lange und oft wie möglich mit ihr zusammen zu sein. All seine Gedanken drehten sich mittlerweile um diese rätselhafte und gleichzeitig so anziehende Frau.

„Ich werde eine gewisse Zeit benötigen, um das vollkommene Abbild Eurer Gemahlin schaffen zu können!", sagte er.

„Ich will nicht nur Ihre körperliche Hülle! Ihr seid hier, um die Reinheit ihrer Seele zu erkennen. Und ich mache mir die größten Hoffnungen, dass nur Ihr das Talent habt, mir diese zu offenbaren!"

Der Maler steckte die Gabel in den Wildbraten auf seinem Teller und setzte das Messer an. Mit einer kräftigen Handbewegung schnitt er das Fleisch ein. Hellroter Saft quoll aus der mageren Wildschweinkeule.

„Euer werter Freund aus dem fernen Manchester hat in der Beschreibung meiner Arbeiten nicht übertrieben. Ja, ich habe eine gewisse Empfänglichkeit für den Geist meiner Modelle!", log er.

„Mein Freund hat in Euren Bildern etwas gesehen!"

„Er hat die Seele der darauf abgebildeten Menschen gesehen?"

„Ja, er hat es so ähnlich beschrieben! Die Augen der von Euch portraitierten Frauen würden ihn seltsam verfolgen. Egal von welcher Stelle er die Portraits betrachtete, schauten ihn die Frauenaugen an, schrieb er mir."

„Ich bin in der Lage, Euren Wunsch zu erfüllen", schwindelte er in Anbetracht der optischen Täuschung, der der Freund aufgesessen war. Er hätte ihm jetzt die größten Unwahrheiten aufgetischt, um in der Nähe von Lucy bleiben zu dürfen, dachte er und sah dabei auf seinen Teller. Dieser schien sich immer mehr mit einer undefinierbaren blutigroten Flüssigkeit aus dem Fleisch zu füllen.

In diesem Moment trat der Diener heran. Byron erkannte, dass dessen Hand zitterte, als er den Rotwein für den Earl nachschenkte, dann darauf achtete, dass er selbst aus einem anderen Kelch den Wein eingeschenkt bekam.

Davon nichts merkend, hob der Hausherr sein Glas und nahm einen kräftigen Schluck.

Das weitere Tischgespräch drehte sich um die Vermählung von Queen Victoria mit ihrem Cousin Albert von Sachsen-Coburg und Gotha sowie die damit verbundenen Folgen für die Beziehungen zwischen dem Englischen Königreich und den deutschen Adelshäusern. Im Laufe des Gesprächs, bei dem der Earl anfangs noch ein fundiertes Wissens über die politischen Beziehungen bewies, wurde dieser, je weiter der Abend voranschritt, immer unkonzentrierter. Was Byron zuerst als Zerstreutheit eines vielbeschäftigen Mannes abtat, stellte sich gegen Mitternacht als eine geistige Verwirrtheit heraus. Der Adelsmann verhielt sich wie in einem Delirium. Er plauderte zusammenhanglose Sätze, die nach einiger Zeit überhaupt keinen Sinn mehr ergaben, so dass der Maler sich kurz nach Mitternacht entschuldigte und sich auf sein Zimmer zurückzog.

***

Trotz einer gewissen Weinschwere konnte Percy Byron nicht einschlafen. Immer wieder kehrten seine Gedanken zu Lucy und zu der Verwirrtheit des Earls zurück. Dessen Zustand konnte auf keinen Fall eine Auswirkung des Alkohols gewesen sein, denn das Verhalten unterschied sich völlig von dem eines Mannes, der über den Durst getrunken hatte, folgerte er. Ebenso wenig erklären konnte er sich das Zittern des Dieners beim Einschenken des Weins. Und was hatte das alles mit dieser kleinen und mit roter Flüssigkeit gefüllten Glasampulle zu tun, die Lucy dem Diener einige Tage zuvor heimlich zugesteckt hatte?

Plötzlich fuhr er aus einem unruhigen Halbschlaf erschrocken hoch.

Der Schrei eines Mannes! Danach ein lautes, gebetsähnliches Flehen!

Er war sich nicht sicher, aber er meinte, dass es die schmerzverzerrte Stimme des Earls war, die er gehört hatte.

Einige Minuten blieb er still liegen, atmete so leise durch den geöffneten Mund, wie es nur ging. Alles blieb ruhig und es regte sich nichts mehr in dem Gebäude.

Wieder konnte er nicht einschlafen und wälzte sich im Bett hin und her. Er nahm sich vor, schon am nächsten Morgen mit Papier und Stift bewaffnet einen ausgiebigen Rundgang durch den Park und den angrenzenden Wald zu machen.

***

Je emsiger Percy Byron im Unterholz des Waldes nach einem Rückweg suchte, desto unbekannter kam ihm alles vor. Es ärgerte ihn, dass er den befestigten Weg verlassen hatte, um quer durch den Wald zum Herrensitz zurückzukehren. Zumindest müsste nach dem Stand der späten Vormittagssonne die Richtung stimmen, denn das prachtvolle Haus musste irgendwo im Süden von ihm liegen. Er ging ein paar Schritte zurück, bald wieder vorwärts, aber vergeblich: Er hatte den Weg verloren.

Die Vögel schwiegen schon und um ihn herum wurde es immer stiller. Die Strahlen der Mittagssonne schillerten sengend auf die vielen Waldlichtungen, die unter einem Schleier von Schwüle lagen. Nach einer Weile kam er unerwartet an eine hohe Mauer und gelangte dann an ein Gittertor, zwischen dessen rostigen Stäben hindurch man in einen eindrucksvollen Lustgarten hineinsehen konnte. Lucy hatte ihm während einer der Sitzungen im Atelier bereits davon erzählt. Daher wusste er, dass dieser Lustgarten an der Grenze zwischen Parkanlage und Wald lag. Das Schloss war also nicht mehr weit entfernt.

Ein Strom von Kühle und Blumenduft wehte ihm durch die Torstäbe entgegen. Er legte seine Hand um einen der rostigen Stäbe und zog vorsichtig daran. Das Tor war nicht verschlossen. Von einer seltsamen Neugierde gepackt, öffnete er es und trat hinein.

Hohe Buchen empfingen ihn mit ihren märchenhaften Schatten, zwischen denen gelbe und rote Vögel wie im Wind wehende, bunte Blütenblätter hin und her flatterten. Er sah riesige, fremdartige Blumen, wie er sie nie zuvor gesehen hatte, in der leichten Brise schwanken. Aus Springbrunnen mit seltsamen, aus Stein gehauenen Fabelwesen plätscherte Wasser. Zwischen den Buchen hindurch schimmerte von der anderen Seite des Gartens ein weißes Teehaus mit schlanken Säulen an der Vorderseite. Kein Mensch war hier zu sehen, tiefe Stille herrschte überall. Verwundert betrachtete er die knorrigen Bäume, Brunnen und Blumen. Er setzte sich auf den gepflegten Rasen, holte Zeichenblock und Kohle hervor und begann einige Skizzen davon zu fertigen.

Er hatte bereits eine Weile gezeichnet, als er die Klänge einer Harfe vernahm, erst deutlich, dann verschwanden sie wieder unter dem Rauschen der Springbrunnen. Lauschend verharrte er am Boden. Als er die bezaubernden Klänge abermals hörte, ging er in Richtung des Teehauses. Je näher er kam, desto deutlicher wurde die betörende Musik.

Vorsichtig betrat er das Haus durch die geöffnete Tür und sah zwei Frauenhände, die über die Saiten einer Harfe zu fliegen schienen. Mit geschlossenen Augen saß Lucy an dem Zupfinstrument mit dem charakteristisch geschwungenen Korpus und dem Hals, zwischen denen die Saiten gespannt waren. Ihr Kopf bewegte sich im Takt der Musik sachte und wie in Trance vor und zurück. Fasziniert setzte er sich und schloss die Augen. Er hätte diesen lieblichen Klängen ewig lauschen können.

Eine plötzliche Dissonanz von Tönen ließ ihn aus der Harmonie seiner Gedanken herausreißen.

Zornig sah sie ihn an.

„Ihr kommt zu spät, Maler!"

„Lucy, ... Ihr habt mich erwartet? Woher wusstet Ihr ...?"

„Um mich vergessen zu lassen, dass ich hier eingesperrt leben muss, hatte er mich nach unserer Vermählung gezwungen, dieses Instrument zu erlernen. Es sollte mich an die Gitterstäbe des goldenen Käfigs erinnern, sagte er damals hämisch zu mir", unterbrach sie ihn.

Sie schüttelte den Kopf und erhob sich von dem Hocker, auf dem sie saß.

„Schon bald wird seine Autorität ein Ende haben. Dann werde ich wieder über die sanft geschwungenen Hügel Cornwalls reiten können", sagte sie und ließ sich auf eine lederne Couch fallen.

„Kommt schon zu mir, Percy, zeigt mir, dass Ihr eine verzweifelte Lady wie mich zu trösten vermögt! Ermuntert mich ein wenig!"

Mit einer Handbewegung deutete sie ihm an, näher zu kommen. Ihre Brüste hoben und senkten sich unter dem hochgeschlossenen Kleid. Immer wieder blickte sie dabei nervös zur Seite, dorthin, wo ein hellroter Vorhang vor einer großen Mauernische hing. Was schien sich dahinter zu verbergen, fragte er sich kurz und näherte sich vorsichtig der auf ihn wartenden Lucy.

„Lucy, was ist geschehen? Hat Euer Gemahl Euch belästigt oder Schaden zugefügt?"

Sie antwortete nicht, saß stumm da und schien nach draußen zu horchen, sah dabei erneut gedankenvoll zu dem Vorhang. Dann schien sie sich zu entspannen und löste den Verschluss des Kleides am Hals. Der Kragen rutschte tiefer und gab eine ihrer sanft geformten, weiß schimmernden Brüste frei.

Er ließ sich zu ihr nieder, legte die Arme um sie schmiegte sein Gesicht an ihren freien Hals. Sie roch wunderbar weiblich, dazu kam der Hauch eines Rosenparfüms. Ihre schlanken, zarten Finger strichen zärtlich über sein Haar. Sie lehnte sich ganz zurück und küsste seine Wange, ein flüchtiger Kuss von kühlen Lippen. Ihr Blick wanderte über sein Gesicht, verfing sich dann in seinen Augen. Welch eine Zartheit besaß dieses Wesen und welch ein Gegensatz war es zu den beunruhigenden Seiten, die sie scheinbar tief in sich verborgen hielt. Sein Herz begann bei diesen Gedanken zu rasen. Er spürte, dass er zu schwitzen begann und ein seltsames Gefühl durchflutete ihn.

Er streckte die Arme aus und zog sie zu sich heran. Eng umschlungen sanken sie auf das Sofa. Sie drückte ihren zitternden Körper an ihn, wurde wilder und fordernder, verlor nun fast jegliche Hemmung. Seine Hände suchten nach ihren Brüsten, schoben dabei den Stoff des Kleides immer tiefer. Mit einer schnellen Bewegung befreite sie sich ganz davon, zerrte und zog danach so an seinem Hemd, dass es einriss.

Die Hitze in seinem Körper erhöhte sich, machte das Verlangen nach dem Frauenkörper unter ihm unerträglich. Er war von einer solchen Leidenschaft erfasst, wie er sie seit den Jahren seiner Jugend nicht mehr erfahren hatte. Gebend und verlangend ließ er seine Handflächen über ihren bebenden Körper gleiten, er suchte, erkundete und fand die erregenden Stellen, was seine Begierden immer weiter ansteigen ließ.

Sie hob den Unterleib an und spreizte die Schenkel, und als er in sie eindrang, stöhnte sie verzückt und wie von langen Entbehrungen erlöst auf.

Sein ganzes Denken konzentrierte sich jetzt auf Lucy und das Gefühl der Lust; nichts schien mehr von Bedeutung als die Begierden. Ihre nackten Leiber zuckten, die Bewegungen wurden ungestümer, strebten der gemeinsamen Vereinigung in unendlicher Leidenschaft entgegen.

Als sich mit einem Kribbeln im Unterleib der nahende Höhepunkt ankündigte, bemerkte Percy ein letztes Aufflackern der Vernunft, die ihm sagte, er müsse sich von ihr lösen.

Er beantwortete diese Eingebung mit einem noch heftigeren Stoßen seines harten Glieds in ihren Unterleib. Lucy schien seine Gedanken gelesen zu haben, dieses letzte, warnende Aufflackern der Besinnung in ihrem Liebhaber, und als ob sie die Hoffnungslosigkeit der Warnung demonstrieren wolle, drängte sie sich noch mehr an ihn heran. Sie murmelte Worte ohne Zusammenhang in lateinischer Sprache, veränderte dabei die Stimme zu einem seltsamen Klang. Sie bäumte sich auf und wurde noch wilder unter ihm, dabei undefinierbare Laute ausstoßend. In ihren Augen schienen Flammen aufzulodern. Er wich dem stechenden Blick der Frau aus und sah zum Vorhang, der sich von hellrot in ein blutiges Rot verfärbt zu haben schien.

In diesem Moment versanken sie gleichzeitig in einem Feuer der Lust. Mit einem Aufkeuchen ergoss er sich in sie.

Erfüllt von einen trügerischen Liebesglück fiel er in einen beruhigenden Schlummer.

***

Eine verstörende Dissonanz von Klängen ließ ihn aus dem sanften Schlaf erwachen. Er fror ein wenig, denn noch immer war er nackt. Er blickte sich verschlafen um und nahm die Umgebung langsam wieder wahr.

Noch immer befand er sich im Teehaus! Es war also kein Traum gewesen!

Als Lucy sich von ihrem Musikinstrument erhob und an ihn herantrat, war sie wie verändert.

Breitbeinig baute sie sich vor ihm auf. Der Anblick, der sich ihm bot, war gleichsam ungewöhnlich und beängstigend wie auch anregend. Auf ihrer nackten Haut trug sie jetzt einen schwarz-silbrigen Pelzmantel, ein seltener und höchst wertvoller Silberfuchs, wie er vermutete. Ihre schlanken Finger steckten in dunklen Lederhandschuhen. Hohe, schwarz glänzende Reitstiefel, die er sonst nur von den Husarenreitern kannte, kleideten ihre Füße und Beine. Doch am meisten beängstigte ihn das, was sie in ihrer Hand hielt. Ihre Finger umschlossen den seltsam verzierten Silbergriff einer Riemenpeitsche, deren dünne Lederschwänze bis zum Boden reichten und dort neckisch zu tanzen schienen.

Spöttische Dominanz, unbefangene Verlockung, kühle Skepsis und manches mehr ließ ihn der Anblick in dieser Frau erkennen. Sie war verwandelt, war von der unschuldigen Seele zur herrischen, unbeugsamen Königin geworden. Sie war Diana, die Göttin der Jagd, und Voluptas, die Göttin der Lust und Begierde, in einem. Nun bekam er eine Ahnung davon, was sie bei der Sitzung mit dem Gemälde alter Göttinnen gemeint hatte. Ja, sie war eine Göttin, der man sich zu unterwerfen hatte, der man zu Füßen fiel, wenn man in ihre Nähe geriet.

„Du wolltest den Schwarzen Schwan sehen? Du hast ihn erweckt!", sagte sie, drehte sich um und schritt gemächlich zu dem Vorhang, der jetzt wieder eine hellrote Farbe angenommen hatte.

Mit einer raschen Bewegung zog sie ihn auf und gab den Blick in eine breite Mauernische frei.

Percy schnappte nach Luft und spürte das Blut in seinem Kopf pochen.

Alice und Jamie wanden sich verspielt, fast lustvoll in den Seilen, mit denen sie gefesselt und kopfüber von der Decke hingen. Die fixierten Zwillinge schienen kaum ängstlich zu sein. Es war seltsam, aber ihr Gesicht zeigte einen Ausdruck der Zufriedenheit. Auf fremdartige Weise sah es sogar aus, als würden die Seile, die das junge Fleisch ihrer Körper fest umschlangen, die Zwillinge liebkosen.

Ihre Haut war von roten Striemen übersät. Percy hatte keinen Zweifel daran, dass diese von der gnadenlosen Neunschwänzigen in der Hand der Göttin im Pelz stammten.

Dann hörte er in seinem Rücken ihre frostklare Stimme. Es war, als würden die Worte wie Peitschenschläge von hinten auf ihn niedergehen.

„Die Zärtlichkeiten des Schwarzen Schwans bestehen aus brennendem Schmerz. Ich erquicke mich daran, so wie du das Spiel meiner Hände an der Harfe liebst! Sieh dir meine süßen Engel an! Ich gebe ihnen Schmerz und sie schenken mir dafür ihren Körper und ihre Seele. Sie sind mir wie zwei junge Hunde ergeben. Sie verehren ihre dunkle, grausame Göttin und Gebieterin und werden mir bis in den Tod folgen!"

Eine Stille trat ein und Percy wagte nicht, einen Ton von sich zu geben, starrte stattdessen auf die beiden vor ihm hängenden jungen Menschen, die sich scheinbar willig in ihr lustvolles Schicksal ergeben hatten. Als er ein Kratzen am Boden hinter sich vernahm, atmete er tief ein und hielt die Luft an, erwartete jede Sekunde den Streich der Peitsche. Dabei bemerkte er ein ihm fremdes Gefühl in sich aufkommen: Er begehrte nach der körperlichen Züchtigung durch dieses Instrument! Er hätte sich am liebsten umgedreht, sich zu Boden geworfen und um die Zärtlichkeiten der Göttin gebettelt. Sein Penis füllte sich bei diesen verbotenen Gedanken mit Blut, die Hoden legten sich an.

Als sie an ihm vorbeischritt, hob sie die Peitsche an, ließ die Lederriemen erst über seine nackte Schulter und dann über das erigierte Glied gleiten.

Dann stellte sie sich genau zwischen ihre beiden Stiefkinder, die ihre Stiefmutter mit einem wehmütig bettelnden Blick ansahen, streckte die Arme aus und gab ihnen gleichzeitig einen Stoß, so dass sie wie zwei menschliche Pendel zu schaukeln begannen.

Mit einem teuflischen Lächeln im Gesicht hob sie den Kopf an und wies mit dem Züchtigungsinstrument auf Percys steifen Penis. Er sank zu Boden und warf sich Lucy vor die Füße. Er wollte gerade um ihr Wohlgefallen flehen, als sich Alices Körper vor ihm zu Boden senkte. Offenbar hatte die Countess einen ihrer Knoten gelöst oder einen versteckten Mechanismus betätigt. Dann spürte er, wie sich ihre Hand in sein Haar vergrub und schmerzhaft daran zog. Sie sprach klar und deutlich:

„Du vergehst dich jetzt an meinem kleinen Engel, zeige ihr die Wonnen deiner Männlichkeit. Sie bettelt ihre dunkle Göttin schon die ganze Woche darum an! Worauf wartest du? Meine Neunschwänzige hat sie so sehr in die Wollust getrieben, dass sie es jetzt sogar mit einem der dreckigen und nach Kuhmist stinkenden Bauern aus dem Dorf treiben würde!"

Nach diesen Worten verstärkte sich der Griff in seinen Haaren.

Unvermittelt folgte er dem Befehl der Herrin und kroch zu Alice, die im selben Moment die Oberschenkel spreizte und ihm einladend ihre freie Grotte entgegenstreckte.

Mit der Heftigkeit eines wilden Tiers drang er in sie ein. Als er in den Schoß des stöhnenden und sich am Boden windenden Mädchens stieß, hörte er das verzerrte Lachen der Göttin hinter sich. In diesem Augenblick schlangen sich die dünnen Schwänze der Peitsche um seinen nackten Rücken. Lederriemen gruben sich brennend in sein Fleisch. Sein Körper zuckte vor Lust und Schmerz auf. In diesem Moment wusste er, dass er Lucy hoffnungslos verfallen war.

5.

Hanna zügelte ihre schneeweiße Stute dicht vor der breiten Marmortreppe, die hinauf zur Terrasse führte. Lässig warf sie dem jungen Stallburschen die Zügel hin, während sie ohne jede Hilfe elegant aus dem Sattel glitt.

„Ich glaube, wir können das Frühstück im Wintergarten zu uns nehmen", schlug sie Aimée vor, die von ihrem Schwarzen abstieg und mit den an Hanna gerichteten Worten: „Ich sag in der Küche Bescheid, dass man für uns decken soll" dem herbeigeeilten Stallmeister die Zügel überreichte.

Hanna warf ihrer schwarzhaarigen Freundin, die in diesem Moment schon über die Treppe zur großen Terrasse eilte, einen kurzen Blick nach. Verführerisch wippte ihr knackiger Po auf langen Beinen die Stufen hoch.

„Hey! Nicht träumen, Stallbursche! Als Lehrling hast du dich um die Tiere zu kümmern und nicht um die Reiterinnen!", rief Hanna den mit offenem Mund in Richtung Aimée gaffenden Jungen neben sich zur Ordnung.

„Du reibst meine Kassiopeia tüchtig ab, und dann bekommt sie eine gute Portion Hafer", forderte sie den verdutzen Auszubildenden auf und klopfte den schlanken Hals des Tieres, sagte dann lachend: „Wir haben einen guten Ritt hinter uns gebracht, schönes Mädchen, oder?"

Das Pferd schnaubte als Antwort einmal auf, rieb die geblähten Nüstern an Hannas Schulter, wo es einen feuchten Fleck auf der weißen Bluse hinterließ.

„Kassiopeia war heute sehr unruhig. Ich habe das Gefühl, sie ist rossig geworden", murmelte sie in Gedanken vertieft vor sich hin, ihre Augen schienen dabei mit nachdenklichem Blick eines der Fenster im Obergeschoss zu fixieren.

Unser Schlafzimmerfenster! Hatte sich da hinter der Gardine etwas bewegt?

Ehe der unerfahrene Lehrbursche etwas erwidern konnte, trat der Stallmeister dazwischen. Er hatte im Gegensatz zu seinem halbwüchsigen Mitarbeiter die Worte verstanden und nickte zustimmend.

„Baronesse, Sie sind heute so zeitig ausgeritten, dass ich keine Möglichkeit mehr hatte, Sie rechtzeitig darauf hinzuweisen. Ich hoffe, Kassiopeia hat Ihnen nicht zu viele Probleme bereitet?"

„Nein, nein!", entgegnete Hanna und schüttelte den Kopf. Sie war mit den Pferden inzwischen zu vertraut, als dass ihr dies Schwierigkeiten bereiten konnte. Ihre Augen verrieten dann eine gewisse Nachdenklichkeit, als sie erwiderte: „Soviel ich weiß, besitzt meine Freundin, Lady Fortescue, einen prachtvollen Zuchthengst. Ich könnte mir gut vorstellen, dass der Nachwuchs ihres Hengstes und meiner Kassiopeia vielversprechend sein wird!"

Sie fuhr mit dem Lederhandschuh durch die weiße Mähne ihrer Stute.

„Das wäre für dich sicher ein toller Liebhaber, was, Kassiopeia?"

Diese warf wiehernd ihren Kopf zurück und scharrte mit den Vorderhufen auf dem Boden.

„Sehen Sie, Mr. Fitzgerald? Es scheint, wir haben ihr Einverständnis", lachte sie den Stallmeister an.

„Baronesse, werden Sie selbst bei Lady Fortescue anrufen oder soll ich mich bei ihr melden? Der Stallmeister der werten Lady war übrigens einst mein Lehrling."

Ein gewisser Stolz schwang in seinen Worten mit.

„Nein, lassen Sie nur, ich werde sie gleich nach dem Frühstück selbst anrufen. Sie ist ja eine gute Freundin von mir und wir haben länger nicht miteinander geplauscht. Jetzt will ich mich aber beeilen. Nach dem Reiten und der frischen Luft will ich endlich was essen. Und, Mr. Fitzgerald, Sie wissen ja, wie missgelaunt ich sein kann, wenn ich Hunger habe!"

Sie klemmte die Reitgerte unter den Arm und zog sich die Handschuhe von den Fingern. Vor dem Weggehen trug sie dem Stallburschen auf, dass dieser Adam aufsuchen solle. Einer ihrer Kunden müsse noch von der alten Blockhütte am Teich abgeholt und im Keller weggesperrt werden. Zielstrebig schritt sie über die hellen Marmorplatten der großen Terrasse, reichte der an der Terrassentür stehenden Bediensteten Handschuhe und Reitgerte und gesellte sich zu der bereits im Wintergarten auf sie wartenden Aimée.

***

Mr. Fitzgerald sah seinen neuen, ein wenig konsterniert dreinblickenden Lehrling an und konnte sich ein Schmunzeln nicht verkneifen. Er kannte die Eigenarten der Baronesse schon seit ihrem Einzug auf Black Swan Manor vor gut vier Jahren und hatte sich mittlerweile daran gewöhnt.

„Komm schon, Daniel! Wir bringen die Pferde wieder in die Stallungen! Ich werde dir derweil ein wenig über deine neue Arbeitgeberin erzählen. Es ist ja schließlich dein erster Tag hier", sagte er und bewegte sich in Richtung der Ställe.

„Du musst wissen, dass die Baronesse sehr autoritär ist, was manchmal schon herrische Züge annehmen kann, wenn ihr etwas nicht passt."

„Herrisch?"

Daniel schien nicht zu verstehen. Er runzelte erstaunt die Stirn.

„Viele der Bediensteten arbeiten schon seit Generationen für das Haus. Sie lehnten die neue Chefin, die hierher zu uns ins beschauliche Cornwall gezogen war, anfangs ab, denn schließlich war ihr damals schon ein gewisser Ruf vorausgeeilt. Außerdem sei sie eine Deutsche und keine Britin, meinten viele. Hinter vorgehaltener Hand wurde viel getuschelt. Aber die Vorbehalte aus dem Kreis der Bediensteten waren schon nach kurzer Zeit verstummt. Schnell stellte sich die neue Hausherrin wohl als sehr strenge, aber auch als gewissenhafte Arbeitgeberin heraus. Die Baronesse hat einen ausgeprägten Geschäftssinn, denn trotz ihrer vielen Abwesenheiten und Tätigkeiten als ... als ...", der Stallmeister versuchte, das richtige Wort zu finden, „sagen wir einmal: *dominante Mistress* ... erlebt das Anwesen unter ihr eine wirtschaftliche Blüte. So wurde nach ihrem Einzug das Haus komplett renoviert und auf den neuesten Stand der Technik gebracht. Auch hat sie die Forst- und Pferdewirtschaft wieder auf Vordermann gebracht – alles Dinge, die unter den damaligen Eigentümern, Nachkommen der Earls of Devonshire, vernachlässigt worden sind und das Haus immer mehr herunterkommen ließen."

„Sie macht auch wirklich einen ... ziemlich ... strengen Eindruck, Meister."

Mr. Fitzgerald lachte laut auf.

„Ja, in der Tat! Vielleicht ist dir bekannt, dass sie früher einmal als Domina ein Studio betrieben hat." Die Stimme des Stallmeisters hob sich jetzt. „Aber lass dir gesagt sein: Die Dominanz, ihre rücksichtslose Härte gegen sich und andere, die Unnahbarkeit und der Hang zum Luxus ist eine Seite von ihr. Eine andere Seite ist die Tatsache, dass es uns Bedienstete unter ihr weitaus besser geht als je zuvor. Und es gibt wohl kaum eine ...", er versuchte erneut ein richtiges Wort zu finden, „kaum eine ... äh ... *attraktivere* Chefin!"

Der Lehrling kratzte sich am Hinterkopf und schob den Schirm seiner Basecap zur Seite.

„Ja, sie ist schon eine außergewöhnliche Dame. Und ihre Freundin, die mit dem französischen Akzent, diese Aimée, die ist ein echter Knaller! Wie alt ist die wohl? Bei der könnte ich echt einmal ..."

„Lass dir eines gesagt sein!", unterbrach der Stallmeister den Halbwüchsigen, „Wage es nicht einmal, auch nur daran zu denken, junger Mann!"

„Wie meinen Sie das, Meister?"

„Das will ich dir erklären: Vor zwei oder drei Jahren hat der Gehilfe unseres Hofgärtners es einmal gewagt, sich Madame Aimée ohne Erlaubnis zu nähern und sie unsittlich zu berühren versucht. Der Kerl hatte damals den Rasen im Park gemäht und dabei bemerkt, dass die Madame sich im Garten in einem Liegestuhl sonnte."

Meister Fitzgerald schüttelte verständnislos den Kopf, fuhr dann fort:

„Der Dummkopf verstand ihre freizügige Art und den knappen Bikini wohl als Aufforderung. Er schlich sich zu ihr hin und drückte die überraschte Madame in den Stuhl hinein, gab ihr Küsse und begrabschte ihren Busen."

Als die beiden die Stallungen erreicht hatten, legte Mr. Fitzgerald eine Gesprächspause ein. Sie sperrten die Pferde in die Boxen und verschlossen sie. Die Neugierde des Lehrlings war aber geweckt. Geschwind eilte er wieder zu seinem Chef.

„Und dann, Meister? Was geschah dann?"

„Was dann geschah? Das sage ich dir lieber nicht. Keiner weiß das so richtig."

„Aber ist Aimée ... ich meine: *Madame Aimée* ... nicht zur Polizei gegangen und hat Anzeige erstattet? Das war doch sexuelle Belästigung!"

„Die Baronesse ist das Gesetz auf Black Swan Manor! Und Aimée ist ihre Geliebte! Und wer die Geliebte der Herrin behelligt, hat hier ein Problem! Ein Riesenproblem! Punkt!"

Daniel schluckte.

„Was geschah denn nun mit dem Mann?", erkundigte er sich nochmals, nun ein wenig vorsichtiger.

„Wie gesagt: Wir wissen es nicht genau! Irgendwie hat sich die Madame aber aus dem Griff des Gärtnergehilfen befreien können und nach Hilfe gerufen. Adam, der stumme Leibwächter der Baronesse, war schon nach ein paar Sekunden bei ihr und überwältigte den Gehilfen!"

Mr. Fitzgerald füllte Hafer in einen Blecheimer und gab dem Lehrling zu verstehen, damit den Futtertrog von Kassiopeia zu füllen.

„Den Mann haben wir dann erst ein paar Tage später wiedergesehen, als er seine Arbeitspapiere von der Baronesse abholte. Seine beiden Arme waren eingegipst und …"

„Sie meinen, Adam hat ihm die Arme gebrochen?", platze es aus dem Lehrling raus.

„Das habe ich nicht gesagt. Aber ich kann mir gut vorstellen, dass die Baronesse ein drastisches Urteil über den Mann gefällt hat, das alle hier abschrecken sollte. Einige wollen kurz nach dem Übergriff des Gärtners fürchterliche Schreie aus dem Keller gehört haben und kurze Zeit danach sollen die Baronesse und Aimée den Keller verlassen haben … lachend!"

„Und das hatte keine Folgen für die Baronesse oder Adam? Sie wissen schon, wegen der beiden gebrochenen Arme … von wegen Körperverletzung und so!"

Daniel riss sich bei diesen Worten die Schirmmütze vom Kopf und drückte sie mit beiden Händen gegen seine Brust.

„Nein, hatte es nicht! Wie schon gesagt: Sie ist das Gesetz! Jedenfalls kam der Mann ein paar Tage später zurück, um sich die Arbeitspapiere abzuholen. Die Baronesse und die Madame haben ihn im Beisein aller Bediensteten in der Eingangshalle empfangen. Alle waren da, von der Küchengehilfin bis zum Chauffeur. Du hättest einmal sehen sollen, wie eingeschüchtert der Mann dreinschaute!"

Mr. Fitzgerald hielt sich die Hand grinsend an seine Schulter.

„Von hier oben bis zu den Händen waren beide Arme in Gips. Nur die Finger schauten vorne raus", sagte er und prustete dann heraus: „Nicht einmal den Hintern konnte er sich ohne fremde Hilfe mehr abwischen!"

„Und dann, was geschah weiter?", fragte der wissbegierige, jetzt ebenfalls lachende junge Mann.

„Der ist dann trotz des Gipses an den Armen auf die Knie gefallen und hat sich tausendmal bei der Baronesse und Madame Aimée entschuldigt. Du kannst dir gar nicht vorstellen, wie närrisch das aussah, als er deren Stiefel zu küssen versuchte. Wir mussten alle loslachen. Die Baronesse hat ihm danach die Arbeitspapiere und die Kündigung zwischen die Finger gesteckt. Man half ihm hoch und die beiden haben ihn dann freundlich, aber bestimmt zum Taxi vor der Tür begleitet – alles unter dem schallenden Gelächter aller Bediensteten. Wir haben nie wieder was von ihm gehört. Angeblich soll er jetzt in Südspanien einen Bioladen betreiben. Aber das ist nur ein Gerücht."

Mr. Fitzgerald schaute seinen jungen Lehrling mit einem ernsten Blick an und warnte ihn:

„Also konzentriere dich auf deine Arbeit und nicht auf die Ladys des Hauses! Die spielen eh in einer ganz anderen Liga als du!"

„Aber eines noch, Meister: Was hat es mit diesem Kerker auf sich?"

„Lest ihr jungen Leute denn überhaupt keine Zeitungen mehr?", kam die genervte Gegenfrage des Chefs.

Der Junge schüttelte den Kopf und griff sich an die Hosentasche, in der sich ein Smartphone abzeichnete. Er konnte sich nicht erinnern, wann er das letzte Mal eine Zeitung gelesen hatte. Schließlich gab es ja Internet.

Der Meister schien zu verstehen und verdrehte die Augen.

„Von dem Kerker wirst du noch früh genug von mir hören. Aber das ist eine ganz andere Geschichte. Und nun tu das, was die Baronesse dir gesagt hat! Du gibst auch Madame Aimées Stute einen halben Eimer Hafer und bürstest dann beide Pferde gründlich ab. Aber vorher gehst du noch schnell zu Adam, und sagst ihm, dass er diesen Kunden aus der Blockhütte abholen soll!"

Daniel öffnete erschrocken den Mund und verzog das Gesicht zu einer ängstlichen Grimasse. Er steckte einen Finger in seinen Hemdkragen, so, als wäre dieser plötzlich viel zu eng geworden. Schweiß trat ihm auf die Stirn.

„Äh, … Meister … muss ich wirklich ganz alleine zu diesem Adam gehen?"

***

Hanna lehnte sich in den Flechtsessel zurück und nahm einen Schluck vom frisch gepressten Orangensaft.

„Du hast einen Milchbart!", bedeutete sie ihrer Freundin, die ihn schnell mit einer Serviette abwischte.

„Warum muss Claire auch immer so viel Schaum drauf machen?", kam die Antwort.

„Unser neues Hausmädchen meint es eben gut mit dir. Sie scheint übrigens nicht die einzige zu sein. Du hättest mal den Blick, den der junge Stallbursche dir hinterher warf, sehen sollen. Dem sind die Augen übergegangen, als er auf deinen Hintern starrte."

Aimée klopfte sich eine Marlboro aus der Schachtel.

„Wir sollten uns langsam um die beiden im Keller kümmern", sagte sie.

„Ewa und Seiyoua sind in einer Stunde da. Ihr drei könntet mit ihnen dann auf dem Hof das Dressurprogramm beginnen. Das ist übrigens schon deine vierte Zigarette heute!", mahnte Hanna und wechselte das Thema. „Ich ruf gleich Lady Fortescue wegen der Besamung für Kassiopeia an."

Aimée steckte sich eine Zigarette zwischen die kirschroten Lippen und warf einen Blick in den Raum, um festzustellen, ob Claire noch da wäre, um ihr Feuer zu geben. Plötzlich nahm sie die Zigarette wieder aus dem Mund und sagte:

„Ach ja, diese Fernsehreporterin ... wie hieß die noch gleich?"

„Du meinst Cathie ... Cathie Doyle!"

„Ja, genau die! Die hat schon zum dritten Mal angerufen. Die will mehr über deine Zukunftspläne wissen und möchte ein TV-Interview wegen des Kerkers mit dir machen. Soll ich ihr absagen, wenn die wieder anruft?"

„Nein, ein skandalöses Interview zur besten Fernsehzeit in ihrem Promimagazin wird die beste Werbung sein."

„Wie du willst. Ich mag sie nicht besonders", entgegnete Aimée, sprach den Namen der Reporterin nochmals mit einem spöttischen Unterton aus und verdrehte dabei die Augen.

„Die hat aber das Talent, um uns gut zu verkaufen. Vielleicht gelingt es mir, sie abzuwerben und sie zu einer Art Pressesprecherin oder so zu machen."

Aimée fischte ein Feuerzeug aus ihrer Hosentasche und zündete sich die Zigarette an. Dann blies sie einen Rauchkringel in die Luft.

Für eine Weile schwiegen die beiden, bis Aimée wieder das Wort ergriff:

„Nach dem anregenden Ausritt habe ich echt Lust, mir einen von den beiden da unten im Keller zu schnappen und kräftig ranzunehmen. Der schottische Investmentbänker aus Glasgow sieht ganz süß aus. Im Blockhaus durfte ich ja die ganze Zeit nur zusehen, als du dich mit Abbott vergnügt hast!"

Nach diesen Worten schob sie ihre Unterlippe ein wenig vor, so, als wolle sie eine Flappe ziehen, grinste dann aber: „Du hast seinen zarten Körper ganz schön malträtiert."

„Abbott hat eine Sonderbehandlung verdient. Er ist ein Glücksfall für mich, denn ich werde wohl tatsächlich seine Kenntnisse und sein Wissen um die altenglischen Ausdrücke in den Schriften aus unserer Bibliothek brauchen."

„Bibliothek?"

„Er soll ein paar alte Aufzeichnungen für mich in ein modernes, gebräuchliches Englisch übersetzten, das jeder verstehen kann. Ich kann die alte, mit Tinte und Feder geschriebene Schrift einfach nicht entziffern. Einiges davon ist auch auf Latein verfasst", erklärte Hanna.

Aimée, ein wenig irritiert von dem ungewohnt sachlichen Ton, hakte jetzt nach:

„Stimmt was nicht?"

Hanna zündete sich ebenfalls eine Zigarette an und blickte nach draußen auf den Park. Es war schon Mittag. Die Sonne stand hoch über dem Wald und blendete, so dass sie die Sonnenbrille ins Gesicht schob.

„Manchmal denke ich, dass ich Gespenster sehe."

„Du sagst das wegen dieser komischen Frau heute beim Blockhaus?"

„Ja, und als wir die Pferde an den Stallmeister abgegeben haben, meinte ich, wieder diese Frau hinter einem Fenster im ersten Stock gesehen zu haben. Hinter dem Fenster *unseres* Schlafzimmers!"

„Ein Geist!", rief Aimée lachend. „Ist ja irre exotisch!"

Hanna nahm einen kräftigen Zug und tippte sich die Asche von der Zigarette.

„Pass auf, es kommt noch rätselhafter! Vor zwei Wochen, an einem Freitagabend, als du das Wochenende bei deinen Eltern in Paris warst, ist es das erste Mal passiert. Den ganzen Tag über herrschten Stress und Baulärm wegen der Arbeiten im Keller. Abends, als es dunkel wurde und endlich ruhig war, habe ich mich dann nach einem ausgiebigen Saunagang in die Bibliothek zurückgezogen. Ich entsinne mich, dass ich gegen Mitternacht plötzlich aus dem Lesesessel hochfuhr. Ein leises, schabendes Geräusch war zu hören. Ich horchte auf und merkte, dass ein Luftzug die Vorhänge am Fenster bewegte. Für einen kurzen Moment bekam ich das komische Gefühl, dass mich jemand beobachtete."

Hanna nahm einen letzten Zug und drückte die Zigarette aus.

„Aber es war natürlich niemand da. Also stand ich auf. Nun kam das Schaben vom Flur, so, als ob es auf die Bibliothek zukommen würde. Ich dachte erst an einen der Bediensteten. Aber zu dieser Zeit? Dann geschah das Unglaubliche: Ich hörte ein Gerangel, wie ein Kampf. Ich huschte leise zur Tür, schloss von innen ab und legte ein Ohr dagegen. Wieder war nur Stille. Dann hörte ich ein schnelles, heftiges Atmen und das scharfe, unverständliche Geflüster einer zornigen Frau."

„Warum hast du nicht Adam gerufen?"

„Wie denn? Mein Handy war im Schlafzimmer, ... genauso wie meine Pistole, die ich in diesem Moment gerne in der Hand gehabt hätte. Mir klopfte das Herz bis zum Hals."

„Ist ja richtig spannend, deine Gruselgeschichte!"

„Ich hoffe nur nicht, dass ich damit dein Vertrauen in meine Glaubwürdigkeit zu sehr strapaziere. Gib mir erst noch eine Zigarette!"

„Es ist deine zweite heute, Hanna!", konterte Aimée grinsend.

Hanna beantwortete den Einwand mit einer abweisenden Geste. Sie steckte sich den Glimmstängel an, stand auf und schaute durch die Fensterfront auf den Park hinaus.

„Nach einer Weile fand ich endlich den Mut, hinauszugehen. Der Flur war leer. Ich schlich ihn hoch, bis ich an das große Fenster im Treppenhaus kam. Dort gibt es ja kein elektrisches Licht und es leuchteten nur noch ein paar heruntergebrannte Kerzenstummel in den Wandleuchtern. Dann geschahen zwei Dinge gleichzeitig: Ein plötzlicher Luftzug ließ alle Kerzen ausgehen, so dass ich den Sternenhimmel durch das große Fenster sehen konnte. Im selben Moment zeichnete sich vor diesem Fenster ein Schemen ab. Aimée, ... vor Schreck erstarrte mir in diesem Augenblick das Blut in den Adern! Diese Erscheinung befand sich auf dem Treppenabsatz unter mir und stand direkt vor dem Fenster. Es war ebenfalls diese Frau in dem altertümlichen Kleid. Ich war zwar aufgeregt, aber Angst oder Furcht verspürte ich – Gott sei Dank – nicht. Ganz im Gegenteil, auf seltsame Weise kam sie mir plötzlich seltsam vertraut vor. Voller Spannung blickten wir uns in diesem kalten Licht der Sterne eine Weile an."

„Und hat sie was gesagt?"

Aimées Stimme klang aufgeregt. Hannas Schilderung hatte ihre Wirkung nicht verfehlt.

„Nein, sie drehte sich um und verschwand so spurlos, wie sie gekommen war, nach unten in die Dunkelheit der Eingangshalle. Von dort hörte ich wieder ein leises Schaben, das dann aber verstummte. Ich lief ihr hinterher, aber sie blieb verschwunden."

„Black Swan Manor verfügt über ein echtes Schlossgespenst!", feixte Aimée.

„Sehr witzig!"

Aimée stand auf. Sie stellte sich hinter ihre Freundin und küsste sie zärtlich auf die Schulter, wo noch immer der Fleck von Kassiopeias Nüstern auf der Bluse zu sehen war.

„Ich glaube, du brauchst mal wieder einen richtig guten Orgasmus nach diesem vielen Bauen, Planen und Organisieren. Soll ich dich nicht ein bisschen mit einem Dildo ficken?"

Hanna genoss die zärtliche Umarmung ihrer Geliebten, legte die Handfläche auf die Scheibe vor sich und sah zum Ende des Parks. Dort, wo der Wald begann, kam Adam langsam auf einem Pferd angeritten. Hinter dem Reittier stolperte der notdürftig bekleidete Doktor Thomas Abbott, die Handgelenke mit einem Seil am Sattel befestigt. Wie in einem alten Western, dachte Hanna schmunzelnd.

„Ich glaube, ich weiß schon, wie und mit wem ich mich heute Abend ablenken könnte! Dazu brauche ich aber deine Hilfe und die von Adam", sagte sie zu Aimée. „Irgendwie reizt es mich, etwas ganz bizarres mit diesem attraktiven Exemplar von Mann anzustellen!"

***

Am späten Nachmittag wurde Thomas Abbott durch ein gerufenes „Aufstehen, du Faulpelz!" aus dem Schlaf gerissen. Bevor er die Augen aufschlagen konnte, ergoss sich kaltes Wasser über seinen Körper. Instinktiv krümmte er sich zusammen, zog Arme und Beine schützend zu sich heran. Erneut kam ein Rufen, diesmal weitaus ungeduldiger und lauter als zuvor: „Aufstehen, hatte ich doch gesagt!".

Als er hochfuhr und verwirrt die Augen aufschlug, sah er *ihn* vor sich stehen: der stumme Adam, schadenfroh lächelnd, schwarze Lederhose, hautenges Netzshirt, einen leeren Zinkeimer in der Hand! Neben ihm hatte sich Madame Aimée in einer ungezwungenen Pose aufgebaut. Ihr Arm lag freundschaftlich-vertraut auf der Schulter des Leibwächters. Ihre Hand hielt eine aufgerollte Bullenpeitsche. Noch immer trug sie das Reiteroutfit von der Session in der Blockhütte am Vormittag.

Er sprang von der Pritsche und stellte sich hin, wurde von Adam daraufhin an den Haaren gepackt und nach unten gedrückt.

„Auf die Knie, du Schwächling!", herrschte die Madame ihn an.

Eingeschüchtert kam er dem Befehl nach. Nach der kühlen, schlaflosen Nacht im Stroh und der Session in der Blockhütte hatte man ihm ein paar Stunden Schlaf in der Geborgenheit der Zelle gegönnt. Jedoch waren die Schmerzen und Erniedrigungen der vergangenen Tage nicht ohne Folgen geblieben. Immer mehr wurde unbedingter Gehorsam gegenüber der verehrten Herrin und ihren Ladys zum Mittelpunkt seines Denkens.

„Die Baronesse will dich sehen und du stinkst wie das letzte Schwein! Ab in die Dusche mit dir! Du bewegst dich auf allen Vieren vor uns her … wie ein kleines Ferkel …, und zwar nackt!"

Adam legte ihm Halsband und Leine an und trieb ihn vor sich her.

Die Aufforderung „Hopp, hopp, kleines Schweinchen!" und ein paar leichte Streiche von Madames Gerte auf das Hinterteil ließen ihn schneller kriechen, sobald er einmal etwas langsamer wurde.

***

Als Adam den Wasserhahn in der Gemeinschaftsdusche zum dritten Mal aufdrehte und eiskaltes Wasser über seinen Körper regnete, zuckte Thomas Abbott wieder zusammen. Er brauchte ein paar Sekunden, bis sich sein Kreislauf an die Kälte gewöhnt hatte, hektisch atmete er ein und aus.

„Bist du endlich wach? Beeil dich schon! Die Baronesse hasst es, wenn Sklaven sich verspäten!", hörte er die Stimme der Madame und blickte – während er sich mit einer von Adam gereichten Holzbürste reinigte – zu der Herrin auf.

Madame Aimée! Sie sah wieder bezaubernd aus in den schwarzen Stiefeln, der knallengen Reithose und dieser schneeweißen Bluse, die aufgerollte Bullenpeitsche locker in der Hand haltend.

Und er selbst? Er kniete wie ein junger Hund vor ihr, nackt und wehrlos, dazu angehalten, seinen Körper unter ihren prüfenden Blicken zu reinigen. Dazu diese demütigende Anwesenheit des stummen Leibwächters, der vor Potenz und Kraft nur so zu strotzen schien und das Vertrauen, ja sogar die Zuneigung der Madame genoss. In seiner kräftigen Hand hielt der Bursche die Hundeleine, mit der er einen dauerhaften, schmerzvollen Zug auf seinen Hals ausübte.

Mit einem Kopfnicken deutete Madame ihrem kräftigen Gehilfen an, den Zug der Leine ein wenig zu verringern, blickte dann schweigend auf ihr Opfer hinab. Eine gespenstische Stille trat ein, nur unterbrochen von einzelnen Wassertropfen, die noch aus dem Duschkopf auf die Fliesen tröpfelten. Thomas Abbott kauerte sich auf dem kühlen Boden noch mehr zusammen, begann jetzt vor Kälte zu zittern.

Dann brach sie ihr Schweigen.

„Die Baronesse und ich haben dich genau beobachtet, und Adam und der Chauffeur haben sich gestern ein wenig in deiner Wohnung umgeschaut. Wir haben ja für die Dauer deines Aufenthalts bei uns die Schlüsselgewalt über deine Wohnung. Und weißt du, was Adam bei dir gefunden hat? Hmmm? Was meinst du wohl?"

Er sah, dass Madame Aimée die linke Augenbraue nach oben zog und eine Antwort erwartete.

Aufgeregt überlegte er. Was hatte Adam gefunden? Waren es das viele Bargeld und die Dollarnoten unter dem Teppich, die Joints, die Erotikromane, die Porno-DVDs? Plötzlich durchzog es sein Innerstes wie ein heißer Stich. Nein, bitte nicht ... lass ihn nicht die ...

In diesem Moment fischte sie einen Fetzen Stoff aus ihrer Hosentasche.

„An dem Slip befindet sich sogar noch getrocknetes Sperma. Ich wette, es ist von dir", lachte sie auf, wandte sich dann zu ihrem Leibwächter: „Adam, kannst du dir das vorstellen? Die Tunte trägt heimlich Damenwäsche. Es macht sie sogar so geil, dass sie darin onaniert!"

Sie klemmte den weißen Schlüpfer zwischen Daumen und Zeigefinger und hielt ihn Abbott vor das Gesicht.

„Eine ganze Schublade ist davon voll! Steckt vielleicht eine Frau in dem Körper des biederen Hochschulgelehrten?"

Verschiedene Gedanken rasten ihm durch den Kopf. Damit hatte er nicht gerechnet. Die gelassene Stimme der Madame beruhigte ihn zwar ein wenig, aber das Schamgefühl – vor allem wegen der Anwesenheit des markanten Leibwächters – war so stark, dass er am liebsten im Boden versunken wäre.

„Madame Aimée, es ist anders, als Sie denken! Wieso sollte ich eine Frau sein, wo ..."

Ein schmerzhafter Schlag mit dem hölzernen Griff der Peitsche auf das Schambein brach den Satz abrupt ab. Sein gellender Schrei und ein anschließendes Wimmern hallten zwischen den gefliesten Wänden der Gemeinschaftsdusche wider. Als Adam den Hahn unvermittelt aufdrehte, setzte erneut eine eiskalte Dusche ein. Mehrfach schlug der Lederriemen der Bullenpeitsche jetzt auf seinen nassen, eiskalten Rücken ein. Wieder schrie er auf, diesmal vor Schreck und Schmerz, wand sich wie ein Wurm auf dem feuchtkalten Boden.

Das Wasser wurde abgedreht und der Strahl aus dem metallenen Duschkopf versiegte. Eine kräftige Hand vergrub sich in sein Haar. Sein Kopf wurde nach oben gerissen.

Aimées makelloses Gesicht war jetzt so nahe, dass sich fast ihre Nasenspitzen berührten. Er verspürte den betörenden Hauch ihres Parfüms.

„Die Baronesse und ich haben dich und dein Verhalten genau studiert. Glaub mir, wir haben einen Blick für die Schwächen der Männer! Wir wissen, was in deinem tiefsten Inneren schlummert!"

„Madame, ich ... nein ... ich habe Verpflichtungen, gesellschaftliche Verpflichtungen, ... mein Beruf ... die Universität ... ich ..."

Wieder schlug Aimée zu, diesmal mit der flachen Hand ins Gesicht. Sein Kopf fiel zurück und prallte gegen die Fliesen. Die Wange brannte wie Feuer und der Kopf brummte. Sie erhob sich kopfschüttelnd und ließ die Peitsche abermals heftig auf den ungeschützten Körper unter sich niedergehen. Dann setzte wieder der Schock des erbarmungslosen Eiswassers aus der Dusche ein, brach so abrupt ab, wie er gekommen war.

„Du hast zwei Möglichkeiten: entweder du akzeptierst die Frau in dir oder ich werde sie mit roher Gewalt aus dir herauskitzeln."

Noch einmal fraß sich der geflochtene Lederriemen in sein ausgekühltes, vor Kälte zitterndes Fleisch. Neues Wasser regnete auf die frischen Striemen. Er versuchte den einsetzenden Schlägen zu entgehen, wurde von der unbändigen Kraft des Leibwächters mit Gewalt zurück in die Ecke der Dusche gedrückt.

„Du kannst es auf die sanfte oder harte Tour haben. Die Entscheidung liegt ganz bei dir. Jedoch glaube ich nicht, dass du meiner Lust an der Grausamkeit gewachsen bist!", spottete Aimée, kam dann ganz dicht an sein Ohr:

„Schmerz ist der letzte Befreier unseres Geistes.
Er zwingt uns, in unsere Tiefen zu steigen.
Füg dich in dein Schicksal und du wirst für immer frei von allen Zwängen sein!",

waren ihre letzten – diesmal geflüsterten – Worte, bevor er mit ansehen musste, wie Adam den Reißverschluss seiner Lederhose öffnete und seinen Penis herausholte.

Thomas Abbott zitterte am ganzen Körper, zögerte aber keine Sekunde. Wie ferngesteuert richtete er sich auf und kniete sich vor den Leibwächter hin, wollte gerade seine Lippen über die Eichel stülpen, als er unvermittelt zurückgehalten wurde…

***

Die trockene Luft eines leise knisternden Kaminfeuers legte sich wie eine wärmende Decke um Thomas Abbotts entblößten, vom Duschwasser noch ausgekühlten Körper. Von irgendwoher war leise der beruhigende Klang von klassischer

Musik zu hören. Auch roch er den Hauch eines betörenden Parfüms. Eine Herrin musste in der Nähe sein!

„Ich danke dir, Adam. Du kannst ihm jetzt die Fesseln abnehmen und dich dann zurückziehen. Ich möchte mit ihm alleine sein. Gib bitte den anderen zu verstehen, dass ich die nächsten dreißig Minuten nicht gestört werden möchte", hörte Abbott die Stimme der Baronesse aus einem großen Ohrensessel, der zum knisternden Feuer gerichtet war.

Ohne einen Ton zu verursachen löste Adam die Fesseln, verließ den Raum und zog die Tür hinter sich zu.

Da die Herrin in ein Buch vertieft schien und sich nicht regte, wagte Abbott aus seiner Position heraus sich umzusehen. Außer einer kleinen Leselampe neben dem Sessel brannte kein elektrisches Licht. Erst als das Kaminfeuer aufloderte bekam er eine Ahnung davon, in welch einem großen Raum er sich gerade befand. Hier schien alles riesig – Rücken an Rücken drängten sich Bücher in langen Mahagoniregalen. Eine schmale Holztreppe befand sich zu seiner Rechten. Diese wand sich spiralförmig nach oben zu einer Galerie mit weiteren Bücherregalen. Jedes dieser Regale war mit kunstvollen Holzschnitzereien verziert. Sie passten zu den Schnitzereien an den dicken Beinen eines gigantischen Tisches in der Mitte des Raums. Zahlreiche alte Bücher stapelten sich auf der Tischplatte.

Vergeblich versuchte er die Quelle der Musik ausfindig zu machen. Sie schien von überallher zu kommen.

„Du befindest dich in meiner Bibliothek. Und was du da gerade hörst, ist Franz Schuberts ‚Der Tod und das Mädchen', eines meiner Lieblingsstücke!", riss die Stimme der Herrin ihn aus dem Staunen über die Ausmaße des Raums.

„Nun komm schon näher!"

Ein hölzerner Zeigestock wies ihn an, auf einem weißen Fell auf dem Boden vor dem offenen Kamin Platz zu nehmen. Er kroch vorsichtig über einen mit orientalischen Mustern verzierten Teppich und legte sich demütig und zugleich dankbar auf den ihm zugewiesenen Platz. Wie angenehm warm und weich sich das Fell nach dem qualvollen Erlebnis in der Dusche anfühlte! Es ist von einem Eisbären, überlegte er und musterte argwöhnisch den ausgestopften Bärenkopf mit dem aufgerissenen Maul.

„Hab keine Angst, der ist schon lange tot! So tot wie der Jäger, der ihn einst erlegte. Dreh dich zu mir her, du darfst zu der Herrin aufschauen!", forderte sie ihn freundlich auf, nahm sich die Lesebrille ab und legte ihr Buch zur Seite. Eine Weile gönnte sie ihm die Gelegenheit, sie anzusehen. Trotz des Kaminfeuers liefen ihm bei diesem Anblick wohlig-kühle Schauer über den Rücken.

Welch ein elegantes Abendkleid die Herrin trug!

„Ich beabsichtige heute Abend mit Madame Aimée die Oper zu besuchen und habe mir dafür bereits die Abendgarderobe angelegt", erklärte sie und nahm wieder den Zeigestock zur Hand. „Du fragst dich sicherlich, warum du diesen privaten Bereich der Herrin betreten darfst?"

Blitzende, das Kaminfeuer reflektierende Augen starrten ihn an. Die Baronesse schien das tiefe Machtgefälle zwischen ihnen zu genießen.

„Herrin!", flüsterte Abbott eingeschüchtert. Er fühlte sich durch diese geringfügige Offenbarung ihrer Privatsphäre ein wenig unwohl. Er hatte dazu kein Recht, denn er war nur einer ihrer Sklaven, einer von dreien – und sie, nur sie war die allmächtige Baronesse und Mistress. Aber es waren nicht nur die Titel, die ihre wahre Autorität ausmachten. Da lauerte noch etwas anderes in ihr. Da war etwas in ihren Augen, in ihrem feurigen Blick, was ihn buchstäblich verschlang. Er wäre für sie jetzt sogar in das lodernde Feuer hinter sich gesprungen, wenn sie es verlangt hätte.

„Hat man dich in der Dusche schlecht behandelt?", erkundigte sie sich, als sie auf die frischen Striemen auf seinem Rücken blickte.

„Herrin, man hat mich mit eiskaltem Wasser abgespritzt. Dabei haben Madame Aimée und Master Adam mich geschlagen und ihren Spaß mit mir gehabt. Es war sehr demütigend und schmerzhaft für mich und ... und ich ..."

Seine Stimme stockte.

„Beruhige dich! Was möchtest du der Herrin beichten?"

„Ich ... ich wollte den Penis von Master Adam in den Mund nehmen, Herrin."

„Du *wolltest*, hast es aber nicht getan?", fragte sie mit gespielter Erstauntheit.

„Die Madame hat mich daran gehindert, gesagt, dass ich noch nicht so weit sei und mir dann eine Backpfeife gegeben."

„Du wolltest ihn oral verwöhnen, so wie eine wollüstige Straßenhure es machen würde?"

Eine Weile schwieg er, sagte dann leise:

„Ja, Herrin, ich habe es gewollt! Ich hätte ihn so lange verwöhnt, bis er in mir gekommen wäre."

„Erregt es dich, von solch schmutzigen Fantasien erfüllt zu sein?"

Kopfnicken.

„Mistress, meine Sehnsüchte bereiten mir genau so viel Angst, wie sich mich erregen."

„Hier bei uns musst du dich nicht deiner Gefühle schämen", kam ihre ruhige Stimme, „Komm zu der Herrin, sie versteht genau, was in dir vorgeht!"

Der Sessel, in dem sie saß, kam ihm aus seiner Perspektive riesig vor.

„Na, komm schon näher! Die Herrin erlaubt es dir."

Bedächtig kroch er näher zu ihr heran Was würde mit ihm geschehen? In seinem Rücken prasselte das Kaminfeuer, warf immer wieder flackernde Licht- und Schattenspiele an die Regale und Buchrücken. Rätselhaft sah es aus. Als würde in den vielen antiken Büchern geschrieben stehen, was mit ihm hier auf Black Swan Manor geschehen würde.

Mild lächelnd schüttelte sie den Kopf.

„Wie feminin deine Erscheinung doch ist! Komm zu mir! Komm ganz nah zur Herrin!", lockte sie und schob dabei ganz langsam ihre Schenkel auseinander.

„Komm schon!"

Ihre Stimme wurde ungeduldiger.

Eine Sekunde zögerte er. Zu anmaßend war allein der Gedanke, einmal die Intimität der Herrin aus dieser Nähe betrachten zu dürfen.

„Komm und setz dich vor mich hin! Oder willst du wieder die Peitsche bekommen?", fauchte sie ihn an.

Nach diesem knappen Wutausbruch fuhr er erschrocken zusammen, tat dann das, was sie gesagt hatte, kniete sich vor ihrem Sessel und blickte zu ihr hoch: diese funkelnden, grünen Augen!

„Jetzt sieh mir zwischen die Beine!"

Er schluckte und verstand die Herrin nicht.

„Hab keine Angst! Sieh genau hin!"

Ihre Stimme war wieder liebevoll.

Sein Herz pochte, der Atem ging lauter. Sein Blick wanderte über die glatten, makellosen Beine und die dünnen, schwarzen Seidenstrümpfe die im Schein der Flammen glänzten. Deutlich waren unter ihrem Slip, der nur aus einem Hauch von Seide und zarter Spitze zu bestehen schien, die rosa schimmernden Schamlippen zu erkennen.

Blut pulsierte ihm durch den Unterleib, seine Hoden legten sich an und sein Penis ersteifte.

„Sag mir, was du siehst!"

Fieberhaft versuchte er, die richtigen Worte zu finden.

„Den … den heiligen Tempel der Herrin", stotterte er.

„*Den heiligen Tempel* … das hast du sehr passend ausgedrückt!"

Ihre Stimme war sanft. Doch er wusste, dass sie ebenso grausam wie Madame Aimée sein konnte. Schon oft hatte er ihre Peitsche zu spüren bekommen. Von seinen Zellenkollegen hatte er aber weitaus Schlimmeres über sie gehört: Geschichten und Gerüchte über ihren Sadismus, den sie zur Erlangung höchster sexueller Lust brauchte. Kalt und gnadenlos sei sie in ihrem Zorn. Einmal soll sie einen jungen Einbrecher in ihrem Schlafzimmer mit einem Kopfschuss getötet haben. Einem Gärtner sollen beide Arme gebrochen worden sein, nur weil ihr seine Arbeit nicht gefallen hatte. Einen stadtbekannten Vergewaltiger hätte sie bei einer SM-Session qualvoll unter einer Plastiktüte ersticken lassen. Ihren ersten Mann, ein reicher Baron aus Deutschland, hätte sie in den Tod getrieben, um an sein Vermögen heranzukommen …

Er wollte nicht immer alles glauben, was man sich erzählte. Aber an jedem Gerücht war ja auch stets ein Fünkchen Wahrheit. Ja, er verehrte die Herrin und fürchtete sie gleichzeitig.

Aber jetzt? Sie war doch jetzt so eine großmütige Lady! So verständnisvoll war sie zu ihm!

Er blickte zu ihr hoch, sah ein Nachdenken in ihren Augen. Doch da war noch etwas anderes: dieses dämonische Flackern!

„Gefällt dir mein Slip?", unterbrach ihre Frage seine Gedanken.

„Herrin, er sieht … sieht … wundervoll und sündhaft teuer aus. Gerade gut genug für eine wahre Göttin wie Sie."

Langsam griff sie sich an die Schultern, ließ mit den Zeigefingern die Träger ihres Kleides an den Oberarmen runtergleiten, entblößte so ihre Brüste.

„Sieh dir meine Brüste an und berühre dabei meine Schenkel!"

„Herrin, bitte … ich … darf Sie doch nicht anfassen!"
„Berühr die Herrin! Hast du verstanden?", wiederholte sie.
Seine zittrige Hand fuhr daraufhin vorsichtig über den Saum des Abendkleides, das dabei kaum hörbar raschelte, dann weiter über ihre Seidenstrümpfe. Sie spreizte die Beine, legte ein Bein über die Armlehne.
„Küss den Tempel der Herrin!"
Er wollte die Herrin nicht küssen! So war er nicht dressiert worden.
„Küss den Tempel der Herrin!" Ihr unterdrückter Zorn war deutlich herauszuhören.
Er wagte daraufhin den Anflug eines Kusses dort, wo ihre Schamlippen zartrosa durch die feine Spitze des Slips schimmerten. Ein Hauch von Moschus und der unvergleichlich anregende Geruch ihrer Libido umschmeichelten seine Nase.
Er versuchte ein Stöhnen zu unterdrücken.
Sie lächelte, als sie seine Reaktion bemerkte, beugte sich vor und flüsterte ihm ins Ohr:
„Vom ersten Moment an ist mir die ausgeprägte feminine Art an dir aufgefallen. Ich habe ein Gespür dafür."
Mit diesen Worten griff sie sich ins Haar und löste zwei Klammern daraus.
Wie ihre Hände, so wundervoll waren auch ihre Brüste. Rote Fingernägel, makellose Haut, dazu das lange Haar, wie es ihr über die Schultern fiel.
„Willst du eine von uns werden?", flüsterte sie, „Willst du dein bedeutungsloses Leben hinter dir lassen? Willst du Teil meines intimsten Kreises werden?"
„Herrin, … ich … bitte!"
„Die Herrin und Madame Aimée brauchen etwas Zerstreuung, ein potentes Spielzeug fürs Bett", hauchte sie ihm ins Ohr, flüsterte ihm dann zu: „Wir wollen aber weder einen Mann noch eine Frau. Wir wünschen uns ein erotisches Zwitterwesen. Uns ist nach dem wohlproportionierten Körper

einer Frau, jedoch auch nach einem prallen und schön geformten Schwanz!"

Ihre Mundwinkel zogen sich leicht nach oben.

„Eine attraktive Transe ist es, was wir wollen!"

Seine Augen begannen zu strahlen. Er hatte nicht einmal Angst vor dem, was sie mit ihm vorhatte, trotz der ganzen Geschichten und Gerüchte, dem Gemunkel der anderen Gefangenen. Sie war göttlich und nur sie wusste, was gut für ihn war.

„Nimmst du mein Angebot an, darfst du hier im Luxus wohnen, während meine Sklaven teuer dafür bezahlen müssen, unten im Kerker zu vegetieren. Du würdest sogar dein eigenes kleines Reich bei uns erhalten und hättest dieselben Privilegien, die Lady Ewa und Lady Seiyoua hier genießen."

„Herrin, Sie … wissen, dass ich in Ihrer Gegenwart … zu allem bereit bin!"

„Jedoch wirst du alles, was bisher war, hinter dir lassen müssen! Willst du das für die Herrin tun?"

Er sah in das Lächeln ihrer strahlend weißen Zähne und er verstand: Ja, er wollte es! Koste es, was es wolle, und müsste er dafür alle Brücken hinter sich abbrechen.

„Ein schwarzes Abendkleid aus edler Seide statt eines grauen Anzugs aus Baumwolle, ein sexy Minirock aus Leder oder Latex statt einer langweiligen Cordhose, elegante High Heels statt klobiger Herrenschuhe, Nylonstrümpfe und Strapse statt Herrensocken, lackierte Fingernägel, Lippenstift, Rouge, … und gleichzeitig das Sexspielzeug der Herrin und der Madame? Würde dir das gefallen?"

Die Herrin wollte nicht, dass er aussah wie ein Mann, behaart an den Beinen und an der Brust und mit kratzigen Bartstoppeln, nein, sie wollte ihn so feminin wie nur möglich haben. Sie wollte ein tabuloses Püppchen zum Spielen für sich und Madame Aimée. Und heute … hier und jetzt würde sie seine Eignung austarieren.

„Ja, Herrin, bitte lassen Sie mich eine der Ihren werden!"
„Du wirst deine Männlichkeit dauerhaft ablegen müssen!"
Er rang nach Worten, brachte aber nur ein Stottern heraus. Verschüchtert bedeckte er mit der Hand seine Geschlechtsteile, mit dem Arm die Brust, so als wolle er das verbergen, was ihm Männlichkeit verlieh.

Seine Wangen röteten sich vor Scham.

„Darum mach dir keine Sorgen!", lachte sie und drückte die Spitze des Zeigestocks gegen seinen Unterleib. „Dein bestes Stück wirst du behalten! Schließlich wollen Lady Aimée und ich unseren Spaß mit dir haben, aber …", der Stock wanderte nach oben, dorthin, wo sein Unterarm verschämt seine Brust zu verdecken versuchte, „Wir wünschen uns eine Schwanzmieze mit prallen Titten!"

Verspürte er vor dem, was auf ihn zukam, so etwas wie Angst? Hatte er Bedenken, ob sein neues Leben mit der Realität der Universität vereinbar war? Nein, all das hatte er nicht, denn er vertraute der Baronesse! Er schmiegte sich näher an ihren Sessel, unterließ es jedoch erneut, sie direkt zu berühren. Sie war die Autorität, er war nur ein Sklave und durfte ihr nicht zu nahe kommen, hatte er gelernt.

„Und jetzt leg deinen Kopf in den Schoß der Herrin!"

Vertrauensvoll, aber auch ein wenig widerstrebend gegen seine Natur, tat er, was ihm gesagt wurde, und plötzlich spürte er ihre Handfläche auf dem Kopf, erwartete jede Sekunde einen schmerzhaften Streich mit dem Zeigestock oder der flachen Hand. Stattdessen ruhte die Hand sanft auf seinem Haupt, ihre Fingerspitzen spielten zärtlich mit seinen schwarzen Locken. Er schämte sich jetzt um seine Männlichkeit, presste seine Hand stärker an seinen Unterleib und schlang den Arm noch fester um seinen Brustkorb.

Doch fühlte er sich jetzt seltsam beruhigt und spürte einen inneren Frieden in sich aufkommen.

Hanna musterte eine Weile die zahlreichen Striemen auf dem Rücken ihres Sklaven. Einige davon waren so tief in seine Haut eingedrungen, dass sich auf ihnen eine Blutkruste gebildet hatte. Aimée und Adam hatten ganze Arbeit geleistet, lächelte sie ins Feuer hinein, spürte, wie sich eine warme Feuchtigkeit in ihrer Vagina ausbreitete und den Slip benetzte.

Als die Musik verstummte, blickte sie zur Wanduhr. In vierzig Minuten würde die Oper beginnen. Sie und Aimée mussten sich beeilen, um nicht zu spät zur Vorstellung zu kommen.

***

Als der schwarze Mercedes vor dem Opernhaus vorfuhr, eilten sofort zwei junge Mitarbeiter des Hauses die große Steintreppe hinunter.

Hanna war schon kurz nach dem Zuzug aus Deutschland als Mäzenin des Hauses aufgetreten. Auch wenn es ihr jeden Monat eine horrende Stange Geld kostete, so waren damit viele Annehmlichkeiten verbunden. Dazu gehörte neben dem Parkdienst eine eigene Loge, die nur Familienmitgliedern und deren Gästen vorbehalten war. Außerdem war es nur ihr erlaubt, den Wagen genau bis vor die Treppe und damit vor die neugierigen Gesichter der anderen Opernbesucher vorfahren zu lassen.

Während ihrer kurzen Ehe mit Ludwig hatte sie die Liebe zum Theater und für die klassische Musik entdeckt, so dass sie inzwischen die Vorstellungen liebend gerne besuchte. Oft wurde sie dabei neben Aimée auch von ihren Freundinnen Ewa und Seiyoua begleitet, die nicht nur leidenschaftliche Dominas waren, sondern sich nebenbei auch als professionelle klassische Musikerinnen betätigten.

Geschwind trank Hanna den Rest Champagner aus dem Glas und schlug den langen, fast bis an die Hüfte geschlitzten

Rock ihres Abendkleides zur Seite. Sie hob ihren Po an, streifte sich den Slip von den Beinen und warf das federleichte Wäschestück aus Spitze und Seide auf den Ledersitz. Sie sah, dass Aimée es ihr gleichtat.

Die hinteren Türen der schweren Limousine wurden von den herbeigeeilten Mitarbeitern von außen geöffnet. Mit angemessener Grandezza stiegen die galamäßig gekleideten Damen gleichzeitig aus, schritten die Steintreppe hinauf zum Haupteingang. Eine Reihe Pressefotografen machten ihre obligatorischen Fotos.

Aimée zupfte ihre Opernhandschuhe am Oberarm gerade und schob sich die Haare hinter das Ohr. Kaum hörbar flüsterte sie:

"Schon morgen werden wir wieder über uns lesen können!"

Als Antwort bewegte Hanna sich so, dass der Schlitz in ihrem Kleid zur Seite schwang und allen Anwesenden – Fotografen und Schaulustigen – zu erkennen gab, was sie drunter trug: überhaupt nichts!

"Nun haben die was zu schreiben! *Baronesse Hanna: Splitternackt unter ihrem Kleid von Valentino!* Eine bessere Werbung kann es für unser Haus einfach nicht geben!", grinste sie als Bestätigung zurück.

Aimée hakte sich bei Hanna ein, während sie nebeneinander durch den als lange Kurve angelegten Korridor um den Zuschauerraum schlenderten. In ihrem Schlepptau: ein bunter Haufen von Fotografen, eine eigens für sie abgestellte Hostess und einige neugierige Opernbesucher.

"Die Sache mit Abbott in der Dusche", sprach Aimée jetzt so leise zu Hanna, dass es keiner der Verfolger hören konnte. "Wenn ich nur darüber nachdenke, welch eine Macht aus unserer Art des Lebens erwachsen ist …"

"Leg deine Hand auf meinen Hintern. Wir sind gleich unter uns!", kam die Antwort ihrer Freundin, die im Gehen ihren Po noch ein wenig mehr wackeln ließ.

Nach diesen Worten löste Aimée ihre Hand aus Hannas Arm und ließ diese zärtlich über deren wohlgeformten Hintern wandern.

Sofort begann es wieder zu knipsen. Blitzlichter reflektierten sich wie ein wildes Gewitter an den Wänden des engen Flurs.

***

In der Familienloge angekommen ließen sie sich Champagner und eine Schale frischer Erdbeeren bringen. Als das Orchester die Instrumente stimmte, gab Hanna der Hostess zu verstehen, dass sie gehen konnte.

Hanna verspürte eine innere Unruhe. Vergeblich versuchte sie sich zu konzentrieren. Zu sehr hallte das Erlebnis mit Abbott in der Bibliothek wie ein Echo in ihr nach. Mit Peitsche, eiskaltem Wasser und sadistischer Freude hatte Aimée ihn in der Dusche gefügig gemacht, ihn sogar dazu gebracht Adam oral befriedigen zu wollen. Nach dieser Abreibung hatte man ihn in ein vollkommen anderes Extrem fallen lassen, ihm gezeigt, welch Einfluss die Zärtlichkeit einer dominanten Frau haben konnte. Ganz sicher waren noch weitere Trainingseinheiten, Zuwendungen sowie körperliche Züchtigungen vonnöten, um Abbott zu dem von ihr angestrebten Objekt zu transformieren: ein tabuloses Zwitterwesen, dessen erotische Anziehungskraft sich weder Mann noch Frau entziehen konnte. Bei diesen anregenden Gedanken legte sie eine Hand auf Aimées Oberschenkel und bemerkte, dass diese ebenso unruhig war. Es war weniger ein Zittern, eher schien Aimées Körper sanft und in sachten Schüben zu beben.

Nach dem kurzen Vorspiel des Orchesters hob sich der Vorhang und das grandiose Bühnenbild zu Giuseppe Verdis „Aida" war zu sehen: Ägypten zur Zeit der Pharaonen. Im Halblicht der Vorstellung begann der Feldherr Ramadés die Arie.

"Se quel guerrier io fossi ... Celeste Aida."
Hanna schob Aimées Kleid ein paar Zentimeter nach oben, strich über die weiche Haut der Innenseite ihrer Schenkel. Im Halblicht der Bühne erkannte sie, dass Aimée ihre Lippen öffnete. Obwohl der Teint zart und fast cremig wirkte, strahlte ihr Gesicht eine unzähmbare Wildheit aus. Das Beben in Aimées Körper schien sich zu verstärken, je höher sie ihre Hand schob.

Aimées Lippen bewegten sich, so, als wolle sie etwas sagen. Sie warf den Kopf nach hinten, verdrehte die Augäpfel so weit nach oben, dass fast nur noch das Weiße darin zu sehen war.

Hanna schlug den unteren Teil ihres eigenen Kleides beiseite, beugte sich zu ihrer Freundin und setzte sich rittlings auf ihre Oberschenkel. Sie hörte Aimées Aufseufzen. Heißer Atem schlug ihr gegen den Hals. Wie gut diese Nähe tat! Weich, erregend, wie sich ihre Bäuche aneinanderschmiegten! Sie streifte die Spaghettiträger von den Schultern ihrer Geliebten, bemerkte, dass diese sich ebenfalls zu den Trägern ihres Kleides vortastete. Eine Sekunde später war auch Hannas Oberkörper befreit. Gänsehaut bildete sich über die freien Brüste und Schultern der beiden Frauen.

In sanften, rhythmischen Bewegungen rieben die Brustwarzen aneinander, die sich daraufhin zusammenzogen und härter wurden. Mit einem leisen Stöhnen schloss Aimée die Augen und ließ ihren Kopf langsam kreisen.

Ein langer, intensiver Kuss folgte. Einer Meereswelle gleich wurde alles um Hanna und Aimée herum weggefegt. Jetzt existierten nur sie beide, die wundervolle Arie und die Sprache ihrer Körper im Rhythmus der Musik.

Leise forderte sie Aimée auf, die Beine zu spreizen. Diese folgte der zugeflüsterten Anweisung, was erneut ein Beben in ihren Körper verursachte. Hanna hielt sie fest, zog sie ganz an sich heran und sog den betörenden Parfümduft ein, der sie umgab. Deutlich spürte sie den beschleunigten Herzschlag ihrer Geliebten.

Plötzlich hielt sie mitten in der Bewegung inne, beugte sich über Aimée und nahm den Augenblick ganz in sich auf. Ein Augenblick, der die Zuneigung zwischen ihnen noch deutlicher machte. Einige Sekunden schienen sie regungslos zu verharren. Dann begannen sie, sich gegenseitig ihre Brüste zu liebkosen, ließen synchron ihre Hände über Brustwarzen, Taille und Hüften gleiten, gelangten dabei wie von selbst immer tiefer. Hannas Handflächen fuhren über den glatten Stoff von Aimées Kleid, wurden dann von der Wärme des Unterleibes empfangen. Als sie ihre Fingerspitze auf Aimées Klitoris legte und sie mit schnellen Kreisen stimulierte, stöhnte diese mit einem unterdrückten Schrei auf.

Aimée holte scharf Luft. Ihre Hand umschlang Hannas Unterarm. Mit einer geschickten Bewegung stieß sie die Kuppe des Mittelfingers ihrer anderen Hand in Hannas Vagina, spürte die feuchte Hitze im Innern ihres Körpers. Wieder begannen sich die beiden Frauen leidenschaftlich zu küssen. Ihre Bewegungen wurden ungestümer, der Atem schneller und das Keuchen intensiver, je mehr sich die Arie dem Höhepunkt näherte.

Gleichzeitig erreichten sie den so sehr herbeigesehnten Orgasmus. Sie stöhnten, alles um sich vergessend, gemeinsam mit Ramadés Gesang auf, drückten ihre bebenden Körper aneinander und ließen sich danach von den einsetzenden Klängen der Streicher forttragen.

6.

1840 - Der Maler

Percy Byron erwachte kurz nach Sonnenaufgang aus einem unruhigen Schlaf. Zu viel war ihm nach dem Erlebnis im Teehaus durch den Kopf gegangen. Die letzten zwei Stunden hatte er nur noch in einer Art Dämmerzustand verbracht, hatte unruhig den Kopf auf dem Kissen hin und her geworfen. Seit er auf Black Swan Manor war, litt er unter Schlafstörungen und wurde immer wieder von beunruhigenden Alpträumen heimgesucht.

Er drehte sich auf den Rücken, schob die Hände unter den Kopf und starrte an die Zimmerdecke, deren gräulich-helle Farbe mit der aufgehenden Sonne langsam einen warmen orangen Ton bekam. Seine Gedanken kreisten um Lucy und die Zwillinge, an die Arbeit mit ihnen und an den Earl, dessen Verhalten ihn immer mehr befremdete. Der Hausherr war vergesslich geworden, hatte ihm gestern beim Mittagessen innerhalb von nur wenigen Minuten dreimal dieselbe Frage gestellt und zeigte bei Tischgesprächen nicht mehr die gewohnte Aufmerksamkeit. Stetig schien er nicht nur an Konzentration, sondern auch an Kraft und Autorität zu verlieren.

Seltsamerweise schien sich das gesamte Machtgefälle am Hof mehr und mehr zu Gunsten von Lucy verschoben zu haben, überlegte Percy. Auch wenn der Hausherr noch immer die Zügel in der Hand hielt, so wirkte er nicht mehr so einflussreich wie zuvor, und was zunächst wie die Abgelenktheit eines vielbeschäftigten Mannes mit großer Verantwortung aussah, stellte sich bei näherer Betrachtung untrüglich als mehr heraus: Der Earl schien an einer seltsamen Erkrankung zu leiden.

Das Orange der Zimmerdecke wurde kräftiger, und je heller es im Atelier wurde, desto weniger war an Schlaf zu denken.

Er wurde unruhig, als seine Gedanken zurück zu den Vorgängen im Teehaus schweiften.

Lucy!

Welch eine Veränderung war in ihr vorgegangen und was für einen Einfluss übte sie auf die sie umgebende Gesellschaft aus? Ja, er wollte zu ihr gehören! Nur ihre Anwesenheit begehrte er, nicht die des kränklichen Earls! Wie zärtlich und leidenschaftlich war sie auf dem Sofa des Teehauses zu ihm gewesen!

Wie lange hatte er davor keine sexuelle Befriedigung mehr gefunden und ... wie sehr hatte er diese herbeigesehnt!

An die immer heller werdende Zimmerdecke starrend, sah er Lucy in Gedanken vor sich, ihr weißes, unschuldiges Kleid, den zarten und unendlich begehrenswerten Körper. Doch dann war eine andere, dunkle Seite aus ihr hervorgekommen und hatte ihn mitgerissen. In welchem Zusammenhang stand dies mit der morbiden Veränderung des Earls?

Dann waren da jede Nacht diese fürchterlichen Schreie. Immer wieder schien der Earl im Schlaf von Schmerzen heimgesucht zu werden.

Percys Gedanken wurden unruhiger, je intensiver er nachdachte.

Der Schwarze Schwan! Die Zwillinge, die lüstern stöhnend in den Seilen hingen, ... wie an Fäden hängende Puppen in einem diabolischen Marionettentheater hatten sie ausgesehen. Ja, auch er hatte sich zu einer ihrer Spielfiguren machen lassen, hatte sich dem Diktat der Neunschwänzigen zu gerne unterworfen. Mehr noch: Er sehnte sich begehrlich nach dieser unterwürfigen Rolle, in der er nicht mehr als eine Schachfigur im Spiel dieser anbetungswürdigen Herrin zu sein schien.

Bei diesen Gedanken begann er unwillkürlich mit Zeigefinger und Daumen seine Vorhaut vor- und zurückzuschieben. Er erschrak ein wenig, denn bis jetzt hatte er nicht einmal bemerkt, dass die Hand die ganze Zeit in seiner Hose geruht hatte. Leise stöhnte er auf, und als er den ersten Hahnenschrei hörte und warmes Sperma sich über seine Finger ergoss, da tasteten sich die ersten, zarten Sonnenstrahlen durch das Zimmer.

Ein paar Minuten später klopfte es an der Tür. Ein ihm unbekanntes Dienstmädchen trat herein. Der Earl ließ nach einem gemeinsamen Frühstück im Esszimmer fragen, sagte sie ihm in einem Akzent, aus dem er eine französische Herkunft herauszuhören meinte.

***

„Puh, ist der bitter!"
Percy verzog das Gesicht, als er die Teetasse zurück auf den Tisch stellte.
Die Lippen des Earls zogen sich in die Breite, ließen lange, gelbliche Zähne aufschimmern. Er lächelte nervös und Byron erschrak aufs Neue über die Veränderung an seinem Gastgeber.
„Es ist Tee aus dem fernen Indien, werter Bacon."
Einen kurzen Moment lag es dem Maler auf der Zunge, die falsche Nennung seines Namens zu verbessern, er unterließ es aber.
„Ihr möchtet doch sicher eine weitere Tasse von diesem köstlichen Getränk?"
Nachdem er aus Höflichkeit bejaht hatte, langte der Hausherr nach einem Klingelzug. Als er die dunkelblaue Samtkordel ergriff, glitt sein Unterarm aus dem Ärmel seines Morgenrocks. Byron fiel der dünne, von schlaffer Haut umgebene Arm auf. Die wässrigen Augen des einst so stolzen Adelsmanns ließen ihn dabei nicht los. Er konnte diesem Blick nicht standhalten. Verschämt und mit einem schlechten Gewissen senkte er den Blick auf den Boden. Schließlich tat er

so, als würde er sich im Zimmer umschauen. Als er sich seinem Gastgeber nach einer Weile wieder zuwandte, starrten ihn seine Augen noch immer an. Ungeniert stierte der Earl, machte nicht die geringsten Anstalten, seine prüfenden Blicke zu verbergen.

Byron verspürte ein unbehagliches Stechen im Magen. Für eine Sekunde kam ihm der aberwitzige Einfall, sein Gegenüber könne seine Gedanken lesen, würde in seinen Augen erkennen, welch unzüchtige Triebe er mit seiner Gattin und danach mit seiner Tochter ausgelebt hatte.

Furcht überkam ihn. Der Earl schien gealtert und kränklich, aber trotzdem war seine Macht noch unermesslich groß. Es würde wohl ein Fingerzeig dieses Mannes genügen, um sein Todesurteil zu besiegeln. In seinen Gedanken malte er sich schreckliche Bilder aus: Ein gedungener Meuchler würde ihm in der Dunkelheit des Waldes auflauern, ihn erschlagen und seinen Leichnam irgendwo im feuchten Waldboden verscharren.

„Ihr seid noch jung", sagte der Earl und unterbrach die Stille. „Wisst Ihr, Bacon, wenn ich in den Spiegel sehe, wundere ich mich darüber, warum mein einst so wacher Geist und kräftiger Körper eines Tages zerfallen müssen."

Byron öffnete den Mund, wollte eine höfliche Floskel als Antwort von sich geben, wurde aber unterbrochen.

„Behaltet die Höflichkeiten für euch! Ich weiß, wie schlecht es um mich steht. Sogar die Ärzte sind ratlos", sagte er und wechselte dann das Thema. „Wie weit seid Ihr mit dem Bildnis meiner Gemahlin?"

Bei dem Wort Gemahlin bemerkte Percy wieder ein Stechen im Magen.

„Wir ... wir machen gute Fortschritte. Die Vorskizzen sind fertig und die Farben gemischt. Schon bald kann ich mit dem eigentlichen Bild beginnen."

„Ihr werdet mich nicht enttäuschen?"

„Ich tue mein Bestes und klopfe dafür dreimal auf Holz!"
Der Earl beugte sich nach vorne und lächelte gequält.
„Ihr klopft auf Holz? Ihr seid abergläubisch? Oder meint Ihr, dass Ihr Euer Schicksal damit beeinflussen könnt?"
Byron wurde aufgeregter, fühlte sich mit dieser Frage in die Ecke gedrängt. Der Verstand des Gastgebers schien auf einmal sehr klar, und dieser ließ nun nicht locker:
„Meint Ihr nicht, dass es etwas zu einfach ist, sein Schicksal zu beeinflussen, indem man nur dreimal auf eine hölzerne Tischplatte klopft?"
„Nein, ich ... ich verlasse mich natürlich auch auf mein Geschick als ... Maler!"
Sein Gastgeber stieß als Antwort ein krächzendes Lachen aus und entgegnete:
„Manche betrachten sogar eine Hasenpfote als Glücksbringer. Komisch, oder? Dem armen Tier hat dies den Tod gebracht. Versteht Ihr? *Den Tod!*"
Nach diesen Worten brach der Earl in schallendes Gelächter aus, tupfte sich mit der Tischdecke die Tränen aus seinen wässrigen Augen.
„Nein, nein, mein lieber Maler, da seid Ihr auf dem Holzweg. Aberglaube und Hexenwerk sind längst von dieser Welt verschwunden. Seitdem liegt unser Schicksal nur noch in unserer eigenen Hand! Kommt, mein geschätzter Maler, ich möchte Euch etwas zeigen!", sagte er und erhob sich von seinem Platz. Dann bewegte er sich schwerfällig zum Fenster und wies mit seinem dünnen Zeigefinger zu der Stelle, wo der Weg in einer Schleife vor dem Eingangsportal endete. Inmitten dieser Wende lag ein mannsgroßer Felsbrocken.
„Seht Ihr den großen Stein dort unten? Vor einigen Jahrhunderten, als hier anstelle des Hauses eine Burg stand, da befanden sich genau dort die Scheiterhaufen. Meine Vorfahren waren nicht zimperlich darin, den Hexen das Geständnis ihres teuflischen Werks zu entlocken. Noch heute befindet

sich unten im Keller der Raum, in dem einst die peinlichen Befragungen stattfanden. Ich habe die alten Aufzeichnungen der Gerichtsschreiber in meiner Bibliothek sorgfältig studiert. Ihr glaubt nicht, zu welchen Geständnissen die Weiber unter der Folter bereit waren! Habe ich nicht Recht, Maler?"

„Ja … Ihr habt sicher Recht!"

„Natürlich habe ich das!", bestätigte er und sah sein Gegenüber dabei eindringlich an. „Seid Ihr eigentlich zufrieden mit Eurem Leben?"

„Ob ich zufrieden bin?"

Einen Moment dachte Byron scharf nach. Welche Absicht verfolgte der Mann mit dieser Frage? Er überlegte sich eine Antwort, wollte nichts Falsches sagen oder sich verraten.

„Ich … ich bin zufrieden …, auch wenn … auch wenn ich manchmal meine, dass ich meine Maltechniken noch verbessern sollte", log er.

„Strebt Ihr nicht nach mehr als nur danach, das künstlerische Handwerk zu verbessern? Viele Männer Eures Alters streben nach Ruhm und Ehre … oder Anerkennung."

„Viel…vielleicht auch das, vielleicht werde ich einmal ein berühmter Maler", platzte es aus ihm heraus, erleichtert darüber, aus dieser rhetorischen Falle einen Ausweg gefunden zu haben.

„Wie bemerkenswert!", grinste der Earl herablassend.

In diesem Moment trat das Dienstmädchen mit einem Tablett herein.

„Ah, der frische Tee! Kommt, setzen wir uns und führen das anregende Gespräch beim Tee fort!", lachte der Hausherr.

Byron setzte sich zurück an den Tisch und musterte die ihm noch immer unbekannte, sich sehr anmutig bewegende Frau. Sie war groß und schlank und für ihr junges Alter hatte sie ungewohnt strenge Gesichtszüge, die von vollem, pechschwarzem Haar umrahmt waren.

Sie stellte das Tablett auf die Tischplatte.

„'at der 'err noch einen Wunsch?", fragte sie.
Deutlich war ein französischer Akzent herauszuhören.
„Lass alles so, wie es ist! Den Rest schaffen wir schon. Geh und warte, bis du wieder gerufen wirst!"
Das Mädchen war so schnell verschwunden, wie es gekommen war.
„Hat Euer Diener frei?", fragte Byron neugierig.
„Wir wissen nicht, wo er ist. Er ist seit drei Tagen wie vom Erdboden verschluckt. Über zehn Jahre treuer Dienst – und plötzlich verschwindet der Bursche klammheimlich und über Nacht!", antwortete der Earl und griff kopfschüttelnd zur Teekanne, sagte dann ein wenig nachdenklich: „An seiner statt ist nun Adélaïde in unseren Diensten. Meine Gemahlin hat sich gleich am Morgen nach seinem Verschwinden um Ersatz bemüht. Schon das Mittagessen wurde mir von dem neuen Hausmädchen serviert."
Als er die schwere Kanne anhob, rutschte sein Ärmel erneut zurück. Schlanke Unterarmmuskeln schwollen an und zwei dünne Sehnen traten aus der pergamentartigen Haut hervor.
„Kann ich Euch helfen?"
„Nein, nein, ich schaff das schon!", kam die energische Antwort.

Zwischen den schlürfenden Schlucken stellte der Earl dann eine Reihe Fragen zur Vergangenheit des Malers, die dieser so unverdächtig wie nur möglich zu beantworten versuchte.
„Also, wenn ich mir Eure Ausführungen so anhöre, muss ich meinen, dass Euer Leben recht ereignislos verlief. Nach allem, was ich zuvor über Eure Heimat im Norden des Empires mitbekommen habe, sollte man meinen, dass es dort sehr frivol zuginge. Ihr seid jung und kräftig und übt sicher einen rechten Reiz auf die weibliche Gesellschaft aus. Und ich dachte immer, gerade Künstler pflegten einen unsteten Le-

benswandel. Die Damen der Gesellschaft müssen sich doch darum reißen, sich von Euch nackt portraitieren zu lassen?"

„Nein, nein!", lächelte er verlegen, streckte beide Handflächen nach vorne aus, als wollte er die unangenehme Frage abwehren.

„Wie ungewöhnlich", konstatierte der Earl kopfschüttelnd. „Habt Ihr nie das genossen, was man eine Liaison nennt? Ich denke da an eine Frau aus der guten Gesellschaft der Stadt, die sich von Euch portraitieren lässt."

Auch diese Frage verneinte Byron, vehementer als die zuvor. Niemals durfte sein Gesprächspartner wissen, was tatsächlich geschehen war. Er wollte jetzt nur noch seinen Tee austrinken und dieser inquisitorischen Befragung so schnell wie möglich entfliehen.

***

Erleichtert, den bohrenden Fragen seines Arbeitgebers entkommen zu sein, und mit einem flauen Gefühl im Magen kehrte Byron in sein Atelier zurück. Dort angekommen, machte er sich sofort daran, die Malutensilien für die bevorstehende Arbeit herzurichten.

Mittendrin klopfte es an der Eingangstür. In Erwartung der Countess eilte er zur Tür und öffnete sie. Stattdessen stand Adélaïde, das neue Dienstmädchen vor ihm.

„Die Comtesse lässt sich entschüldigen. Sie lässt ausrichten, dass sie sich ein wenig verspätet. Sie fühlt sich unwohl und wartet auf den Docteur", teilte die junge Frau mit und fragte dann, ob er noch einen Wunsch hätte.

„Könnt Ihr einen oder zwei kräftige Bedienstete rufen lassen? Der Stuhl, auf dem die Countess beim Portraitieren sitzen wird, muss ein wenig höher stehen."

Die neue, junge Hausangestellte mit dem strengen Gesicht war dem Namen und dem Akzent nach eine echte Französin, war er nun fest überzeugt, und sicher kam sie aus Paris.

Nur ein paar Minuten später waren zwei Gehilfen zur Stelle. Der Stuhl, ein wunderschön verziertes Barockmodell, musste auf ein Podest gestellt werden, damit Lucys Kopf etwa dieselbe Höhe hatte wie seiner. Die Männer besorgten daraufhin vier kleinere Holzkisten und einige stabile Bretter, mit denen sie eine Erhöhung improvisierten, um den Stuhl darauf zu stellen.

Byron bedankte sich höflich und geleitete die beiden zum Flur, wo sie sich mit einem knappen Kopfnicken verabschiedeten. Er wartete, bis die wortkargen Gesellen aus seinem Blickfeld verschwunden waren und kehrte danach in sein Atelier zurück. Er wollte gerade mit seinen Vorbereitungen fortfahren, als es abermals an der Tür klopfte, weitaus zaghafter als zuvor.

Als er sich umdrehte, stand Lucy in der bereits geöffneten Tür.

„Lucy! Mir wurde gesagt, Ihr fühltet euch unwohl."

„Der Arzt hat mir eine Medizin gegeben. Es geht mir schon besser. Die ganze Nacht wurde ich von Migräneanfällen heimgesucht und habe nur in den frühen Morgenstunden bei Sonnenaufgang ein wenig Schlaf gefunden."

„Da haben wir beide dasselbe Schicksal geteilt. Auch ich habe keinen Schlaf finden können. Fühlt Ihr euch stark genug, mir heute Modell zu sitzen? Ich habe genug Skizzen von Euch gefertigt. Ich glaube, heute können wir mit den ersten Farbaufträgen beginnen."

Sie blickte scheu zur Seite und trat einen Schritt vor. „Mein Kleid", sagte sie leise, „Ich glaube, das fertige Portrait soll mich mit einem anderen Kleid als diesem weißen Modell zeigen."

„Wenn Ihr drauf besteht! Euer Wunsch ist mir Befehl. Heute ist Eure Kleidung jedoch noch nicht so wichtig."

„Ich habe in meinem Gemach eine Auswahl bereitgelegt. Percy ..., ich kann mich einfach nicht entscheiden. Wenn wir uns die Kleider nachher einmal gemeinsam ansehen wollen ...?"

Er nickte zustimmend und geleitete sie zu dem Barockstuhl, half ihr auf das Podest und postierte sie so, wie es in einer der Skizzen von ihm festgehalten war. Lucy war wieder die zurückhaltende junge Frau, die er kennengelernt hatte. Nicht die kleinste Spur war von der dunklen, dämonischen Seite in ihr zu erkennen. Wie sittsam und rein sie wieder erschien!

Nachdem sie die richtige Stellung auf dem Stuhl gefunden hatte – aufrecht sitzend und beide Hände auf die Lehne gelegt –, hielt er zunächst die Konturen der Pose auf der Leinwand fest, trug dann eine erste, dünne Farbschicht auf. Die Sonne stand so hoch, dass sie nicht mehr im direkten Sonnenlicht saß, was ihrem makellosen Teint eine noch weichere Note bescherte. Die Brüste spannten den weißen Stoff ihres Kleides und bildeten zwei sinnliche Wölbungen.

Den gesamten Vormittag verbrachten sie so schweigend miteinander. Jeder schien in seine eigenen Gedanken vertieft. Von Alice und Jamie, die ansonsten stets ihre Begleiter waren, war die gesamte Zeit über nichts zu sehen.

Am späten Nachmittag – Percy und Lucy hatten zu Mittag nur ein wenig Obst zu sich genommen – erschienen die Zwillinge erstmals an diesem Tag im Atelier. Sie traten ohne anzuklopfen ein, passierten grußlos die Leinwand und beachteten Percy dabei nicht einmal. Zielstrebig bewegten sie sich zu ihrer Stiefmutter. Jamie flüsterte ihr etwas ins Ohr, während Percy argwöhnisch von Alice über die Schulter gemustert wurde.

Percy versuchte, sich nichts anmerken zu lassen, wurde jedoch gewahr, dass die drei jetzt eine Einheit bildeten, in der keine Außenstehenden geduldet wurden. Wie sehr verzehrte er sich danach, ebenfalls zum intimsten Kreis dieser Frau zu gehören, alle Geheimnisse mit ihr teilen zu dürfen, wären sie auch noch so dämonisch ...

Als sie die geflüsterte Nachricht hörte, begann Lucy zu schmunzeln. Eine Weile verharrte sie regungslos zwischen den beiden Stiefkindern, die sie wie ein Schutzwall umgaben. Dann wanderte ihr Blick durch das große Galeriefenster nach draußen. Ein leichter Schauer hatte eingesetzt und vereinzelte Regentropfen schlugen gegen das Fensterglas.

Plötzlich erhob sie sich aus ihrem Stuhl.

„Der vermisste Diener ist gefunden worden. Ich möchte ihn umgehend sehen. Für heute ist Schluss mit der Malerei! Wir treffen uns in ein paar Minuten unten in der Eingangshalle!", sagte sie mit entschlossener Stimme und wies Percy an, sich einen Gehrock anzuziehen. In fünf Minuten würde man sich in der Eingangshalle versammeln. Es stünde ein längerer Spaziergang bevor.

Wie verändert sie jetzt wieder war, dachte er. Er spürte einen Kloß im Hals, als die Gesellschaft wortlos an ihm vorbeizog und das Atelier verließ.

Verwirrt und in dunkler Vorahnung der kommenden Ereignisse wusch er die Pinsel aus und bedeckte die Farben, damit diese nicht austrockneten. Er verdeckte die Leinwand mit einem schützenden Tuch und zog sich Stiefel und Gehrock an. Der Regen schlug jetzt stärker gegen die Scheiben.

***

Leises Gemurmel empfing ihn, als er die breite Treppe herunterkam. Die Eingangshalle war mit Bediensteten gefüllt. Einige tuschelten miteinander, andere flüsterten sich mit vorgehaltener Hand etwas zu. Nur wenige der Anwesenden nahmen Notiz von ihm. Vom Earl, von Lucy oder den Zwillingen war nichts zu sehen.

Der Regen verstärkte sich draußen. Aus der Ferne kam ein Grollen. Eine Gewitterfront schien sich zu nähern.

Auf einmal wurde es still in der Halle. Mehr und mehr Köpfe drehten sich in Richtung des Treppenaufgangs, wo die vier Familienmitglieder die Stufen herunterkamen.

Lucy schritt mit einer Eleganz, die beinahe an Überheblichkeit grenzte, die Stufen hinab. Auf einem Treppenabsatz blieb sie in erhöhter Position stehen und sah eine Zeit lang schweigend auf ihren Hofstaat hinab. Der Earl hatte sich bei ihr eingehakt. Er hatte eine gebückte Haltung eingenommen, wirkte so weitaus kleiner als seine Gemahlin und seine Tochter. Doch da war noch mehr, was ihr herrisches Auftreten unterstich. Demonstrativ öffneten die Frauen ihre schwarzen Pelzmäntel, so dass alle sehen konnten, was sie darunter trugen.

Die Bediensteten erschraken so sehr, dass sie gleichzeitig aufstöhnten und sich die Hand vor den Mund hielten.

Beide Frauen waren mit Hosen und hohen Reitstiefeln bekleidet! Hosen, unzüchtig eng auf der Haut liegend und aus schwarzem Leder! Und nicht nur die unerhörten Beinkleider und Stiefel erschreckten die Menge, sondern auch ihre Oberkörper. Dort verdeckte nicht mehr als ein ebenfalls aus Leder gefertigtes Korsett die Haut.

Entrüstet und zugleich erschrocken über diese fremdartige Kleidermode, die so im Gegensatz zu den herrschenden Sitten stand, begann ein wildes Getuschel unter den Bediensteten. Zwei ältere Frauen aus der Küche bekamen einen Schwächeanfall und mussten gestützt werden.

Deutlich war aus dem Geflüster eine Mischung aus Empörung, aber auch Verunsicherung und Furcht herauszuhören. Lucy war immer mächtiger geworden, während der Earl an Kraft und Autorität verloren hatte. Von dem Aufflackern der Entschlossenheit, die er noch beim Frühstück gezeigt hatte, war keine Spur mehr zu erkennen. Welch ein teuflisches Spiel trieb Lucy mit ihm und allen anderen hier?

Ein lauter Knall brachte alle zum Verstummen. Lucy hatte mit einer Reitgerte auf das Treppengeländer geschlagen und sicherte sich damit schlagartig die Aufmerksamkeit der Anwesenden. Mit klarer und deutlicher Stimme gab sie Anweisungen: Der verschwundene Diener sei gefunden worden. Die vier Familienmitglieder sollten mit Sänften zum Fundort gebracht werden. Einigen hochrangigen Bediensteten sowie dem Hofmaler wäre es erlaubt, sie zu Fuß zu begleiten. Alle anderen hatten im Haus zu bleiben und auf weitere Anweisungen zu warten.

In diesem Moment krachte es abermals, diesmal draußen. Die Gewitterfront stand genau über dem Anwesen.

„Aber bevor wir gehen, hat mein Gemahl etwas mitzuteilen!", rief sie in den Raum hinein.

Sie hakte sich daraufhin wieder bei ihrem Gatten ein und sprach fast liebevoll zu ihm: „Sag, was du zu sagen hast!"

Die glasigen Augen des Earls wanderten hektisch über die vertrauten Gesichter seiner Hofmitarbeiter, die ihn erwartungsvoll anstarrten. Seine Gesichtsmuskeln zuckten unkontrolliert.

„Für die Frau bedeutet Liebe Macht, dem Manne sei sie seine ewige Herrin!", entwich seinen zittrigen Lippen. Dann sank er in einer Geste der Demut zu Boden und küsste Lucys Stiefel.

„Ich bin Euer demütiger Untertan, allmächtige Herrin!

***

Percy Byron war zunächst erleichtert darüber, über einen Regenschirm zu verfügen – diese neuartige Erfindung aus London. Als er ihn aufspannte, wurde dieser aber sogleich von einer Böe erfasst. Das Gerippe aus Holz und Fischbein stach durch den durchnässten Stoff. Wind tanzte auf den Fetzen und der Schirm flatterte wie ein schwarzer, verletzter Vogel. Er versuchte, ihn zu sich herunterzuziehen, aber aus dem kläglichen Rest sprang eine neue Rippe. Wie einen geschundenen Kadaver zog er ihn danach missmutig hinter sich her.

Nie zuvor hatte er solch ein Unwetter erlebt. Es war, als würde der Himmel darüber zürnen, was unter ihm geschah.

Er schob sich den Hut tiefer ins Gesicht. Trotz des Unwetters zog der Tross aus zwei Sänften mit jeweils vier Trägern und einer knappen Handvoll Fußgängern durch den Platzregen. Es war später Nachmittag und die dunkelgrauen Gewitterwolken hingen so tief, dass die Spitzen der beiden Turmzimmer kaum noch zu sehen waren.

Schwerfällig stapften die Männer durch die Nässe, suchten Halt auf den matschigen Waldwegen, rutschten dabei immer wieder aus. Einmal stürzte einer der beiden vorderen Träger der Sänfte, in der Alice und Jamie trocken und warm unter dicken Wolldecken und Fellen lagen. Glücklicherweise fiel die Sänfte dabei nicht um. Byron war sich jedoch sicher, dass der jetzt über und über mit Matsch verdreckte Mann die Bestrafung für sein Ungeschick aus der Hand der neuen Herrin oder ihrer Stieftochter erhalten würde.

Ungeachtet der über ihnen zuckenden Blitze und des ohrenbetäubenden Gedonners durchquerten sie den Wald. Neben Byron ächzten die Träger unter der Last der Sänfte, in der sich Lucy und der Earl befanden. Sie kämpften mit jedem Schritt um Halt auf dem glitschigen Boden. Den Männern war die Furcht förmlich ins Gesicht geschrieben. Es war, als wollte Lucy allen Anwesenden demonstrieren, dass sie und ihre neu gewonnene Autorität es sogar mit den Elementen aufnehmen konnten.

Schließlich durchschritt die Gruppe ein Gittertor. Jetzt wusste er wieder, wo sie angelangt waren.
Der Lustgarten!

Am Eingang des Teehauses stoppte die Gesellschaft. Beschützt von zwei großen Schirmen wurden die beiden Frauen in das Haus geleitet. Lucy gab Percy dabei das Zeichen, ihr zu folgen.
Als er direkt nach ihr das Haus betrat, bot sich ihm ein schrecklicher Anblick. Eine Spur aus Blut, Matsch und Regenwasser führte von der Eingangstür zu der Stelle, wo jetzt wieder ein geschlossener, roter Vorhang die Nische im Raum verdeckte.
Er rang nach Luft. Trotz des stechenden Geruchs atmete er vor banger Gespanntheit über das Bild, das sich ihm hinter dem roten Stoff bieten würde, kräftig ein und aus. Er bemerkte, dass Lucy ihn am Ärmel griff und mit sich zog.
Mit einer schnellen Armbewegung, die von einem Blitz und gleichzeitigem Donner begleitet wurde, öffnete sie den Vorhang.

Der vermisste Diener hockte in einer Ecke der Mauernische und schaute die ihn anstarrende Menschengruppe apathisch an. Sein nackter Körper war mit Striemen überzogen. Blutergüsse, Verbrennungen und verkrustete Wunden zeugten von schweren Misshandlungen. Ein Bediensteter trat an Lucy heran. Leise sagte er zu ihr:
„Als der Gehilfe des Hofgärtners ihn gefunden hat, hing er kopfüber an einem Seil von der Decke. Wir haben ihn bisher nur von seinen Fesseln befreit. Er hat bis jetzt nicht ein einziges Wort gesprochen. Sogar Essen und Trinken hat er verweigert."

In diesem Moment bewegte sich der in der Ecke kauernde Mann. Langsam und unter großer Kraftanstrengung robbte er zu Lucy und senkte sein Haupt.

„Herrin, seid so gütig, mein klägliches Leben zu verschonen! Ich erbitte Eure Gnade, Herrin!", stammelte er und küsste ihr die Stiefel.

Lucy begann zu grinsen, sie zog ihre Reitgerte hervor und tippte mit der Spitze gegen den Stiefelschaft. Dann zog sie die Gerte kräftig über den Rücken des Mannes.

„Du dreckiger Kriecher! Du siehst doch, dass sie mit Matsch verschmutzt sind!", schrie sie den vor ihr liegenden Mann an. „Wenn du sie ganz sauber bekommst, lass ich dich vielleicht am Leben! Also, leck sie gründlich ab. Dein Leben hängt davon ab!"

Ihr hämisches Lachen erfüllte den Raum.

Begleitet von einem Gefühl der Faszination und Bewunderung, aber auch mit Schrecken bemerkten alle Anwesenden, welchen Einfluss diese dunkle Seite der Countess auf andere ausüben konnte. Der einst so stolze Diener des Earls löste mit der Zunge die Matschklumpen von ihrer Sohle und reinigte mit den Lippen das schwarze Stiefelleder. Dabei bemerkte Byron an dem Mann etwas, was auch ihm selbst bereits widerfahren war, als er hier hockte und die Neunschwänzige der Herrin zu spüren bekam: Der Diener schien trotz der Wunden und Misshandlungen sein Schicksal hinzunehmen. Ja, er schien nicht einmal unglücklich darüber, den Tod aus ihrer Hand vor Augen zu haben.

Nach einer Weile zog sie den Stiefel weg und begutachtete ihn ausgiebig. Offenbar konnte sie keinen Schmutz mehr daran finden. Dann drückte sie die Stiefelsohle gegen den Kopf des Mannes und trat ihn kräftig von sich weg.

„In die Ecke mit dir, du widerwärtiges Stück Unrat!", schrie sie ihm hinterher und drehte sich daraufhin zu der staunenden Gesellschaft um.

„Wie ihr seht, hat diese bedauernswerte Kreatur die Konsequenzen dafür tragen müssen, dass sie sich den wahren Autoritäten am Hof widersetzte! Lasst es euch eine Warnung sein und erzählt allen, was ihr hier gesehen habt! Erzählt allen, was mit denen geschieht, die die neue Herrin auf Black Swan Manor hintergehen wollen", sprach sie mit klarer Stimme, blickte zu den Trägern ihrer Sänfte und befahl ihnen: „Helft ihm hoch! Und dann raus mit ihm! Ich werde diesem Verräter sein jämmerliches Leben schenken. Ich will ihn aber nie wieder hier sehen!".

Zwei Träger machten sich sofort an die Arbeit. Byron erkannte in ihnen die beiden Burschen wieder, die am Vormittag das Podest in seinem Atelier aufgebaut hatten. Sie legten dem nackten Mann eine Decke über den Körper und stützten ihn so, dass er langsam nach draußen humpeln konnte, wo der Regen inzwischen nachgelassen hatte.

***

Nach einem endlos langen Rückweg zum Herrenhaus nahm Byron sich vor, so schnell wie nur möglich aus seinen durchnässten Sachen zu kommen und trockene Kleidung anzuziehen. Er fror und zitterte am ganzen Körper. Inständig hoffte er, dass er sich bei diesem Marsch keine ernsthafte Krankheit eingefangen hatte, fragte sich dabei auch, wie es um die Gesundheit des Dieners stehen mochte. Seine Verletzungen erschienen Byron so schwer, dass der alte Mann wohl zeit seines Lebens davon gezeichnet sein würde. Was hatte er sich zu Schulden kommen lassen? Bestand ein Zusammenhang zu den kleinen Glasampullen, die Lucy ihm so oft zugesteckt hatte? Er wusste es nicht, war aber davon überzeugt, dass die neue Herrin mit dieser Inszenierung eine deutliche Warnung an alle Bediensteten ausgeben wollte. Man sollte wissen, zu welch einer Grausamkeit sie in der Lage war.

Welche Rolle hatte sie ihm zugeteilt in ihrem Spiel? Auch dies blieb ihm bisher noch verborgen. Tatsache war jedoch, dass er der Faszination ihrer Macht, ihrer Strenge und ihrer Autorität erlegen war, er alles dafür geben würde, nur um eine Figur in ihrem teuflischen Spiel zu bleiben.

Er hatte gerade die Eingangshalle durchquert und wollte die Treppe nach oben zu seinem Atelier nehmen, als er hinter sich ihre Stimme vernahm:

„Wohin so schnell? Hast du etwa vergessen, was wir uns für den Abend vorgenommen haben?"

Die Auswahl eines neuen Kleides, schoss es ihm durch den Kopf.

„Herrin, wenn Ihr erlaubt, möchte ich meine Kleidung vorher wech..."

„Nein, das erlaube ich nicht! Sofort mitkommen!", konstatierte sie vergnügt und forderte ihren Gemahl auf, sich in seine eigenen Räumlichkeiten zurückzuziehen. Der kränkliche Earl kam der Anweisung seiner Gattin ohne Gegenrede nach, ließ sich von dem neuen französischen Hausmädchen anstandslos zu seinen Gemächern geleiten.

„Percy, du wirst mich zu meinem Gemach begleiten! Alice und Jamie kommen ebenfalls mit!"

Er widersprach nicht und tat genau das, was Lucy sagte.

Ihm fiel jetzt auf, dass er sie soeben unbewusst mit „Herrin" angesprochen hatte.

***

Für Byron war es das erste Mal, dass er Lucys Schlafgemach betrat. Ehrfurchtsvoll schaute er sich um. Ihm fielen die riesigen Kleiderschränke und das übergroße Himmelbett auf, sowie ein Spiegel, in dessen Silberrahmen seltsame Verzierungen eingraviert waren. Gedankenverloren starrte er auf den Rahmen. Die fremdartigen Zeichen erinnerten ihn an keltische Runen.

„Hier ist die Auswahl meiner Kleider. Was meinst du, welches sich für das Portrait am besten eignen würde?", sagte sie und wies mit der Gerte auf das Bett, auf dem mehrere Pelze ausgebreitet lagen. „Ach, ich habe mich schon entschieden. Ich will für das Portrait einen schwarzen Pelz tragen!".

Sie lachte auf und klatschte in die Hände.

„Alice! Jamie! Worauf wartet ihr? Ihr habt meine Erlaubnis! Das Erlebnis in dem Teehaus war nicht nur sehr amüsant, sondern auch sehr anregend. Die Herrin ist bei in bester Stimmung. Nutzt diese Gelegenheit für eure Bedürfnisse!"

Alice und Jamie warfen sich daraufhin so verspielt auf das Bett, wie Byron es nur von Kindern kannte. Die beiden lachten miteinander, liebkosten und küssten sich und konnten sich nicht schnell genug gegenseitig die Kleider vom Leibe reißen. Innerhalb von nur wenigen Augenblicken lagen sie nackt und ineinandergeschlungen inmitten der vielen Pelze.

„Wie ausgelassen meine beiden Engel nur sind! Ihre weiche, rosa Haut ... ich schmelze fast dahin, wenn sich ihre Haut so jungfräulich und rein zeigt! Dann begehrt meine Hand nach einer Reitgerte ... und meine feuchte Grotte nach einem kräftigen Prügel!", grinste sie.

Byron spürte sein Herz bis zum Halse pochen. Blut pulsierte durch den Unterleib und sein Penis musste eine kaum dagewesene Steife in seiner vor Regenwasser triefenden Hose erreicht haben. Er bekam einen Zitteranfall, wusste dabei nicht, ob es die Kälte oder Erregung war, die seinen Körper so erbeben ließ.

„Träum nicht! Zieh dich aus!", riss die Herrin ihn aus seinen Gedanken. Er spürte einen Schmerz an der Wange, bemerkte jetzt, dass sie ihm soeben eine Ohrfeige verpasst hatte.

„Herrin. Warum ...?", platze es überrascht aus ihm heraus.

„Du sollst dich ausziehen, hatte ich gesagt! Sieh nur meine kleine Alice, wie verlangend sie mit ihrem Hinterteil wackelt, während ihre Lippen den Zapfen des Bruders liebkosen! Sie verlangt nach einem zweiten Prügel in sich! Befriedige die Wünsche meines kleinen Engels gefälligst!"

Byron hatte Probleme, sich aus der nassen Kleidung zu befreien. Mehrfach spornte die Herrin ihn mit der Reitgerte zur Eile an. Er müsse sich sputen, Jamie würde schon in Kürze einen Höhepunkt bekommen, mahnte sie, während sich ihre Gerte schmerzhaft durch die nasse Kleidung in sein Fleisch schnitt.

Als er sich endlich von der Wäsche befreit hatte, gesellte er sich hastig zu dem jungen Liebespaar. Er spürte die Wärme der beiden jungen Körper und die weichen Felle an seiner ausgekühlten Haut. Ungestüm drang er in Alice ein, die sich ihm willig darbot. Die Hitze ihrer Grotte umarmte seinen harten Penis. Er griff nach ihren Brüsten und quetschte mit den Fingerspitzen ihre Brustwarzen.

Während ihr Kopf sachte kreisende Bewegungen über Jamies Unterleib verrichtete, seinen Penis immer wieder zwischen ihren Lippen verschwinden ließ, erlagen die drei einer immer stärkeren Ekstase. Ihr gemeinsames Stöhnen wurde lauter. Und je heftiger ihre Bewegungen wurden, desto inniger vereinigten sich die drei Köper unter den zufriedenen Blicken der Herrin.

Jamie und Percy kamen gleichzeitig. Unter lautem Keuchen ergoss sich ihr Sperma in Alices Körperöffnungen, die selber nur Sekunden später ihren Höhepunkt bekam.

Erschöpft von den Anstrengungen fiel Percy noch auf den Fellen in einen leichten Schlaf.

***

Als er erwachte, brannten nur noch einige wenige Kerzen im Gemach der neuen Hausherrin. Er war noch immer nackt und fühlte das angenehm weiche Kribbeln der vielen Pelze an seinem Rücken. Er tastete um sich und bemerkte, dass er allein im Bett lag. In diesem Moment verspürte er einen so starken Zug am Hals, dass er fast vom Bett gefallen wäre. Ein brennender Schmerz machte sich da bemerkbar, wo der Zug am heftigsten war: an der Kehle!

„Der Strick um deinen Hals war übrigens für den abtrünnigen Diener gedacht, mein liebster Percy! Ich hatte zunächst vorgehabt, ihn als Warnung für alle noch im Teehaus aufknüpfen zu lassen. Ich hoffe, dass ich meine Nachsicht mit dem Verräter nicht eines Tages bereuen werde. Raus aus dem Bett! Komm zu mir! Ich will mit dir reden!", hörte er die Stimme der Herrin aus der Dunkelheit des Raums.

Unwillkürlich fasste er sich unter das Kinn und bemerkte das Seil, das man ihm während seines Schlafs um den Hals gelegt hatte. Alice und Jamie hielten das andere Ende des Seils, übten nun einen immer stärkeren Zug aus. Sie waren – wie er – noch immer nackt, nur ihre Gesichter waren von unheimlichen, grotesken Masken verhüllt, welche er von Illustrationen des Karnevals aus dem fernen Venedig her kannte.

Langsam zogen sie ihn zur Herrin, die sich neben dem Spiegel mit den seltsamen Rahmenverzierungen niedergelassen hatte.

„Du wunderst dich sicher über meine ungewöhnliche Kleidung und das kostbare Leder an mir", fragte sie herausfordernd.

Er zögerte ein wenig mit der Antwort, sagte dann:

„Herrin, so seltsam dies auf den ersten Blick ist ... schwarzes Leder ... es unterstreicht Eure Macht."

„Der Schwarze Schwan hat mich zu dieser anregenden Bekleidung inspiriert! Er findet sich in dieser Kleidung wieder!"

„Der Schwarze Schwan? Er ist kein Einfall Eures Geistes, Herrin? Er existiert tatsächlich?"

„Er erscheint nur in den Augenblicken höchster Ekstase und grausamster Lust! Er ist mir Inspiration und Erleuchtung!"

Sie tippte mit der Spitze der Reitgerte auf das Spiegelglas neben sich.

„Der Schwarze Schwan erscheint mir darin!"

Byron blickte in den Spiegel, sah aber nur sein eigenes Spiegelbild. Nichts Ungewöhnliches war daran festzustellen.

Eine Weile schwieg sie und sagte dann: „Er zeigte sich zuletzt, als ihr auf meinem Bett gemeinsam den Gipfel Eurer Lust erreicht habt, als eure Wollust am stärksten war!"

Nach diesen Worten warf sie ihm einen Zeichenblock und Kohlestift hin.

„Ich möchte, dass du den Schwarzen Schwan nach meiner Beschreibung zeichnest! Du wirst ihn so zu Papier bringen, wie ich ihn im Spiegel gesehen habe!"

7.

Hanna richtete sich auf und zog den Catsuit über die Schenkel, den Po, Bauch und die Brüste bis zu den Schultern hoch. Genussvoll ließ sie ihre Handflächen über die schwarze Oberfläche des Materials gleiten, spürte, wie es sich langsam auf ihrer Haut erwärmte. Sie glättete letzte Fältchen und zog dann den Reißverschluss vom Po bis zum Hals ganz zu. Ein leises Stöhnen kam über ihre Lippen. Auch wenn sie diesen sündhaft erotischen Latexeinteiler schon oft getragen hatte, so es war jedes Mal aufs Neue ein prickelndes Gefühl, das sie dabei durchströmte.

Sie schlenderte zu ihrem Schuhschrank und öffnete ihn. Die Absätze zahlloser High Heels reihten sich wie Soldaten einer Wachparade nebeneinander. Schuhe ohne Absatz trug Hanna seit einer gefühlten Ewigkeit nicht mehr. Wenn flach, dann nur barfuß, war stets ihr Motto, wenn es um Schuhwerk ging. So war es kaum verwunderlich, dass die einzigen Schuhe, die in die Kategorie „typische Hausfrauenschuhe" fielen, die waren, die sie zum Joggen oder zum Fitness nutzte.

Sie entschied sich für schwarze Lacklederstiefel mit Vorderschnürung.

„Aimée? Wo bist du? Das schwarze Heavy Rubber Korsett! Wo bleibt es?", rief sie ihrer Freundin zu, die sich nebenan im Badezimmer zurechtmachte.

Hanna erhob sich, posierte ausgelassen vor dem großen Spiegel neben dem Bett, zog den Bauch ein und streckte die Brüste und den Po raus. Der Gedanke, in diesem faszinierenden Outfit eine wilde Session zu erleben, erregte sie schon jetzt aufs Äußerste.

„Schnür es mir ordentlich eng zu!", wies sie Aimée an, die sich zu ihr gesellt hatte und ihre wechselnden Posen und Hüftwackeleien mit einem Grinsen beobachtete. Die junge Französin tat natürlich gerne, was ihre Freundin sagte und legte ihr das Unterbrustkorsett an, zog dann die Schnürung am Rücken fest zu.

„Stärker! Ich kann ja noch atmen!", feixte Hanna, spürte wie ihr Oberkörper daraufhin immer mehr von der zweiten Lage des flexiblen Materials umschlossen wurde. Es kribbelte in ihr, als würden kleine elektrische Ströme durch den Körper fließen.

„Jetzt bring mir die Masken! Ich will heute Abend beide tragen!"

Sofort war Aimée zurück, gab Hanna zunächst eine schwarze Latexkopfmaske, dann die Gasmaske.

Hannas Blickfeld verengte sich, jeder Atemzug wurde von einem leisen Zischen der durch die Ventile strömenden Luft begleitet. Das Herz schlug schneller, während das Blut im Kopf und zwischen den Beinen pulsierte, dort für eine erregende Feuchtigkeit sorgte. Der Schwarze Schwan, ihr dunkler Begleiter beim Ausleben erotischen Begierden, war geweckt!

Eine Weile betrachtete Hanna das erotische, von Kopf bis Fuß in Latex gehüllte Wesen, das sich vor ihr in dem antiken Spiegel mit dem seltsam verzierten Rahmen zeigte.

Der Schwarze Schwan!

Ein unheimliches, grünes Augenpaar starrte sie aus zwei kreisrunden Sichtfenstern der Gasmaske an: unberechenbar, lauernd, dominant, gefährlich! Gebannt blieb sie vor den braunfleckigen Spiegelglas stehen und betrachtete sich, verfolgte dabei auch das eifrige Treiben von Aimée auf dem Bett hinter ihr. Ihre Freundin war ganz mit den eigenen Vorbereitungen für die Nacht beschäftigt. Über einen hautfarbenen Ganzkörperanzug trug sie einen schwarzen Latex-BH mit dazu passendem Stringtanga. Gerade war sie dabei, sich einen knielangen Rock in derselben Farbe über die Beine zu streifen.

Aimée sah fast wie eine lebende Schaufensterpuppe für Fetischbekleidung aus, stellte Hanna fest. Aber nur fast! Etwas fehlte da natürlich noch zur endgültigen Transformation zu einer verführerischen Rubberdoll. Im selben Moment erkannte sie, dass Aimée denselben Gedanken hatte, denn sie nahm sich die Theatermaske mit dem nachgebildeten Frauengesicht vom Bett und zog sich diese über den Kopf.

Hannas Atem beschleunigte sich, als sie das Ergebnis sah. Die langen schwarzen Wimpern, die Augenbrauen, die hohen Wangen und die vollen Lippen: es war ein bizarres, verführerisches Antlitz, das jeden, der es einmal sah, wohl für immer in seinen erotischen Bann ziehen würde.

Sprachlos von dem Anblick reichte sie Aimée eine aparte, mit Rüschen besetzte Bluse aus transparentem Latex, danach eine Echthaarperücke, die nach dem Vorbild ihrer normalen Frisur - ein pechschwarzer Pagenschnitt - gearbeitet war.

Aimée setzte die Perücke auf ihrem von der Maske umhüllten Kopf. Danach zog sie sich die großzügig geschnittene Bluse über. Während sie sich diese zuknöpfte, bestaunte Hanna das Spiegelbild, das sich ihren Augen bot: zwei bizarre Göttinnen der Lust, mit mehreren Schichten dieses anregenden, flexiblem Materials auf den schlanken Körpern. Der Anblick erregte sie und sie wusste aus Erfahrung, dass Aimée in diesem Moment ähnliches empfand.

Sie bemerkte, wie sich ihre Freundin von hinten fester an sie drückte und die Arme um sie legte, zärtlich mit den Handflächen über die Wölbungen ihrer Brüste strich. Welch faszinierenden Kontrast diese hautfarbenen Latexhände auf dem tiefen Schwarz ihres Catsuits bildeten! Im Spiegel sah sie, dass Aimée den Kopf nach vorne beugte, spürte auf einmal die weichen, künstlichen Lippen der Maske an ihrem Ohr. Ein wohliger Schauer lief ihr über den Nacken und den Rücken hinunter.

Hanna schloss die Augen und schnurrte wie eine Katze. Sie genoss die Zärtlichkeiten. Ihre geliebte Latexpuppe wusste genau, wo ihr Körper am empfindlichsten war!

Das Kribbeln verstärkte sich, das bislang leise, regelmäßige Zischen ihrer Atemluft unter der Gasmaske wurde unruhiger. Sie war erregt, aufgewühlt von dem Anblick zweier bizarrer, weiblicher Wesen, deren Körper und Geist nur noch aus purer Lust zu bestehen schienen.

„Befriedige den Schwarzen Schwan in mir!", schnurrte Hanna und beobachtete die helle Hand der Latexpuppe, die sich in sanften, kreisenden Bewegungen immer mehr nach unten arbeitete.

Aimée nahm den Zipper an Hannas Schritt zwischen Daumen und Zeigefinger. Quälend langsam öffnete sie ihn, offenbarte so auf dem Spiegelglas zuerst die rasierte Scham und dann das zarte Rosa der Schamlippen. Hanna spreizte ihre Schenkel und verlagerte das Gewicht ein wenig nach hinten.

Als Aimées Mittelfinger mit einer fließenden Bewegung in sie eindrang, keuchte Hanna dumpf unter ihrer Maske auf. Ihr Unterleib wurde heißer und das Klopfen des Herzens war jetzt bis in den Kopf spürbar, vermischte sich dort mit dem immer unruhigeren Atemgeräusch. Der Körper stand unter Strom, verlangte nach mehr Sauerstoff, der gierig durch den Filter der Gasmaske eingesogen wurde. Immer stärker loderte diese Glut zwischen ihren Beinen, während Aimée mit geschickten Fingern über ihre Klitoris strich.

Dann plötzlich trat diese Erregung aus ihr hervor, brachial und unaufhaltsam. Ihr Körper erging sich in unkontrollierbaren Zuckungen, und ohne es zu wollen, stieß sie krächzende Laute in die Maske hinein, während ihr Innerstes zu explodieren schien. Der Orgasmus kam unvermittelt und heftig. Ihre lusterfüllten Schreie wurden verzerrter, erinnerten kaum noch an die Laute eines menschlichen Wesens. Wie von spastischen

Krämpfen wurde Hanna durchgeschüttelt, als sie den sexuellen Höhepunkt erlebte.

Nur kurz darauf geschah etwas Unerklärliches. Für den Bruchteil einer Sekunde formte sich im Spiegel die Erscheinung einer mit Pelzmantel und in schwarzem Leder gekleideten Lady. In einem Reflex zog Hanna mit den Fingerspitzen der rechten Hand über das Spiegelglas, ließ diese dann auf dem silbernen, mit fremdartigen Symbolen verzierten Rahmen ruhen.
Ein Schauer lief ihr über den Rücken. Die Knie fühlten sich wie Watte an. Sie ließ sich nach hinten fallen und wurde von Aimée gestützt.
Abermals war ihr diese Frau erschienen! Diesmal sogar auf dem Höhepunkt ihrer sexuellen Lust in dem antiken Spiegel!
Es war bloß ein kurzes, schemenhaftes Bild, das vor ihr aufgetaucht war und in ihrem Gemüt ein sanftes Echo der Sehnsucht hinterlassen hatte. Fast schien es ihr, als würde zwischen ihr und dieser geisterhaften Frau so etwas wie eine unsichtbare Verbindung bestehen.

Hanna schloss die Augen und genoss die wohlige Ruhe der abklingenden Erregung. Ihr Atem wurde nur langsam regelmäßiger, zu stark hallte noch der heftige Orgasmus in der hermetischen Geschlossenheit des sie so flexibel umgebenden Materials nach. Tiefer ließ sie sich in die Geborgenheit von Aimées Nähe fallen, wollte noch ein wenig die Wärme ihres in Latex gehüllten Körpers genießen, bevor es in ein paar Minuten in die kühle Sterilität der Gummiklinik ging.

***

„Armselige Knechte! Ihr wagt es, in das Antlitz des Schwarzen Schwans zu blicken? Gesichter auf den Boden!", befahl der dumpfe Ton unter ihrer bizarren Maske.

Die vier Leuchtstoffröhren summten kaum hörbar von der Decke und verströmten ein kühles Licht. Hier war alles hell, weiß und steril: die Fliesen am Boden und an den Wänden, die Vitrinen und Schränke mit medizinischen Geräten, Gynäkologenstuhl, Behandlungsliege, Waschbecken und Toilettenschüssel.

Die beiden Männer befolgten die Worte der Gebieterin und pressten ihre Nasen auf den Boden des Klinikraums. Die Baronesse war eine Göttin, übermenschlich und grausam, gleichzeitig faszinierend und begehrenswert, und sie waren bereit, ihr ein Opfer zu erbringen.

Fast andachtsvoll und wie in einem Gottesdienst lauschten sie der Stimme über ihnen.

„Während meine Rubberdoll sich um euren ehemaligen Zellenkollegen kümmert, werdet ihr beide hier alles reinigen. Die Klinik ist zwar gerade erst fertiggestellt worden und neu, aber sie bedarf noch einer intensiven Grundreinigung!", drang der gedämpfte Ton aus der Maske hervor.

Ihre Hand wies in eine Ecke des Raums.

„Dort steht, was ihr für eure Aufgabe benötigt. Zieht euch die Haushaltshandschuhe über und fangt an! Wagt es aber ja nicht, uns zu stören!"

Die beiden fast nackten, nur mit einem ledernen Körperharnisch bekleideten Männer hielten das Gesicht weiter auf den weißgefliesten Boden und nickten.

„Bereite unser Objekt auf die Feminisierung vor, meine geliebte Gummipuppe!", forderte Hanna ihre Freundin auf und setzte sich auf einen Hocker. Sie schlug die Beine übereinander und beobachtete aus der Abgeschlossenheit ihres bizarren Outfits das, was um sie herum geschah.

Die beiden Männer machten sich daran, Eimer, Lappen und Putzmittel zu nehmen, zogen sich gelbe Haushaltshandschuhe über und begannen mit der Reinigung. Ein Investmentbänker aus Schottland und ein aufstrebender Staatsanwalt aus der Grafschaft Kent, wie Hanna wusste. Genau wie Abbott hatten auch sie sich durch eine aussagekräftige Bewerbung für eine Stelle als Proband empfohlen und waren in den vergangenen zwei Wochen vor allem von Lady Ewa und Lady Seiyoua „betreut" worden. Ihre beiden Freundinnen hatten ganze Arbeit geleistet, wie die gezeichneten Rücken der beiden Männer verrieten. Sie wiesen so viele Striemen, blaue Flecken und Brandwunden von ausgedrückten Zigaretten auf, dass man meinen konnte, jemand hätte einen Straßenplan darauf tätowiert.

Vor allem hatten die Männer in den vergangen zwei Wochen an Gewicht verloren und waren bedeutend drahtiger und muskulöser geworden, was sicher nicht nur an der spärlichen, aber gesunden Kost, sondern vor allem an den vielen Trainingseinheiten auf dem Longierplatz lag. Unzählige Runden hatten sie hinter den Pferdestallungen drehen müssen. Oft hatten ihre Freundinnen sie auch für Kutschfahrten in den Wald genutzt – als menschliche Ponys, die den Sulky zu ziehen hatten. Für eine Feminisierung hatte Hanna die Männer hingegen nicht in Betracht gezogen. Zu männlich waren die beiden Putzknechte. Sie verfügten bei weitem nicht über solch ein attraktives Äußeres wie der schlanke Mann, der gerade splitternackt und mit gespreizten Beinen auf dem Gynäkologenstuhl saß und mit Anspannung auf das wartete, was ihre Freundin mit ihm anstellen würde.

Aimée hatte in einer ausgiebigen Prozedur bereits das Enthaarungswachs auf die Haut ihres Objekts aufgetragen und war nun damit beschäftigt, Streifen für Streifen abzuziehen. Abbott stieß hintereinander mehrere Ächzer aus. Natürlich wäre es möglich gewesen, diese Arbeit so schonend wie möglich zu machen. Aber warum schmerzfrei, wenn es auch schmerzhaft ging, sagte Hanna sich schmunzelnd. Schließlich wurde ihre Freundin, wenn sie die Rolle als lebende Gummipuppe ausfüllte, so emotionslos wie eine echte Schaufensterpuppe. Das bizarre Gesicht der Maske mit den fast echt wirkenden Augen- und Mundapplikationen verriet nicht die kleinste Mimik. Immer wenn Aimée dieses Outfit trug, zeigte sie eine kühle Distanziertheit zu allem und ließ jegliche Empathie vermissen. Keine Gefühlsregung ging dann von ihr aus, niemals offenbarte sie menschliche Emotionen wie Freude, Wut oder Erregung. Nicht einmal einen Orgasmus ließ sie sich dann anmerken. Das Verhalten war fast schon unheimlich, gleichzeitig war es für Hanna aber auch sehr erregend, wenn sie ihre Liebhaberin in dieser Rolle erleben durfte.

Hannas Blick wanderte zurück zur gegenüberliegenden Seite des Raums. Die beiden Putzsklaven waren damit beschäftigt den Fußboden zu reinigen, unterbrachen jedoch ihr emsiges Tun, als sich die beeindruckende Gummipuppe ihnen näherte. Sie richteten sich geschwind auf und machten den Weg für sie frei.

Aimées Handlungen wirkten wie ferngesteuert. Sie nahm Schlauch und Pumpe aus einer Glasvitrine, füllte einen Messbecher mit warmem Leitungswasser und kehrte zum Stuhl zurück.

Hanna verzog den Mund unter ihrer Maske zu einem Grinsen, und als der Spülschlauch tief in den Anus des Objekts geschoben wurde und Aimée die kleine Handpumpe betätigte, spürte Hanna wieder eine Erregung in sich hochkriechen.

Aimées schlanke Latexfinger legten sich um den Druckball. Sachte beförderten sie Schub um Schub handwarmes Wasser durch den transparenten Schlauch in den Dickdarm des hilflosen Mannes. Abbott schloss die Augen, seine Brust- und Bauchmuskeln spannten sich an. Unverkennbar kämpfte er darum, so viel wie nur möglich von der Flüssigkeit in sich aufzunehmen.

Als sich der Messbecher schon bedenklich geleert hatte – Hanna schätzte die abgeflossene Menge auf beinahe einen Liter – und es absehbar wurde, dass das Objekt an die Grenzen der Aufnahmefähigkeit gelangt war, wurden die Pumpbewegungen eingestellt. Als ihm der Schlauch abgezogen wurde, stöhnte Abbott einmal laut und kurz auf. Schweigend und ohne das kleinste Geräusch verging die darauf folgende Minute. Nicht einmal die beiden Männer auf dem Boden wagten in dieser Situation der Anspannung irgendwelche Putzgeräusche zu verursachen. Das einzige, was Hanna noch vernahm, war das leise Summen der Neonrühren und ihr eigener Atem: Leise zischend strömte er in regelmäßigen Schüben durch den Filter ihrer Gasmaske.

Schließlich löste Aimée ihr Behandlungsobjekt von den Riemen am Stuhl und geleitete es zu der Toilettenschüssel. Mit einem Kopfnicken erlaubte sie ihm, sich zu erleichtern, verfolgt von den sowohl neugierigen als augenscheinlich auch anerkennenden Blicken der beiden Putzsklaven auf dem Boden.

Als Abbott danach von Aimée aus dem Raum geführt wurde, folgte Hanna ihnen.

Bevor sie die Tür hinter sich schloss, warf sie einen prüfenden Blick auf die zwei Sklaven. Um diese beiden Burschen würde sie sich noch früh genug kümmern. Sie sollten zunächst dafür sorgen, dass alles blitzblank sauber würde.

***

Hanna begleitete das ungleiche Paar durch den langen Flur im Obergeschoss des Herrenhauses. Bewusst hielt sie sich ein paar Meter hinter ihnen, zog sich im Gehen die Maske vom Kopf. Im Moment würde sie diese nicht brauchen – *vorerst nicht!* Aimées Hand hielt den Unterarm des vollkommen nackten Mannes neben sich fest. Seit sie dieses fantastische Outfit trug, hatte sie nicht ein Wort gesprochen. Das einzige Geräusch, das von ihr ausging, war das leise Geräusch aneinander reibender Latexwäsche und das Klacken der Absätze ihrer High Heels. Willig ließ sich der nackte, am Körper jetzt gänzlich unbehaarte Mann bis zu einer Tür kurz vor dem Ende des Korridors geleiten und dann in den dahinterliegenden Raum führen.

***

„Das ist dein neues Zuhause! Hier wirst du künftig leben!", sagte Hanna, als sie mit einer Handbewegung den Lichtsensor neben der Tür aktivierte und sich in der Ecke ein Deckenfluter einschaltete, der daraufhin alles in ein warmes Licht hüllte.

Abbotts Augen wanderten neugierig hin und her. Er war überrascht, konnte kaum erfassen, was an Eindrücken jetzt auf ihn einprasselte. Die geschmackvolle Einrichtung ließ die Arbeit eines stilsicheren – und sicher auch teuren – Innenarchitekten vermuten. Flachbildfernseher an der Wand, Musikanlage, Laptop – alles waren hochwertige Markengeräte. In einem Bücherregal erkannte er sogar einige seiner Lieblingsbücher. Die Baronesse hatte an alles gedacht, überlegte er.

„Du hast das Badezimmer nebenan selbstverständlich für dich allein! Richte dir alles so ein, wie du es magst!", hörte er die jetzt ungewohnt warme Stimme der Herrin hinter sich, und als sich ein Einbauschrank wie von Geisterhand öffnete: „Der Wandschrank ist begehbar. Dahinter stehen dir ein Ankleidezimmer und ein weiterer Raum zu Verfügung. Der Schrank ist übrigens noch fast leer. Wir haben dir bisher nur die wichtigsten Sachen besorgt, die du hier ab sofort tragen wirst! Bald schon wirst du dir deine Kleidung selber kaufen können. Dann wird es für dich nichts Schöneres geben, als mit uns Shoppen zu gehen und sich von einem Sklaven die prall gefüllten Einkauftüten tragen zu lassen."

Sie schlenderte zu einem Schalter an der Wand betätigte ihn. Im nächsten Moment senkten sich die Jalousien vor den Fenstern. Da es draußen dunkel war, erkannte er erst jetzt, dass ein Großteil der Wände aus großen Fensterfronten bestand. Was jetzt sein neuer Wohnbereich war, musste einst einmal eine Art Galerie oder ein Atelier gewesen sein, vermutete er.

„Ach ja, bevor ich es vergesse ...", unterbrach sie seine Überlegungen, „Leider habe ich einen Operationstermin erst in ein paar Wochen bekommen können. Meine Freundin, Lady Fortescue, wird den Eingriff persönlich an dir vornehmen. Sie ist eine anerkannte Schönheitschirurgin und betreibt in der Nähe eine renommierte Privatklinik. Sie wird uns bald besuchen und sich unsere Vorstellungen zu deiner Transformation anhören! Aimée und ich sind uns noch nicht ganz einig darüber, wie wir dich haben wollen", erklärte sie und ergänzte kurz darauf mit spöttischer Miene: „Natürlich darfst du beim mit Lady Fortescue noch zu führenden Vorbereitungsgespräch anwesend sein!"

Wie beruhigend ihre Stimme war! Er war unendlich dankbar für das Schicksal, das sie für ihn bestimmt hatte. Ein Schauer zog ihm über den entblößten Rücken. Sie war solch eine gute Herrin!

„Die Zeit bis zur OP wirst du nutzen, dich an dein neues Leben bei uns zu gewöhnen! Du lernst in den nächsten Wochen, sicher und elegant auf hohen Absätzen zu gehen, deinen ganzen Körper wie eine Frau zu bewegen und dich wie eine von uns zu geben! Vor allem wirst du lernen, dich so kultiviert wie eine Frau zu benehmen und deine männlichen Macken abzulegen! Ich will bei dir keine offen stehenden Schranktüren oder Toilettendeckel, mit Zahnpasta verschmierte Waschbecken oder Schrankfronten mit Fingerabdrücken sehen!"

Diese Worte waren klar und schneidend, klar wie ein militärischer Befehl und schneidend wie ein Messer, mit dem sie die Fesseln seines früheren Lebens zerschnitt. Ja, sie befreite ihn! Sie hatte die Allmacht über das, was nie ein anderer Mensch hätte vollbringen können. Er wollte jetzt das volle Vertrauen dieser Göttin erlangen. Bereitwillig würde er ihr seinen Körper und seine Seele geben.

Vor Ergriffenheit begann er zu zittern, sah, dass sie an sein überdimensional großes Doppelbett trat und die Hände in die Hüften stützte.

„Schmerz ist der letzte Befreier unseres Geistes.
Er zwingt uns in unsere Tiefen zu steigen!",
zitierte sie und erklärte, das sie und Aimée die Wochen bis zum chirurgischen Eingriff dafür nutzen werden, ihn in Seele des Schwarzen Schwans blicken zu lassen. Der in den kommenden Wochen von ihm zu beschreitende Weg wäre mühsam, steinig und schmerzhaft, würde jedoch mit der Erfüllung seiner tiefsten Sehnsüchte belohnt werden. Und einen ersten Eindruck dürfe er schon heute davon bekommen.

„Du ziehst das an, was meine Gummipuppe auf dem Bett für dich bereitgelegt hat – in der Reihenfolge wie es liegt: von links nach rechts!"

Als er von Aimée zum Bett geführt wurde, kam ihm alles wie in einem aberwitzigen Traum vor. Er bat innerlich, dass dieser nie enden würde. Seine Beine wurden weich. Überwältigt fiel er vor der Bettkante auf die Knie, hätte vor Freude und Ehrfurcht am liebsten laut losgeheult. Dann spürte er die Hand der Herrin auf seinem Kopf. Wie gut sie ihm tat! Er fühlte sich augenblicklich stärker. Ja, nur sie wusste, was die vielen Jahre wirklich in ihm vorgegangen war. Sie hatte schneller und präziser sein Innerstes nach außen gekehrt, als es jeder Therapeut vermocht hätte.

Der Herrin blieb seine Aufregung nicht unbemerkt.

„Wie ich es mir gedacht habe: Es gefällt dir! Die Darmreinigung und Enthaarung waren nur eine Vorbereitung auf das, was ich dir heute zugedacht habe. Riech doch nur einmal, welch betörender Geruch von dem Latex ausgeht!"

Mit sanftem Druck führte sie seinen Kopf zum Cup des auf dem Bett liegenden BHs. Gierig sog er den süßlichen Duft ein, schloss die Augen und presste sein Gesicht gegen das Material.

„Ich verspreche dir, dass dieser Geruch bald schon sehr obszöne und somit erregende Assoziationen in dir verursachen wird! Immer, wenn du es irgendwo gewollt oder ungewollt riechst, wirst du eine sexuelle Erregung in dir bemerken, dich an erregende Augenblicke in diesem Material erinnern. Glaub mir, ich weiß wovon ich rede!", sagte sie und zog die Hand von ihm weg. „Nun lasst uns beginnen! Mein Gummipüppchen wird dir zunächst die Silikonbrüste anlegen und danach beim Anziehen des Catsuits behilflich sein! Das alles wird dir helfen, dich schnell an deine neue Rolle als Frau zu gewöhnen!"

***

Auf dem Rückweg zur Klinik hielt Hanna sich erneut hinter den beiden. Abgesehen von der Tatsache, dass Abbott eine blonde Perücke mit einem Pagenschnitt trug, sahen die in identischen Outfits gehüllten Gummipuppen wie Zwillingsgeschwister aus. Gut, Aimées Figur und der aufreizende Gang waren für einen Mann schwerlich zu kopieren, aber er bemühte sich redlich, in seine neue Rolle zu wachsen. Überdies hatte er einen verdammt knackigen Arsch in dem engen, schwarzen Latexrock, stellte sie fest.

Hanna war davon überzeugt, dass Abbott schon in ein paar Wochen alle männlichen Eigenheiten und Macken ablegen und zu einem vorzüglichen Zwitterwesen heranreifen würde.

Zur Not würden Peitsche und gut dosierte Schmerzeinheiten für die gewünschten Ergebnisse sorgen.

Kurz bevor sie die Klinik erreichten, setzte sie ihre Gasmaske wieder auf.

***

Die Baronesse streifte mit Zeige- und Mittelfinger über den Ablagetisch für die medizinischen Instrumente.

„Kompliment! Es ist tatsächlich nicht ein Staubkorn auf den Schränken zurückgeblieben!", sagte sie anerkennend und begutachtete ihre beiden Finger. „Mal sehen, wie die Bodenfliesen aussehen!"

Sie holte aus einem der Schränke ein stabförmiges, wie der Griff einer Taschenlampe aussehendes Metall hervor und schlenderte schweigend umher, begleitet von den gespannten Augen ihrer Putzsklaven und den ausdruckslosen Gesichtern der zwillingshaften Gummipuppen. Am Gynäkologenstuhl angekommen, verharrte sie auf der Stelle, zog dann aus dem Metallgriff etwas hervor, was auf den ersten Blick wie eine Antenne aussah.

Die gebannt auf die Meinung der Baronesse harrenden Männer schluckten unwillkürlich.

Vor allem dem Staatsanwalt war aus diversen Strafverfahren nicht unbekannt, was die Herrin jetzt in der Hand hielt. Er betete innerlich darum, nicht durch eine schlechte Arbeit ihren Zorn heraufbeschworen zu haben. Zu schmerzhaft, ja grausam wären die Schläge mit diesem Teleskopschlagstock.

Sie schwieg eine Weile, wies dann mit dem flexiblen Metallstab auf den Boden, woraufhin der Staatsanwalt sich ängstlich zitternd zu ihr bewegte.

Zwei Wasserflecken waren nach der Behandlung mit dem Klistier auf dem Boden zurückgeblieben. Er begann zu zittern, sah hilfesuchend zu dem befreundeten Investmentbänker und dann in die beiden starren Gesichter der Gummipuppen. Emotionslos, ja unbeteiligt blickten sie schweigend auf ihn herab. Ein sachter Klaps mit dem Schlagstock gegen seine Schläfe brachte ihn zur Besinnung. Als er das von der Baronesse ausgesprochene Wort „Auflecken!" hörte, zögerte er keine Sekunde. Er senkte den Kopf vor der Sitzauflage des Gynäkologenstuhls zu Boden, dorthin, wo sich die kleinen Wasserlachen befanden und leckte sie auf.

Am Ende ihrer Inspektion stoppte Hanna an der Toilettenschüssel. Sie tippte zweimal mit der Metallrute auf den Deckel, woraufhin der Investmentbänker zu ihr kroch und diesen anhob.

Eine qualvoll lange Zeit ruhte ihr prüfender Blick auf der geöffneten Keramikschüssel.

Schließlich nickte sie anerkennend den jetzt sichtlich erleichtert wirkenden Putzsklaven zu, baute sich daraufhin breitbeinig vor ihnen auf.

„Eure Arbeit war zufriedenstellend, wenn auch nicht perfekt. Ihr seid auf gutem Wege, auch die nächste Lektion zu lernen: die Herrin als ein über allem stehendes Wesen, das sich aller gesellschaftlichen Normen entledigt hat! Ein Sinnbild für das uneingeschränkte Ausleben sexueller Perversionen!", sagte sie.

Erleichtert, der Stahlrute noch einmal knapp entgangen zu sein, nickten sie heftig.

„Also, worauf wartet ihr noch? Dort hinsetzen! Nebeneinander!"

Der Schlagstock wies auf die Behandlungsliege in der Mitte des Raums.

Die Männer zögerten nicht eine Sekunde. Sie kamen augenblicklich dem Befehl nach und setzten sich dicht nebeneinander, saßen dort wie zwei Schüler auf einer Schulbank.

„Melkt die beiden Kreaturen ab, meine Gummipüppchen!"

Natürlich verstand Aimée diese Anweisung nur zu gut. Abmelken hieß, dass die beiden Sklaven wohl abspritzen durften, jedoch ohne dabei tatsächlich zum sexuellen Höhepunkt zu kommen. Der Penis des Objekts wurde bei dieser Methode zunächst normal stimuliert, die Stimulation jedoch kurz vor dem Orgasmus abgebrochen. Das traurige Ergebnis war ein Samenerguss ohne die erregenden Gefühle und die Freuden sexueller Sinneslust – eine recht frustrierende Art der Erniedrigung.

Die Hände der beiden Sklaven wurden mittels Handschellen auf den Rücken gefesselt und Aimée machte sich mit professioneller Sicherheit ans Werk, während Abbott von hinten an die Männer herantrat. Er presste ihnen die Hände auf den Mund und zog ihre Köpfe zu sich, dorthin, wo sich seine geschmeidigen Silikonbrüste unter der Latexwäsche befanden. Heißer Atem aus den halb geöffneten Mündern der Sklaven presste sich gegen seine Handflächen, sogar durch die Gummihandschuhe war es deutlich spürbar.

Was war mit ihm geschehen, seit er vor einer guten Stunde erstmals dieses erotische Kunstwesen im Spiegel seines neuen Zuhauses betrachtet hatte, fragte Abbott sich erstaunt. Fasziniert hatte er für lange Zeit sein eigenes Spiegelbild begutachtet, hatte den Blick einfach nicht von sich lösen können. *„Nun, wie du siehst, haben wir ein bezauberndes, feminines Latexwesen aus dir gemacht!"*, erinnerte er sich an die Worte, die die Herrin dabei zu ihm gesprochen hatte.

Bei diesen Gedanken warf er Aimée auf der anderen Seite der Liege einen prüfenden Blick zu. Sie hielt die steifen Penisse der Putzsklaven in ihren Händen, verrichtete kreisende Bewegungen auf den Eicheln, schob die Vorhäute vor und zurück. Mechanisch benahm sie sich dabei, schweigend, emotions- und leidenschaftslos.

Wie sein eigenes Aussehen im Moment dem der Madame glich, der Frau, die er immer so verehrt, deren Erbarmungslosigkeit er jedoch so gefürchtet hatte! Wenn nicht die blonde Perücke gewesen wäre, sinnierte er, dann könnte man sie für Zwillingsgeschwister halten. Er schwor sich, der verehrten Madame schon bald auch im Sadismus und in der Unnahbarkeit in keinster Weise nachzustehen. Zu viel stand auf dem Spiel. Er war schon bald eine der Ladys auf dem altehrwürdigen Landsitz Black Swan Manor und nichts auf der Welt sollte dies noch ändern können.

Grob riss er die Köpfe seiner beiden ehemaligen Zellengenossen nach hinten, schweigend und ohne Hemmungen hielt er deren Mund und Nase zu. Sie waren nicht mehr als Sklavenkreaturen, dafür geschaffen, die niedrigsten Dienste zu verrichten. Er hingegen war aufgestiegen, hatte das erreicht, wozu sie nie in der Lage gewesen wären. Stolz, aber auch ein Gefühl von Herrschsucht durchströmte ihn, und es kroch immer stärker die Lust in ihm hoch, gemeinsam mit der Baronesse und der Madame diese beiden Lakaien zu quälen. Er spürte, dass sich sein Penis in den letzten Minuten immer mehr aufgebaut hatte und nun das ganze Latexkondom ausfüllte, das an seinem Anzug angearbeitet war. Es wurde verdammt eng in dem knappen Damenslip, den er unter dem Rock trug. Deutlich zeichnete sich der steife Penis unter den erotischen Kleidungsstücken ab.

Welch ein hinreißendes Gefühl war es, in diesem Material eingeschlossen zu sein!

„Sieh dir genau an, wie das Abmelken von Sklaven funktioniert! Als Frau wirst du schnell ein Gefühl dafür bekommen!", hörte er die gedämpfte Stimme der Herrin, unter deren prüfenden Augen die demütigende Behandlung vorgenommen wurde.

Madame Aimées Handbewegungen wurden nach diesen Worten schneller. Abbott bemerkte, dass die Leiber der Sklaven zu zucken begannen. Ihr Atem schlug heftiger gegen seine Handflächen. Und als die Baronesse vorschlug, die beiden Sklaven ein wenig an seinen noch jungfräulichen Titten lutschen zu lassen, da zögerte Abbott nicht eine Sekunde. Er nahm Finger und Daumen von den Nasenflügeln und erlaubte den Sklaven den nötigen Sauerstoff, öffnete währenddessen seine transparente Latexbluse und schob die Cups seines BHs so weit nach unten, dass die beiden durch den Catsuit drückenden Nippel der Silikonbrüste zum Vorschein kamen. Dann führte er die Köpf an seine Busen. Die Lippen der Männer öffneten sich gleichzeitig. Ehrfürchtig, ja hingebungsvoll liebkosten sie die Brustwarzen und sogen sich an ihnen fest.

Der Orgasmus dieser beiden bedauernswerten Kreaturen musste kurz bevorstehen, stellte er zufrieden fest. Wie schwach sie doch gegenüber dem weiblichen Wesen waren, diese manipulierbaren Kreaturen...

Dann war blitzartig alles vorbei.

Die Madame hatte ihr stimulierendes Werk abrupt abgebrochen. Sie trat einen Schritt zurück, stützte die Hände in ihre Hüften und verfolgte gleichgültig das Ergebnis.

Sperma spritzte in kurzen Schüben aus den beiden Eicheln, ergoss sich in dicken Tropfen auf das Polster und die Bodenfliesen, wo es langsam erkaltete.

Die Herrin erhob sich und schob den metallenen Schlagstock prüfend unter den Penis des Staatsanwalts. Ein Spermafaden zog sich von seiner Eichel nach unten, bildete auf dem Polster der Liege einen weißlich-transparenten Fleck.

„Gut gemacht! Und jetzt auf den Stuhl mit euch beiden reizenden Latexgeschöpfen! Vergnügt euch dort miteinander. Ihr habt es euch redlich verdient!", sagte sie und wandte sich danach an die beiden Sklaven: „Für euch jedoch ist die Arbeit noch längst nicht beendet! Ihr legt mir den hier an, aber so stramm, dass er sich auch bei einem anständigen Fick nicht lockert!"

Mit diesen Worten öffnete sie die Handschellen der Männer. Sie drückte dem Investmentbänker einen Strap-on in die Hand und öffnete den Reißverschluss im Schritt ihres Catsuits.

„Beeilt euch! Die Party auf dem Gynstuhl hat schon begonnen, und die Herrin will mitmachen!"

Hanna spürte, wie die beiden biegsamen Innenglieder des Sextoys in ihre Vagina und ihren Anus glitten, stöhnte so leise unter ihrer Maske auf, dass ihre Sklaven nichts davon mitbekamen. Als daraufhin die Schnallen der ledernen Halteriemen an ihren Hüften stramm zugezogen wurden, konnte sie es kaum mehr aushalten. Um die Gummischwänze hatte sich sofort ein wohliger und schmieriger Feuchtigkeitsfilm gebildet. Zu groß war inzwischen ihre Erregung geworden. Jede kleinste Bewegung schien die teuflischen Kunstpimmel zu animieren, eine neue Ecke ihres angespannten Unterleibs zu erforschen. Wieder wurde ihr Atem unruhiger, sie war kaum in der Lage einen Satz herauszubekommen.

„Ihr ... und ihr ... ihr macht gefälligst euren Dreck weg! Mit der Zunge ... jeder leckt den Saft des anderen auf ... danach dürft ihr zu uns kommen und uns die Stiefel küssen!", keuchte sie mit letzter Anstrengung heraus und beeilte sich, um schnell zu dem Gynstuhl in der Ecke zu kommen.

Aimée hatte Rock und Slip bereits abgestreift und ihre Beine auf die Auflagen des Behandlungsstuhls gelegt. Der vom Kondom umhüllte Schwanz von Abbott glitt zwischen die aus Latex nachgebildeten, schwarz abgesetzten Schamlippen im Schritt ihres Catsuits, schob sich so langsam durch die enge, künstliche Vagina und drang dann in Aimées echter Grotte ein.

Er schloss unter der Frauenmaske die Augen, zwang sich dazu, keine Geräusche zu verursachen.

Nein, nicht stöhnen! Ich bin eine Gummipuppe! Diese gibt keine Geräusche von sich – auch nicht in Augenblicken höchster sexueller Ekstase.

Schnell hatte er seine Bewegungen auf die seiner Spielpartnerin eingestellt. Er sah jetzt durch die schmalen Augenlöcher der Maske, dass Aimée ihren Kopf auf der hohen Stuhllehne schweigend nach links und rechts warf. Aufgeregt riss sie sich die Druckknöpfe ihrer weiß-transparenten Latexbluse auf und legte die Hände auf den BH, massierte sich die Brüste. Willig streckte sie ihm die überbetonten Schamlippen ihrer künstlichen Vagina entgegen, ließ den Unterleib dabei auf dem Stuhl kreisen.

Hanna beobachte das bizarre Liebesspiel nur kurz, kochte vor Erregung, als sie den Zipper an Abbotts Po öffnete und mit den Fingern nach seinem Anus suchte. Zunächst schob sie prüfend die Spitze ihres Mittelfingers in ihn hinein. *Oh ja, die Darmspülung und das Gleitgel hatten für die nötige Geschmeidigkeit gesorgt!* Dann führte sie die Eichel des Silikondildos an den Anus heran. Halb schob sie, halb nutze sie seine Stoßbewegungen, um in ihn einzudringen. Jetzt spürte sie den Druck der beiden Innendildos noch mehr in sich. Sie umfasste seine Hüften von hinten und stellte ihre Bewegungen auf seine ein. Schon jetzt begann sie so zu zittern, dass sie sich kaum mehr auf den Beinen halten konnte. Die runden Fenster der Gasmaske beschlugen bei jedem ihrer Atemzüge. Gierig rang sie nach Luft, die nur schwerfällig durch den Filter ihrer Gasmaske strömte. Knapp noch nahm sie wahr, dass sich die beiden Putzsklaven zu beiden Seiten des Stuhls niederknieten.

Sie küssten ihre Schnürstiefel und die High Heels von Abbott und Aimée.

Dieses Mal war es noch heftiger als zuvor. Es schien, als würde ihr der Boden unter den Füßen weggezogen und sie in einen rauschartigen Schwebezustand übergehen. Sie befand sich im Zustand höchster Euphorie. Der Schwarze Schwan! *Sie* war der Schwarze Schwan! Nur ihr und niemand anderem war es möglich, die am tiefsten in ihr schlummernden Begierden ans Licht zu befördern!

Doch sie spürte, dass sie vom eigentlichen Orgasmus noch entfernt sein musste, ein Orgasmus, der alles Vorstellbare in den Schatten stellen würde.

Ihr Körper bebte. Vom Unterleib ausgehend schossen stoßweise Vibrationen durch den Körper. Es war wie ein Musikinstrument, dessen Saiten gezupft wurden und dann wieder verklangen. Sie trieb ihren Schwanz kräftiger in den Anus hinein, stieß schließlich so heftig wie nur möglich zu. Hanna hatte das Gefühl, als würden jetzt alle gespannten Saiten in ihr gleichzeitig gezogen und unter Strom stehen. Die Lust explodierte wie eine Bombe, die Vibrationen schwollen zu einer gigantischen Welle an. Und je näher diese dem Gipfel kam, desto größer wurde sie.

Als sie ihren Orgasmus bekam, existierte alle Realität nur noch innerhalb ihrer hermetischen Latexhülle, die Außenwelt entfernte sich mehr und mehr. Alles, was um sie herum geschah, nahm sie nicht mehr wahr. Wie von weit entfernt hörte sie ihr eigenes Kreischen. Sie bemerkte nicht den ekstatisch bebenden Körper von Abbott, sah weder Aimées aufbäumenden Unterleib noch die beiden Lakaien, die sich mit Hingabe dem erotischen Schuhwerk der Herrschaft widmeten.

***

Als sie die seltsamen Geräusche der Herrin hörten, blickten die beiden Sklaven aus ihrer Hundeperspektive verängstigt nach oben. Das verstörende, kaum menschliche Kreischen unter der Gasmaske fuhr ihnen durch Mark und Bein.

Die Herrin hatte jetzt auch den letzten Rest von Menschlichkeit abgelegt, war zu einem Wesen der reinsten sexuellen Energie geworden, einer Göttin der Verführung und der Erotik, die sich über alles Weltliche erhoben hatte. Sie musste gemeinsam mit ihren beiden Rubberdolls einen unvorstellbaren, ja kollektiven Orgasmus erfahren.

Die Leiber der Herrschaften über ihnen zuckten und bäumten sich auf. Als die Knie der Herrin plötzlich einknickten, erhoben sich die beiden Männer in Sekundenschnelle. Ihr Sklaveninstinkt hatte sich intuitiv eingeschaltet. Die schmerzhaften Dressuren der vergangen Tage hatten ihre Wirkung nicht verfehlt und diesen Mechanismus in solchen Situationen geschärft.

Das Wohl der Herrin stand über allem!

Sie fingen die vollkommen erschöpfte Herrin sanft auf, spürten sofort diese seltsame Vibration, die von ihr ausging und sahen sich mit besorgten Gesichtern an.

In diesem Moment wurden sie von einem kräftigen Arm weggeschoben. Eine der beiden Puppen nahm den schlaffen Körper der Herrin auf den Arm und trug ihn schweigend in Begleitung der anderen Gummipuppe aus dem Klinikraum hinaus.

Die beiden Sklaven wussten, was zu tun war. Sie räumten die Instrumente weg und reinigten den Gynäkologenstuhl von den Körperflüssigkeiten, begaben sich danach in ihre Zellen. Morgen früh würde wieder ein anstrengendes Training mit Lady Ewa und Lady Seiyoua anstehen, und sie wollten sie nicht enttäuschen.

Sie waren ja gute Sklaven!

***

Es war schon fast Mittag, als es leise an der Tür klopfte. Schnell sprang Thomas Abbott aus dem Bett und warf dabei einen Blick auf die Uhr. Er ärgerte sich, so lange geschlafen zu haben. Bis tief in die Nacht hatte er in der Bibliothek von Black Swan Manor gearbeitet und war erst in den frühen Morgenstunden zu Bett gegangen.

Claire, das Hausmädchen der Baronesse, stand vor der Tür und erkundigte sich, ob er noch ein Frühstück zu sich nehmen möge oder ob sie schon im Speisezimmer das Mittagessen für ihn vorbereiten solle. Er entschied sich für das Frühstück und betätigte danach den Sensor für die Jalousien. Langsam erfüllte das Licht der späten Vormittagssonne seinen Wohnbereich.

Er duschte länger als gewohnt und betrat danach den begehbaren Wandschrank. Er schlüpfte in seine Seidendessous, wählte einen schwarz-transparenten Morgenmantel und zog sich diesen über. Sie waren ein Teil der Kleidungsstücke, die die Baronesse bereits für ihn besorgt hatte und die er bis zu seiner Operation tragen durfte.

Etwas wehmütig blickte er auf den eingeölten Latexanzug, den Rock und die Rüschenbluse, die nun schlaff von einem Bügel hingen und von einer transparenten Schutzhülle umgeben waren. Noch immer schwang die Session in der Latexklinik - sein Einstiegserlebnis in die Welt des Schwarzen Schwans - in ihm nach, hatte in ihm ein vollkommen neues Selbstverständnis geschaffen. Mit welch einer Freude hatte es ihn erfüllt, den ermüdeten Körper der Herrin über die Flure und Treppen nach oben in ihre Gemächer zu tragen. So nah war sie ihm dabei gekommen! Ja, sogar ihr Schlafgemach hatte er an diesem Abend betreten dürfen und ihren ermatteten Körper auf das große Himmelbett gelegt. Ein Wink von Madame Aimée hatte danach genügt. Die Herrinnen wollten unter sich sein. Er war in seinen Wohnbereich zurückgekehrt, wo er sofort in einen tiefen Schlaf gefallen war. Die Baronesse und Madame Aimée hatte er den gesamten darauf folgenden Tag über nicht mehr gesehen.

Wie Claire ihm nach diesem Erlebnis verraten hatte, hätten die Herrinnen den ganzen Tag im Bett verbracht und nicht gestört werden wollen. Einzig das Essen hatte sie ihnen bringen dürfen. Nicht ohne einen Anflug von Stolz hatte Claire ihm danach anvertraut, dass sie von der Baronesse damit beauftragt worden war, die überall auf dem Boden verstreute Latexwäsche der Herrschaft aufzusammeln, um diese zu reinigen und mit Silikonöl zu versehen. Dabei habe sie einen kurzen Blick auf die Herrinnen werfen können.

„*Sie lagen nackt im Bett. Und beide besaßen eine Tätowierung an der Leistengegend! Einen Schwarzen Schwan!*", hatte Claire ihm hinter vorgehaltener Hand zugeflüstert.

Er verließ den Wandschrank, trat an den Spiegel und begutachtete sich prüfend. Schwarze Strapse, ein Damenslip und dünne Nylonstrümpfe zeigten sich unter dem transparenten Stoff des Morgenmantels. Er legte seine Hände auf die mit Silikonbrüsten gefüllten Cups seines BHs. Bald schon würden seine echten Brüste in diesen Cups ruhen. Er konnte es kaum noch abwarten. Sobald die Herrin und Lady Aimée von ihrem kurzfristig gebuchten Urlaub in der Karibik zurück wären, würde das Vorgespräch mit der Chirurgin stattfinden, hatten sie ihm kurz vor ihrer Abreise mitgeteilt. Ein wenig mulmig war ihm schon zumute, aber das trat gegenüber dem Glück, endlich am Ziel seiner Träume angelangt zu sein, weit zurück.

Kurz darauf kam Claire mit einem Servierwagen herein. Es roch nach Kaffee, Rührei und geröstetem Toast. Sie schenkte ihm Kaffee ein und erkundigte sich, ob er beim Anlegen des

Makeups und der Perücke Hilfe bräuchte. Nachdem er verneint hatte, warf sie ihm ein warmes Lächeln zu und verließ den Raum. Es war so befreiend, dass sein feminines Auftreten hier in der abgeschlossenen Welt der Baronesse nicht den kleinsten Anstoß erregte. Es schien das Normalste auf der Welt zu sein, wenn man unnormal war. Jeder, der in seinem ehemaligen Leben als Freak oder Perversling bezeichnet worden wäre, war hier als eine eigene Persönlichkeit anerkannt.

Nach der Abreise der Herrinnen in den Urlaub war es auf Black Swan Manor ungewöhnlich still geworden. Auch im Kerker war mittlerweile niemand mehr. Seine beiden ehemaligen Sklavenkollegen waren in ihr bürgerliches Leben zurückgekehrt. Sie beschäftigen sich wieder mit Geld, ihren Berufen und gesellschaftlichen Konventionen. Sie würden ihren Ehefrauen vorgaukeln, auf einer Dienstreise gewesen zu sein, würden dann nachts im Bett von der Zeit bei der Baronesse träumen – und ganz sicher auch von dem Erlebnis in der Klinik.

Er selbst hatte von der Baronesse ein Ausgangsverbot auferlegt bekommen und durfte sich bis zur Operation nur im Haus oder auf dem Gelände des Herrensitzes aufhalten. Das hatte einen guten Grund, denn es war Teil der Vorbereitungen für einen glaubhaften Abschied aus seinem alten Leben. Alle Verbindungen zu seinem früheren Ich mussten gekappt werden. Die Existenz des Dr. Thomas Abbott musste sich einfach in Luft auflösen. Alles sollte so aussehen, als ob er sich freiwillig und aus eigenem Antrieb ins Ausland abgesetzt hätte, um ein Leben als Aussteiger zu führen. Definitiv dürfe nichts auf ein Verbrechen hindeuten. Das würde nur unangenehme Ermittlungen der Polizei nach sich ziehen, hatte die Herrin erklärt.

Dazu war es nach Absprache mit der Baronesse unumgänglich, noch ein letztes Mal im Schutze der Dunkelheit seine alte

Wohnung aufzusuchen, um für eventuell stattfindende Nachforschungen falsche Spuren zu legen. Die kommende Nacht hatte er sich für die nicht ungefährliche Unternehmung vorgenommen.

Den halben Nachmittag nutzte er für das Schreiben von Briefen. Der Mietvertrag und die Versicherungen mussten gekündigt werden. Auch seine Hochschule bekam ein formelles Schreiben, in dem er die Beendigung seines Arbeitsvertrages erklärte und von der Bewerbung zum Professor zurücktrat. Alles sollte nach einem schnellen, aber auch einigermaßen organisierten Abgang des Aussteigers Dr. Thomas Abbott aussehen. Zuletzt verfasste er einen Abschiedsbrief an seine in den Vereinigten Staaten lebende Schwester, die nach dem Tod seiner Eltern die einzige nähere noch lebende Verwandte war.

Als die Nachmittagssonne langsam hinter dem Horizont verschwand und das Anwesen und den Park in ein rotgoldenes Licht hüllte, schritt er an das große Galeriefenster. Er streckte sich und ließ seinen Blick über den parkähnlichen Garten streifen. Der daran angrenzende Wald lag schon im Schatten. Dunkel und bedrohlich sah es dort hinten aus.

Er legte den Morgenmantel ab, zog sich – hoffentlich zum letzten Mal in seinem Leben – seine alte Kleidung an, bestellte dann die Limousine mit Chauffeur vor das Hauptportal.

***

Der schwarze Mercedes würde knapp vier Stunden brauchen, schätzte er, als sie das Anwesen über die alte Buchenallee verließen. Er machte es sich auf der Rücksitzbank gemütlich und musste schmunzeln, als er an seine Hinfahrt dachte. Diese hatte er Kofferraum des Wagens verbracht.

Er strich mit der Handfläche über die weichen Lederpolster. Welch ein Charme diese Fahrzeuge der 60er und 70er Jahre nur ausstrahlten! Vielleicht würde auch sein baldiges weibliches Ich ein altes Cabriolet fahren, fantasierte er. Mit einem Knopfdruck betätigte er einen Schalter, um die Trennscheibe zwischen Fahrer und dem rückwärtigen Teil des Wagens zu senken und begann mit dem Chauffeur eine Unterhaltung. Wie er gehört hatte, war dieser wie Adam einer der wenigen Personen, die schon länger das Vertrauen der Baronesse genossen.

Der Fahrer stellte sich als Duncan Faulkner vor. Er sei mit der Baronesse und Lady Ewa schon seit der Zeit bekannt, als diese noch gemeinsam mit Lady Seiyoua ein Dominastudio in Plymouth führten. Er sei damals einer ihrer Stammkunden gewesen und habe eine Menge Geld bei den Herrinnen gelassen, erklärte er lachend. Irgendwann hatte er sich hier um die Stelle als Chauffeur beworben und war von der Baronesse auch sofort eingestellt worden. Die Baronesse vergesse niemals diejenigen, die zu ihr stehen, sagte er vieldeutig.

„Allerdings tut mir jeder leid, der sie zur Feindin hat. Glauben Sie mir: Der Zorn der Herrin kann vernichtend, ja tödlich sein! Ich habe auf Black Swan Manor schon viele Dinge gesehen!"

Abbott schaute nach diesen Worten nachdenklich durch die abgedunkelten Scheiben des Wagens. Mittlerweile hatten sie die Vororte von London erreicht und passierte einige Meilen später zufällig den Haupteingang der Universität – seiner *ehemaligen* Universität.

Es war jetzt nicht mehr allzu weit bis zu seiner Wohnung.

„Biegen Sie in die übernächste Straße links ein und halten Sie dann an einer dunklen Stelle, wo keine Straßenlaterne steht. Ich werde das letzte Stück zu Fuß gehen. Der Wagen ist einfach zu auffällig. Wir sehen uns morgen Abend am vereinbarten Treffpunkt!", sagte er und stieg grußlos aus.

Nach einem zehnminütigen Fußweg erreichte er sein Ziel. Als er seine Tür öffnete, schlug ihm der gewohnte Geruch seiner Wohnung entgegen. Wie winzig und beengend ihm hier jetzt plötzlich alles vorkam! Auf dem Küchentisch lag ein kleiner Stapel Briefe, die seine Nachbarin täglich aus dem Postkasten geholt und hier abgelegt hatte. Auf Miss Finch war wirklich Verlass, dachte er. Die nette Rentnerin war sein einziger nachbarschaftlicher Kontakt, den er im Haus pflegte. Er hängte seine Jacke über den Küchenstuhl, machte sich an die Arbeit, nahm sich vor, die Briefe auf dem Tisch erst zum Schluss zu öffnen.

Er packte zwei Reisetaschen mit Kleidung. Ebenso verstaute er darin alles, was auf sein Doppelleben hingedeutet hätte: die Damenwäsche aus der Schublade, die DVDs, ein paar Pornomagazine. Er nahm seinen Schmuck und sammelte alles Bargeld und die Dollarnoten unter dem Teppich ein. Eine nicht geringe Geldsumme, stellte er fest, als er die Scheine gezählt hatte. Gut, dass er Banken und Wertanlagen nie wirklich getraut hatte. Danach bestellte er online ein Bahnticket nach Glasgow und druckte es aus. Der Laptop und das unbrauchbar gemachte Handy wanderten ebenso in die Tasche wie persönliche Papiere und Fotos. Eventuellen Nachforschungen sollte es so schwer wie nur möglich gemacht werden.

Es war schon nach zweiundzwanzig Uhr, als er bei Miss Finch klingelte. Wie er wusste, ging sie um diese Zeit zu Bett und würde somit kein längeres Gespräch mit ihm führen wollen. Er entschuldigte sich für das späte Klingeln und erklärte, dass er morgen früh eine weitere Dienstreise antreten müsse und bat sie darum, auch noch für die kommenden zwei Wochen die Post auf den Küchentisch zu legen.

Danach ging er zu Bett – die letzte Nacht in seinem alten Bett! Er überflog einige Seiten eines Südamerikareiseführers und legte diesen aufgeklappt auf den Nachtschrank. Vielleicht zöge man den Schluss, dass er dorthin ausgewandert sein könnte.

Kurz bevor er am folgenden Morgen die Wohnung verließ, kümmerte er sich um die Post: Werbung, Rechnungen für Telefon und Hausratversicherung, einige Spendenaufrufe und ein an ihn gerichteter Brief.
Nachdem er den Umschlag geöffnet und den Inhalt gelesen hatte, stieß er einen unterdrückten Fluch aus. Eine Weile grübelte er.
Die Angelegenheit war einfach zu heikel, um ignoriert zu werden. Sein neues Leben stand auf dem Spiel und er hatte wenig Lust, weitere Zeit in dieser ihn mittlerweile beklemmenden Welt der Gewöhnlichkeit zu verbringen. Bei dieser Sache musste er die Herrin um Hilfe bitten. Er nahm den Brief an sich und verließ mit zwei Reisetaschen in der Hand die Wohnung.
Er lenkte seinen Škoda – der Chauffeur hatte ihn in der vergangenen Woche hier abgestellt – vom Parkplatz vor dem Mehrfamilienhaus und bog in die ruhige Wohnstraße ein. Mit einem Zwischenstopp bei der Bank, wo er den höchsten für ihn möglichen Geldbetrag vom Automaten abhob, fuhr er direkt zum Bahnhof. Dort warf er die von ihm geschriebenen Abschieds- und Kündigungsbriefe in einen öffentlichen Briefkasten und nahm den Zug nach Glasgow. Es würde sicher einige Zeit dauern, bis jemand auf den herrenlosen, silbernen Škoda in der Parkgarage aufmerksam werden würde, hoffte er.
Er nahm sich vor, den Zug bei einem Zwischenhalt auf halber Strecke in Lancaster vorzeitig zu verlassen und dann am Bahnhofsautomaten mit Bargeld eine Fahrkarte nach Bristol zu kaufen. Mit dem Chauffeur war alles genau abgemacht worden. Noch in der Nacht würde er ihn in der westengli-

schen, am Bristol Channel gelegenen Stadt vom Hauptbahnhof abholen und nach Black Swan Manor zurückbringen.

Als der Zug London hinter sich ließ, stürmte sein Herz schneller als das Rattern auf den Schienen, und vielleicht weil er ahnte, was mit Leuten passierte, die zurückschauen, tat er es nicht. Thomas Abbott schien etwas abgestreift zu haben, was nicht mehr zu ihm gehörte: den Käfig der Normalität!

8.

1840 - Der Maler

Als Percy Byron nach den erregenden Ereignissen im Gemach der Herrin sein Atelier betrat, fand er es fast leer vor. Farben, Staffelei, der Stuhl, das Podest und der rote Samtvorhang waren verschwunden.

Was sollte er tun? Im ersten Moment dachte er daran, den Earl danach zu fragen. Dieser würde jedoch sicher schon schlafen, war wegen seiner Krankheit mittlerweile auch im wachen Zustand kaum mehr ansprechbar. Die Herrin? Ausgeschlossen! Sie in ihrer Ruhe zu stören, käme einer Katastrophe gleich. Eine Weile überlegte er angestrengt, was er machen solle, kam aber zu keiner Lösung.

Als er gähnen musste, nahm er sich vor, zunächst einmal ausgiebig auszuschlafen.

Er war so müde, dass die Ereignisse des Tages immer wieder vor seinen Augen vorbeizogen. Draußen knallte es ein paarmal dumpf durch das offene Galeriefenster. Die Pferde hatten offenbar gegen die Holzwände ihrer Boxen getreten. Was mag sie so erschreckt haben?

Als er zu Bett ging, nahm er nochmals den Zeichenblock hervor und begutachtete das, was er nach den Beschreibungen der Herrin gezeichnet hatte.

Wie dämonisch dieser Schwarze Schwan aussah!

Er fürchtete den Tag, an dem diese bizarre Kreatur aus dem Spiegel in diese Welt gelangen könnte. Was war das für ein Wesen, das der Herrin in den Augenblicken höchster Wollust begegnete? Er kniff die Augen zusammen und versuchte, sein Werk genauer zu begutachten. Irgendwie schien sich die Zeichnung einer eingehenden Betrachtung zu entziehen, änderte bei jedem Blick seine Form, so als würden sich die Linien auf dem Papier selbstständig verschieben. Es musste an der Müdigkeit liegen. Oder bewegte sich das zeichnerisch auf den Block gebannte Wesen tatsächlich?

Ja, dieses Wesen entzog sich auf seltsame Art tatsächlich der genaueren Untersuchung. War es ein Schwan, ein Mensch, eine Schlange, ein Drache oder gar ein Dämon? Es war schwarz wie die Nacht, mit einem sehr weiblich anmutenden Körperbau, die Haut glatt und glänzend wie die eines Reptils. Und dieses groteske Antlitz! In einem Reflex wendete er das Blatt, um dem unheimlichen Anblick zu entgehen. Diesen großen, kreisrunden Augen entging offensichtlich nichts. Niemals zuvor hatte eine seiner Skizzen solch eine dämonische Ausdruckskraft besessen.

Er legte die Blätter vor das Bett und zwang sich zur Vernunft. In der heutigen, modernen Zeit wusste doch jeder aufgeklärte Mensch, wie schnell es passieren konnte, dass allein die Einbildungskraft solch leblose Gegenstände wie eine Zeichnung lebendig machen konnte.

***

Als er am kommenden Morgen die Augen aufschlug, spürte er ein Brennen an der Wange.

Der erste Schlag hatte ihn im Schlaf getroffen, er konnte sich ein Aufschreien jedoch gerade noch verkneifen. Nur ja keinen Ton, hämmerte er sich ein, während er sich an das Tageslicht gewöhnte. Nur ja keinen Ton! Abwechselnd wurden die rechte und linke Wange von einer flachen Hand getroffen. Der Schmerz wurde mit jedem Schlag größer und stechender. Er biss sich auf die Lippen und zwang sich, einen klaren Kopf zu behalten.

„Aufwachen, du Faulpelz! Ich will mit dir reden!", sagte Lucy vergnügt und hob den Zeichenblock vom Boden auf. „Wie ich sehe, hast du dich vor dem Einschlafen mit meinem düsteren Begleiter beschäftigt. Oder soll ich besser *düstere Begleiterin* sagen? Du hast sie übrigens gut getroffen. Ganz offenbar besitzt du ein Talent, das an einer Frau zu sehen, was vielen anderen verborgen bleibt."

Sie sprach in einer unnachahmlichen Art – schnell, aufreizend, mit einer Betonung, die ihn überwältigte. Auf diesen kurzen Ausbruch von Redseligkeit senkte sich plötzlich ein Schleier des Schweigens. Sie saß da und starrte das Bild an. In ihren Augen lag ein verträumtes Lächeln. Zärtlich zog sie mit dem Zeigefinger über die Zeichnung, so als wolle sie das darauf festgehaltene Wesen streicheln.

„Wir haben furchtbare Zeiten, kleiner Maler! Und wir müssen mit einer endlosen Zahl von Narren um uns herum vorliebnehmen. Ich verabscheue Torheit, und noch mehr verabscheue ich Narren wie diesen verfluchten Diener! Er hat es tatsächlich gewagt, meinen Zorn heraufzubeschwören!"

„Was hat er sich zu Schulden kommen lassen, Herrin?"

„Dazu muss ich weiter ausholen", entgegnete sie und hob die Augenbrauen. In ihren Augen blitzte es gefährlich auf. „Eines Nachts widerfuhr mir in der Geborgenheit meiner Klosterzelle eine schicksalhafte Offenbarung, die mir den Weg in die Entdeckung körperlicher Gelüste öffnete. Und als ich dabei erstmals die Freuden der Wollust an mir selbst entdeckte und der Liebe zu meinem himmlischen Vater entsagte, drang eine verheißende Stimme bis in die Tiefen meines jungfräulichen Gemüts. Sofort wusste ich, dass ich ihm folgen musste und er führte mich bis vor die Tore von Black Swan Manor. Bei Licht betrachtet verabscheue ich dieses Haus genauso, wie ich meinen Gatten verachte. Die Mächtigen heiraten die Schwachen! Unsere Welt hat sich so zu einem Haufen instinktloser Tiere entwickelt!"

Sie legte ihre Hand auf seinen Arm und blickte ihn eine Weile an, bevor sie mit einem ganz anderen Thema fortfuhr:

„Erst kürzlich vernahm ich von meinem Arzt, dass die Wissenschaft wieder einmal Angst vor spirituellen Kräften bekommen würde! Wie Recht er hatte! Der Schwarze Schwan …", sie tippte mit dem Finger auf den Block, „… er hat mir Stärke verliehen! Kraft, die ich für meine Zwecke nutze! Schließlich sollen wir Gemahlinnen doch über die Zeiten triumphieren – und seien es Jahrhunderte!"

Sie lachte laut auf. Das Flackern in ihren Augen wurde stärker. Er sah sie verzweifelt an, sein Blick war eine einzige verzweifelte Frage.

„Ich verstehe nicht", kam es vorsichtig aus ihm heraus.

„Alles, was wir sehen und hören, ist nur ein kleiner Teil dessen, was tatsächlich um uns existiert! Diejenigen unter uns, die danach lebten, wurde hier der Prozess gemacht und sie wurden als gottlose Hexen auf dem Scheiterhaufen verbrannt!", sagte sie mit unterdrückten Zorn.

Ihre Augen verengten sich zu schmalen Schlitzen.

„Der Earl hat mir bereits von den Prozessen früherer Jahrhunderte erzählt, verehrte Herrin. Aber warum gerade hier, im so ruhigen Cornwall?"

„Du Narr! Es geschah überall! Alle Herrscher hatten Furcht davor, ihre armselige Bedeutung zu verlieren. Diese selbstverliebten männlichen Narren! Für sie war das alles nur ein einfaches Spiel mit mächtigem Mann und schwacher Frau! Sie geben vor, für dich zu sorgen, dich zu verehren, … aber das ist nur Heuchelei. Der Mann labt sich an dem, was du als Frau benötigst: Zuneigung, Liebe, Verehrung! Nicht anders als ein Kannibale ist er und verschlingt dich mit seiner Autorität!"

Sie warf einen flüchtigen Blick zum Fenster und verzog das Gesicht zu einer Grimasse.

„Er misst die Schlauheit anderer nur mit der eigenen und er genießt es als Spiel. Aber ich habe in den alten Schriften gelesen … und ich habe viel gelernt, … sehr viel gelernt von

Kräften, die ein Mann nicht verstehen kann. Die Bibliothek ist voll davon."

Nach diesen Worten holte sie ein kleines Glasröhrchen hervor, hielt es in die Höhe, so dass eine rötliche Flüssigkeit darin zu sehen war, und fuhr fort: „Und das hier ist das *Elixier des Teufels*! Jeden Morgen mit dem Tee, jeden Mittag mit dem Laib Brot und jeden Abend mit dem Braten hat er ein wenig davon bekommen. Der Diener war mir lange Zeit ein guter Erfüllungsgehilfe."

Sie grinste verächtlich. Offenbar erahnte sie sein stummes Unbehagen, nahm es erfreut und aufmerksam zur Kenntnis.

„Auch wenn mein Gemahl es in einer letzten Kraftanstrengung geschafft hat, den Diener auf seine Seite zu ziehen, so dass dieser mich verriet … das Gift wirkt schon zu lange in seinem greisen Körper, und hat seinen Geist zerstört. Er wird sich davon niemals mehr erholen und ein ewiges, greisenhaftes Wrack bleiben. Und mit Adélaide, meinem mir ergebenen Hausmädchen, wird sich das auch in Zukunft nicht ändern!", sagte sie und reichte ihm die Hand.

Byron küsste sie ergeben.

„Herrin!", stammelte er und bekam jetzt das vage Gefühl einer verborgenen, unüberwindlichen Kraft, die nur durch das weibliche Geschlecht beherrscht werden konnte.

Sie ließ den Kuss zu, zog die Hand zurück und warf einen Blick auf die Zeichnung.

„Deine Begabung steht außer Frage! So, wie du einen Blick für den Geist der wahren Weiblichkeit hast, kannst du auch das Innenleben eines nach außen tot wirkenden Gegenstands deuten! Geh daher zur späten Nachmittagsstunde in den Park und mach dich auf die Suche nach Amor, dem Gott der Liebe. Von ihm lässt du dich inspirieren!", sagte sie und stieß einen tiefen Seufzer aus. „Das Leben und der Tod sind ein Labyrinth, ein Garten mit verschlungenen Wegen. Du wirst an Kreuzungen kommen und dich für den richtigen Pfad entscheiden müssen. Am Ende des Weges wirst du dort ankommen, wo die Herrin es für dich bestimmt hat!"

Es gibt immer wieder Situationen im Leben, in denen man Gewissheit darüber bekommt, dass man Teil eines großen Plans ist, ein kleines Mosaiksteinchen in einem großen Werk. Byron war nun an solch einem Punkt angelangt. Er war Erfüllungsgehilfe einer unwiderstehlichen Frau, die ihn wie eine Spinne in ihr Netz gewoben hatte und für sich benutzte. Unerbittlich war sie in ihrem Hass gegenüber der Vormachtstellung ihres Gemahls, und sie war gerade dabei, diesen auf ihre grausame Art zu vernichten.

Ergriffen rutschte er aus dem Bett, fiel zu Boden und begann, ihre Stiefel zu küssen. Und ja, er wollte ihr dabei folgen, würde ihr getreuer Lakai beim Ausleben ihres Hasses sein, selbst wenn es seinen eigenen Tod bedeuten würde.

„Herrin, wo ist mein Platz in Eurem Plan? Was ist mit meinen Utensilien geschehen, wo sind Pinsel, Farben und Staffelei? Es ist wie verhext, ich beginne, an mir, an meinem Verstand und meinem Geist zu zweifeln!"

Sie schien diese Fragen erwartet zu haben. Unterschiedliche Gemütsregungen huschten über ihr blasses Gesicht.

„Verhext? Hexen! Du sprichst von Hexen? Schau mich an! Sieh der Herrin in die Augen!", herrschte sie ihn an.

Er wagte es nicht mehr, einen Ton zu sagen. Zu bedeutungsvoll, ja zerstörerisch war jedes ihrer Worte und riss ihn immer stärker in einen Abgrund, aus dem es kein Entrinnen mehr gab.

„Geh, wie ich es dir aufgetragen habe! Geh in den Wald! Am Ziel deiner Reise wirst du deine Staffelei finden! Du kleiner Kriecher! Wir sind verflucht! Wir sind alle des Todes!", brüllte sie ihn an, saß danach nur noch schweigend am Bett. Mit bohrender Eindringlichkeit betrachtete sie ihn unter ihren schweren Lidern hinweg.

***

Ganz wie die Herrin es während der verstörenden Unterhaltung an seinem Bett angewiesen hatte, nahm er am Nachmittag Stift und Skizzenblock und machte sich auf, um in den Park zu gehen. Was er genau suchen oder zeichnen sollte, würde sich hoffentlich zeigen, und er hoffte insgeheim auf die Eingebung, die sie ihm prophezeit hatte.

Er fühlte sich ein wenig unwohl und ihm dröhnte der Kopf. Außer ein wenig trockenem Brot hatte er den ganzen Tag über nichts gegessen.

Das Elixier des Teufels!

Düstere Vorahnungen hatten seine Gedanken durchzogen. Hatte jemand der Herrin das Rezept für das Gift gegeben oder war sie beim Studieren der alten Bücher in der Bibliothek zufällig darauf gestoßen? Sicher war es eines dieser Elixiere, die vor Jahrhunderten von Hexen gebraut worden waren. Was wäre, wenn auch er bereits damit vergiftet wäre? Er dachte an das blutige Fleisch, an den bitteren Tee. Hatte man es nicht nur dem Earl, sondern auch ihm in das Essen gemischt?

Das Gift zerstörte zweifellos den Geist. Seine eigenen Gedanken schienen jedoch noch immer ohne den Schleier der Verwirrtheit zu sein. Nein, es konnte nicht sein, sie war eine gute Herrin. Sie strafte nur die Bösen, die Falschen und die Boshaften.

Doch in seinem Gemüt regte sich etwas. Es war wieder diese Andeutung, ein kurzes Aufflackern einer mahnenden Stimme. Sie sagte ihm, er müsse so schnell wie möglich von hier verschwinden, am besten sofort. Er erwiderte diese innere Mahnung mit einem trotzig in die Erinnerung gerufen Gefühls der Ergebenheit gegenüber der Herrin – und diese Erinnerung beruhigte ihn. Er dachte an den entzückenden Schmerz der Peitsche und die unbändige Lust, die er an den

Zwillingen erfahren hatte. Ja, nichts war erquicklicher, als sich in die Allmacht dieser Frau fallen zu lassen, seine Seele und seinen Körper für sie hinzugeben und ihr bis in den Tod zu folgen!

Byron zog sich den Gehrock über und verließ das Atelier. Auf dem Weg nach unten begegnete er niemandem. Das große Haus schien wie ausgestorben zu sein. Im Park angekommen, wandte er sich unvermittelt in Richtung der Pferdeställe. Er passierte die Stallungen und schlenderte ziellos in das wuchernde Grün des Waldes hinein.

Diesmal versuchte er, sich den Weg zu merken. Nicht noch einmal wollte er sich verlaufen. Der Pfad war zunächst noch mit Steinen gepflastert, durch die Unkraut und Baumwurzeln wuchsen. Nach einigen Minuten wurde er schmaler und Percy geriet in eine regelrechte Wildnis. Am Ende wurde es so eng, dass er sich durch das Gebüsch hindurchzwängen musste. Als er eine verfallene Gartenlaube passierte, schaute er zurück auf den Pfad, den er gekommen war. Das Herrenhaus war schon weiter entfernt, als er erwartet hatte. Nur noch die Fahne mit dem Familienwappen auf der höchsten Zinne war ganz klein durch die Bäume hindurch zu erkennen. Es zeigte einen Schwarzen Schwan auf weißem Grund.

Nach einer Weile wurde die Wildnis von einer Lichtung unterbrochen. Mitten auf dem runden Platz befand sich eine hüfthohe Sandsteinsäule, auf deren Spitze eine Figur stand, die mit Pfeil und gespanntem Bogen in den Händen ein Ziel anvisierte.

Amor, Gott der Liebe!

„Omnia vincit Amor! Niemand kann ihm widerstehen!", flüsterte Byron und ging einmal um die kleine Bronzefigur herum. Die herabhängenden Zweige der angrenzenden Bäume wiegten sanft im Hauch eines warmen Windes. Nur leichtes Rascheln und das Summen von Insekten waren zu hören.

Ein schnurgerader Weg führte von hier zurück zum Schloss. Im Gegensatz zu allen anderen war dieser gepflegt und nicht überwuchert. Er war so breit, dass man von hier fast die gesamte östliche Rückseite des Schlosses sehen konnte.

Er fand das Bild des Gottes mit dem dahinterliegenden Schloss so ansprechend, dass er Papier hervorholte und zu zeichnen begann. Er bückte sich hinter Amor und schloss ein Auge, stellte sich vor, an seiner Stelle mit dem Pfeil zu zielen. Sein Blick ging so aus der Position des Schützen direkt in Richtung des Landsitzes. Jetzt fiel ihm auf, dass bei genauer Betrachtung die Pfeilspitze genau auf die untere Ecke des Ostflügels zielte. Schnell zückte er Papier und Stift und begann zu zeichnen. Sorgfältig arbeitete er sogar kleinste Details aus, arbeitete so gedankenverloren, dass er alles um sich herum vergaß.

Als die Sonne schon tief am Horizont stand, war er fertig. Er machte ein paar letzte Striche und warf noch einen Blick auf das Bild. Es war alles genau so getroffen, wie er es aus der Perspektive hinter dem Gott der Liebe gesehen hatte, dachte er stolz. Sogar auf dem Bild sah es so aus, als würde der Pfeil auf eine bestimmte Ecke des Gebäudes zielen.

***

Erst kurz vor Sonnenuntergang erreichte er Black Swan Manor, von dem jetzt nur noch das oberen Stockwerk und das Dach von der untergehenden Sonne golden angestrahlt wurden. Einer Eingebung folgend holte er seine Zeichnung hervor und eilte zu dem Teil des Ostflügels, auf den der Pfeil zielte. An dieser Stelle befand sich hinter einem Dornenbusch eine alte Steinbank die mit einem verwitterten Rosengitter überspannt war. Alles war von Gestrüpp und Efeu überwuchert und ließ kaum einen Blick auf das zu, was sich dahinter befand. Eine Weile betrachtete er das an ein Stillleben erinnernde Bild. Hier schien die Zeit auf märchenhafte Weise stehengeblieben zu sein, überlegte er und nahm sich vor, am kommenden Tag bei gutem Sonnenlicht eine Skizze davon zu fertigen. Gerade als er sich abwenden wollte, erkannte er hinter der Bank einige aus Stein gehauene Stufen, die zu einer Holztür hinabführten. Er schob den Efeu beiseite und schlüpfte durch die entstandene Lücke im Grün. Die Tür musste einmal als Zugang zum Keller gedient haben, folgerte er und stieg von einer gespannten Neugierde getrieben die mit verwelken Blättern bedeckten Steinstufen hinab.

Dichte Spinnenweben zeugten davon, dass die wurmstichige Tür seit langer Zeit nicht geöffnet worden war. Argwöhnisch schaute er über die Schulter zurück und drückte die rostige Klinke. Die Pforte ließ sich leichter öffnen, als es den Anschein gehabt hatte. Die Spinnennetze rissen knisternd ein, es knirschte, so als wenn Sandkörner über Stein kratzten, und dann schlug ihm ein schaler Geruch entgegen.

Vorsichtig trat er ein.

Im Raum war alles dunkel … so schien es im ersten Moment. Als sich seine Augen an die neuen Lichtverhältnisse gewöhnt hatten, sah er den Strahl eines schwachen Kerzenlichts am anderen Ende des Kellers. Er folgte der Lichtquelle und betrat den Raum dahinter, offenbar ein Lagerraum. Alte Holztruhen und Seemannskisten waren mit dem Staub von Jahrhunderten bedeckt. Lediglich seltsame Kratzspuren auf dem Boden deuteten auf eine Tätigkeit hin, die erst vor kurzer Zeit hier verrichtet worden war. Wer hatte diese Kerze entzündet und was war hier scheinbar weggeschafft worden? Für eine Sekunde erwachte wieder das mahnende Gefühl in ihm. Er solle so schnell wie nur möglich das Haus verlassen.

Stattdessen nahm er die Kerze und passierte eine offen stehende Tür zu einem gewölbeartigen Gang. Zur rechten Seite verlor dieser sich in unergründlicher Dunkelheit. Dort war es so schwarz, als würde man sich über einen tiefen Brunnen beugen. Still und kalt schien es dort zu sein und er mochte sich nicht ausmalen, was sich am Ende des Gangs befinden könnte.

Er folgte dem Korridor in die andere Richtung. Hier brannten weitere Kerzen in Wandhaltern und hüllten alles in ein flackerndes Halblicht. Nach kurzer Zeit glaubte er, ein Gewirr leiser Laute und Schritte zu hören, die aus einem der abgehenden Räume kamen. Irgendwo knarrte Holz. Inmitten dieser leisen Geräuschkulisse war jedoch eines genau herauszuhören: die Stimme der Herrin! Ein Schauer lief ihm über den Rücken. Sie sprach in einem Ton, der am ehesten mit einer verhallenden Stimme aus einem Alptraum zu vergleichen war. War es die Wirklichkeit, was er hier erlebte? Oder würde er gleich verschwitzt aus einem fiebrigen Traum erwachen?

Als er ein lauteres Aufheulen vernahm, hielt er inne und lauschte. Dem Aufschrei folgte ein dumpfes Wimmern, das Jaulen unendlicher Qual eines geschundenen Körpers. Das fürchterliche Geräusch ertönte immer wieder, jedoch war, so sehr er auch lauschte, nicht die Richtung auszumachen, aus der es kam. Die Aufregung niederkämpfend begann Byron, den als Bogengang angelegten Korridor zu untersuchen. Leise schlich er über die großen, unregelmäßig gebrochenen Steinplatten. Hinter halb geöffneten Türen lagen Räume mit gemauerten Kreuzgewölben, alle von mittlerer Größe und mit nicht erklärbarem Verwendungszweck. In einigen befanden sich Feuerstellen. Was war hier verbrannt worden? Nie zuvor hatte er solch seltsame Gerätschaften und Instrumente gesehen, wie sie hier unter Spinnenweben und Staub verborgen herumlagen.

Schließlich gelangte er zu einem Raum, der anscheinend in jüngster Zeit eingerichtet oder sogar bewohnt worden war. Hier gab es einen Ofen, Bücherregale, einen Tisch, Stühle und einen Sekretär, auf dem hohe Stapel antiker Schriften und Rollen lagen. Kerzen und Öllampen standen auf Tisch und Sekretär. Er nutze die brennende Kerze in seiner Hand, um diese anzuzünden. Was er im Schein der kleinen Flammen erkennen konnte, interpretierte er als das Arbeitszimmer der Herrin. Die Blätter und Pergamentrollen auf dem Schreibtisch waren voll von Handschriften in einer fremden Sprache und wiesen sonderbare Symbole und Zeichen auf. Ein Gelehrter würde wohl Monate oder Jahre brauchen, um diese zu entziffern. Auf einer Ablage fand er ein Bündel an die Herrin gerichteter Briefe mit Absendern aus fernen Orten wie dem ägyptischen Alexandria, aus Prag oder aus Konstantinopel im Reich der Osmanen. Mit welch einer obskuren Gesellschaft mag sie in Korrespondenz gestanden haben?

In der Ecke des Raums befand sich ein aus Stein gehauener Altar. Die gemeißelten Reliefs darin waren so sonderbar, dass er nähertrat, um sie im Schein einer Öllampe zu studieren. Als er erkannte, was sie darstellten, prallte er schaudernd zurück, nahm sich jetzt nicht mehr die Zeit, die seltsam riechende, rote Flüssigkeit in dem Kupferkessel auf dem Ofen genauer zu betrachten.

Wieder jaulte es draußen auf, noch lauter und gequälter.

War jetzt der Zeitpunkt gekommen, um zurückzukehren, schnell die Sachen packen und unerkannt zu verschwinden? Nein, auf keinen Fall! Die Zeichen waren eindeutig. Er hatte seinen Körper und seine Seele der Herrin verschrieben. Hier, und nur hier würde er das finden, was das Schicksal für ihn bestimmt hatte.

Nur die Herrin wusste, was gut für ihn war, sagte er sich und trat auf den Flur hinaus, von dessen Gewölbe nun unaufhörlich jenes Geheul widerhallte. Er passierte eine breite Steintreppe, die nach oben führte, folgerte, dass man von hier in die Räumlichkeiten des Erdgeschosses gelangen würde. In den nächsten Kammern standen ein gutes Dutzend aufeinander gestapelte Bleisärge, weitere Räume waren offensichtlich als Gefängniszellen angelegt worden. Sie verfügten über Eisengitter mit Hand- und Fußschellen an Ketten, die an den groben Steinen der Rückwand angebracht waren. Die Worte des Earls über die Hexenprozesse kamen ihm wieder in den Sinn. Welch schreckliche Qualen hatten hier die als Hexen gebrandmarkten, bedauernswerten Frauen nur erleiden müssen! Die Zellen waren leer, doch das elende Gestöhn riss nicht ab, hartnäckiger als zuvor war es jetzt, und ab und an von einem Klatschen oder Knallen begleitet. Mehr und mehr kam er jetzt zu der Erkenntnis, dass ihm die Quelle der Aufschreie bekannt vorkam.

Plötzlich stand dieses Wesen vor ihm.

Konsterniert und mit vor Schreck erstarrtem offenem Mund blickte Byron es an, außerstande, nur die kleinste Bewegung zu machen. Bis auf Augen und Mund war es in der Dunkelheit fast unsichtbar, schien die Schatten für sich zu nutzen. Mit einer blitzschnellen Bewegung umklammerte es seinen Arm und zerrte ihn mit fast unmenschlicher Kraft durch den Flur in einen Raum hinein. Während seine Lungen nach Luft rangen, erkannte er eine mit scheinbar uralten Folterinstrumenten ausgestattete Kammer.

Darauf gefasst, seinem Schicksal ins Auge zu blicken, fiel er auf die Knie. Es war seine Bestimmung, hier sein Ende zu finden! Jetzt erkannte er die funkelnd-grünen Augen hinter der Maske. Sie, die Herrin, … sie war sein Henker! Ihr geheimnisvoller Körper war von schwarzem Leder umhüllt, eine ebenso schwarze, lederne Henkersmaske war über ihren Kopf gezogen.

„Die Vorsehung hat sich erfüllt!", sagte sie und wies mit ihrer behandschuhten Hand auf die Staffelei und die Farben in einer Ecke der Kammer. Sogar das Podest war hier aufgebaut worden. Statt des Stuhls befand sich darauf jedoch eine Ottomane, auf deren Polster mehrere Felle lagen. Sogar den roten Samtvorhang hatte man als Hintergrund an der Wand angebracht. Die gesamte Ecke war mit dem Licht dutzender Kerzen erfüllt.

In diesem Moment traten Alice und Jamie ein, den an Ketten gefesselten Earl hinter sich herziehend.

Byron rang nach Luft. Wände, Kerzen, Folterinstrumente … – die ganze Kammer begann sich plötzlich um ihn zu drehen. Kreisende Kerzenlichter zogen wie Irrlichter eine Lichtspur hinter sich her. Für einen Moment sah er das schmerzverzerrte Gesicht des Earls, dann das maskierte Gesicht der Herrin.

Dann wurde ihm schwarz vor Augen.

***

Gellende Schreie rissen ihn aus der Geborgenheit der Ohnmacht. Verwirrt blickte er um sich, wurde sich nun Gewahr, dass es kein Alptraum war, aus dem er erwachte.

Noch immer befand er sich in der Folterkammer.

Man hatte dem Earl die Hände nach oben gebunden und an einen Schlachterhaken gehängt. Seine dürren, fahlen Beine tanzten ungeschickt auf dem Boden. Man hatte ihn so aufgehängt, dass er nur auf Zehenspitzen stehen konnte. Wieder knallte es, gefolgt von einem Schrei. Abwechselnd schlugen seine beiden Kinder mit Peitschen auf ihren vollkommen nackten Vater ein. Wie bereits im Gemach der Herrin waren auch die Geschwister unbekleidet, nur die zwei grotesken venezianischen Karnevalsmasken verhüllten erneut ihr Antlitz.

Als sie bemerkten, dass Byron aus der Ohnmacht erwacht war, hielten sie inne.

Er versuchte, sich zu bewegen, wurde jedoch von Seilen an Hand- und Fußgelenken gehalten.

„Die Streckbank ist über zweihundert Jahre alt!", hörte er die Stimme unter der Henkersmaske – Lucys Stimme!

Sie erhob sich aus einem thronartigen, auf einer Erhöhung stehenden Stuhl, schlenderte durch den Raum und sprach dabei:

„Maler! Du liebst Schmerzen? Meine Bestimmung ist es, dir diese zu geben! *Schmerz ist der letzte Befreier des Geistes!* Du wirst ihn in einer solchen Reinheit erfahren, dass auch der letzte Rest an Torheit aus deiner von Gewöhnlichkeit verschmutzen Seele gebrannt wird!"

Der Anblick der ganz in schwarz gekleideten Herrin, vermittelte ihm einen Eindruck größter, über alles stehender Erhabenheit. In dem Lederkleid, dem wallenden Umhang und dem langen Rock hätte sie auch ein Todesvogel sein können, ein dämonischer Raubvogel mit ledrigen Schwingen.

Mit einem stummen Kopfnicken gab sie ein Zeichen zu ihren Stiefkindern, die sich ihm daraufhin näherten.

In Erwartung schmerzhafter Schläge begann er schneller zu atmen. Doch statt ihre Peitsche zu benutzen, schoben sie sein Hemd hoch und öffneten ihm die Hose. So lag er rücklings mit freier Brust und nacktem Unterleib auf der Streckbank. Er genierte sich ein wenig aufgrund seiner Nacktheit und blickte beschämt zum Earl hinüber. Dessen Körper hing schlaff in den Ketten, sein Kopf war kraftlos nach unten geneigt.

Auf einmal spürte er Hände auf seiner Brust, Alices maskiertes Gesicht war nur ein paar Zentimeter über seinem. Ihre Blicke trafen sich. Er begann zu zittern, halb aus Angst, halb aus Erregung

„Bleib ruhig!", flüsterte es drohend unter der grotesken Karnevalsmaske.

Ihre Finger arbeiteten sich von der Brust nach unten, wanderten mit zärtlichen, dennoch bestimmten Griffen über Bauch und Lenden.

Sein Körper reagierte. Er spürte, wie Blut in Unterleib und Penis strömte. Die Hoden legten sich an. In diesem Moment drehte Jamie das Zugrad der Streckbank ganz leicht an, so dass es kaum bemerkbar war.

Die Hände lösten sich aus seinem Lendenbereich und fuhren über die Schenkel. Er sah, dass sie jetzt über ihm hockte und mit leicht geneigtem Kopf verfolgte, wie sich der Penis aufrichtete.

Die Countess war inzwischen bei ihrem Gatten. Sie stellte sich hinter ihn, ihre Hände griffen in dessen grauen Haarschopf. So zwang sie ihn, dem Treiben seiner Tochter zuzuschauen.

In einem Zustand gedemütigter, beschämender Hilflosigkeit und sexueller Erregung schloss Byron die Lider. Alices Hände lagen noch immer auf seinen Oberschenkeln, zogen darauf aufreizende Kreise mit den Fingernägeln. Langsam kamen sie höher, entfachten dort, wo sie waren, ein sanftes Kribbeln, fuhren dann über die Hoden den steifen Penis hoch.

Es folgte eine Drehung am Zugrad. Der Schmerz in den Gelenken nahm zu. Wie lange würde es dauern, bis er unerträglich sein würde? Mit einer plötzlichen Bewegung umschlang Alices Hand die pralle Eichel. Nun konnte er sich nicht mehr zurückhalten. Ein lustvolles Aufstöhnen erfüllte das Gemäuer. Wieder wurde das Zugrad betätigt, diesmal stärker als zuvor. Er brüllte laut auf.

„Er ist soweit! Schon bald kann es sich mit dem Schwarzen Schwan vermählen, geliebte Herrin!", sprachen die Zwillingen fast gleichzeitig.

„Siehst du die Frucht deiner Lenden?", fragte Lucy ihren Gatten daraufhin in einem spöttischen Ton. „Welche Rolle hattest du deinen Kindern einst zugedacht? Sollten sie durch geschickte Verheiratung deine Macht und dein Land mehren? Sollten sie dein Erbe antreten, deine Nachfolger werden, um den verrotteten Stammbaum derer of Devonshire aufrechtzuerhalten?"

Sie lachte laut auf und nahm die Peitsche an sich, umkreiste ihr Opfer ein paar Mal und blieb dann vor ihm stehen.

„Schau die Herrin an, du dreckige Ratte!", schrie sie ihren verhassten Mann an, drückte den Griff der Peitsche unter sein Kinn und hob seinen Kopf an.

„Und deine kleine, einst so gottesfürchtige Lucy? Welche Rolle war ihr zugedacht? Sollte sie eines Tages so widerlich aussehen wie deine erste Gattin? Wie schön sie bei eurer Vermählung war! Aber du hast ihr die Seele und die Schönheit ausgezehrt, wie ein gieriger Blutegel hast du das Leben aus ihr herausgesogen! Hattest du das auch mit der jungen Lucy vorgehabt? Sollte sie dir, nachdem du deinen Sohn als schwachsinnig wähntest, einen gesunden Nachfolger gebären?"

Sie lachte laut auf.

„Hattest du wirklich geglaubt, ich lasse mich von dir schwängern, dass mein Schoß deinen verfaulten Samen eines Tages tatsächlich empfangen würde?"

Sein Mund ging auf und zu. Er versuchte, Worte zu formulieren, was mit einer heftigen Ohrfeige quittiert wurde.

„Du hast zu schweigen, wenn die Herrin spricht!", zischte sie ihn an. „Ich zeige dir, wie und von wem sich der Schwarze Schwan schwängern lässt!"

Sie wandte sich ab, ging zielstrebig zur Streckbank, woraufhin Alice sofort zur Seite wich. Dann hob sie ihren Rock an und postierte sich in einer hockenden Stellung auf der Steckbank.

Byron biss sich auf die Unterlippe. Das schwarze Wesen hatte sich über ihn gesetzt und senkte den Unterleib. Die feuchte Wärme ihrer göttlichen Weiblichkeit empfing seinen ersteiften Penis. Wieder entdeckte er diese unendliche Hingabe an seine Herrin. Er war überrascht, wie frei, wie willig und hemmungslos er sich bei ihr in der Erfüllung verbotener Leidenschaften ergehen konnte.

Das Zugrad drehte sich knarrend. Jamie hatte es so gespannt, dass es jetzt einen dauerhaften, stimulierenden Schmerz ausübte. Heute, in dieser Nacht und an diesem düsteren Ort, war das Erlebnis der Vereinigung mit diesem dunklen Wesen in seiner Herrin noch intensiver, noch stärker und genussvoller, als er es zuvor erfahren hatte. Wie besessen wandte und drehte sie ihren Unterleib, trieb beide so in eine immer stärkere Ekstase. Als unter der Henkersmaske schauerliche Kehllaute aufkamen und die gesamte Folterkammer erfüllten, da wusste er, dass die Herrin seinen Samen empfangen wollte.

Mit einem lauten Aufschrei tief empfundener Lust ergoss er sich in ihr.

***

Nachdem es schließlich vorbei war und er, erlöst von dem Zug der Seile und erleichtert von der sexuellen Anspannung, auf der Holzbank lag und sein Atem ruhiger wurde, waren alle Träume zu einer unumstößlichen Gewissheit geworden: Er hatte den Schwarzen Schwans befruchtet!

Er rieb sich seine vor Schweiß brennenden Augen und sah wie sich die Herrin wortlos von ihm erhob. Im Weggehen entledigte sie sich mit wenigen Handgriffen ihrer ledernen Kleidung und der Maske, bis sie sich schließlich vollkommen nackt auf die Ottomane legte und sich mit den darauf liegenden Fellen umgab.

„Alice wird deine Fesseln lösen. Dann wirst du meine Seele auf der Leinwand festzuhalten!" befahl sie und gab Jamie kurz darauf ein Zeichen, zu ihr zu kommen.

Fieberhaft begann Byron, die Farben aufzutragen. Er brauchte kaum zu überlegen, automatisch und fließend schien ihm alles von der Hand zu gehen. Die Pinselhaare strichen wie von selbst über die Leinwand. Der Schmerz in den Gelenken hemmte ihn nicht. Im Gegenteil, er empfand dies als ein inspirierendes Echo der wundervollen Gefühle, die er bei der Verschmelzung mit dem Schwarzen Schwan erfahren hatte.

Wie von weit entfernt hörte er die gellenden Schreie des Earls. Verzweiflung, ohnmächtige Hilflosigkeit und Qual war daraus zu hören. Alice hatte sich immer tiefer in Abscheu gegenüber ihrem Vater verloren. Sie schlug wie von Sinnen mit der Peitsche auf ihn ein, hielt sogar die Spitze eines glühenden Eisens aus dem Ofen an seine Brust. Dabei lachte sie hämisch auf, raunte ihm immer wieder anzügliche Bemerkungen zu.

Hass bot einen fruchtbaren Nährboden für Grausamkeit!

Byrons Konzentration war aber ganz auf die Ottomane gerichtet, wo die Herrin sich auf den Fellen in einem wilden Liebesakt mit ihrem Stiefsohn vergnügte. Halb bedeckt lagen ihre nackten Körper ineinander verschlungen, sie küssten, streichelten und liebkosten sich. Jede Einzelheit versuchte er sich zu merken: Licht, Farben, die Neunschwänzige in einer Hand, das silberne Schwanendiadem in ihren Haaren.

Als Jamie in sie eindrang, schrie sie lusterfüllt so laut auf, dass sie damit sogar die Schmerzenslaute ihres Gemahls übertönte.

***

Als Byron tags darauf sein Werk in der Folterkammer fortsetzten wollte, verspürte er keine Furcht oder Zurückhaltung mehr. Eher war es ein Gefühl der Ehre, diesen heiligen Ort des Schmerzes, der Qualen und sadistischer Lust zu betreten und die Seele der Herrin auf einem Bild festzuhalten.

Er hatte gerade ein kräftiges Rot für den Hintergrund gemischt, als Lucy den Raum betrat – *ihren Raum, ihr Reich und ihr Refugium!*

Beschwingt, fast federnd war ihr Gang, als sie sich zu dem Podest bewegte. Als sie kopfnickend an ihm vorbeikam, sah er prüfend in ihr Gesicht, ob die Ereignisse der gestrigen Nacht eine Spur hinterlassen haben könnten. Nichts war davon in ihrem Ausdruck zu erkennen. Vielmehr strahlte sie eine gewisse Gelassenheit aus. Als sie sich auf die Ottomane legte und die Neunschwänzige in die Hand nahm, sah er, dass sie unter ihrem Fuchspelz nackt war.

Wie besessen arbeitete er an dem Bild. Fast mit Widerwillen sah er den Pausen entgegen, in denen sich Lucy einmal ausstrecken oder sie gemeinsam eine Mahlzeit zu sich nahmen. Alles in seinen Gedanken drehte sich nur noch um das Bildnis der Herrin.

Das Gemälde machte große Fortschritte, dachte er mit einem Gefühl der Freude und blickte an der Leinwand vorbei zu ihr. Sie reckte und räkelte sich in die Felle hinein und legte dann einen Arm auf die Lehne. Sie hielt dabei die Neunschwänzige so in der Hand, als wäre diese die Insignie ihrer neuen Macht. Sie war zur unumstößlichen Herrscherin auf Black Swan Manor aufgestiegen, hatte dies mit altem, längst vergessen geglaubtem Wissen erreicht und konnte dabei den lange in ihr wohnenden Hass auf ihren Gemahl ausleben.

Der Earl hingegen war zu einem morbiden Schatten dessen geworden, was er einst präsentierte. Byron hatte auf seinem Weg in den Keller einen kurzen, verstohlenen Blick auf den

Mann werfen können. Eingefallen hatte er dagesessen, ein Spottbild seiner selbst auf seinem Platz im Speisesaal, den leeren Blick in die dunkle Ecke geworfen, dorthin, wo das Abbild seiner verblichenen Gemahlin hing.

Percy hatte die Herrin während einer Pause gefragt, warum sie ihren Gemahl nicht einfach töten ließe. Es wäre schließlich ein Leichtes gewesen, diesen schwachen Mann vollends zu beseitigen. Darauf hatte sie schallend aufgelacht. Nein, sie wolle ihn noch weiter quälen, hatte sie ihm geantwortet. Er solle noch mit den letzten Resten seines Bewusstseins erleben, dass ein neuer Nachkomme und Erbe das Licht der Welt erblicken würde.

„Ein Sohn, entstanden aus dem Samen seines eigenen, schwachsinnigen Sohnes!", platzte es aus ihr heraus. „Oder der Sohn eines bedeutungslosen Malers, der schon bald vergessen sein wird?", fügte sie halb fragend hinzu.

***

Am Ende des langen Tages erhob sich Lucy und beendete damit die Sitzung für ihr Portrait. Kurz bevor sie die Folterkammer verließ, hielt sie jedoch inne und drehte sich zu Byron um.

„Ein Weg, dem Vergessen der Menschheit zu entrinnen, ist das Schreiben! Ich werde dir Feder, Tinte und Papier bringen lassen. Du bist des Schreibens mächtig. Bring also das, was dir hier auf Black Swan Manor widerfahren ist, zu Papier. Am besten, du beginnst die Geschichte von Anfang an. Wie wäre es, wenn du genau mit der Stelle beginnst, als du mit der Kutsche angereist bist?", grinste sie und verschwand in der Dunkelheit des Kellergangs.

Byron nahm sich vor, nach der Reinigung der Pinsel mit der Aufzeichnung seiner Erlebnisse zu beginnen. Vielleicht würde man diese ja in einigen Jahrhunderten zufällig finden, so dass sein Aufenthalt auf Black Swan Manor niemals in Vergessenheit geraten würde.

9.

„Als die eisenbeschlagenen Holzräder der Kutsche über das Kopfsteinpflaster des kleinen Residenzstädtchens in Richtung Black Swan Manor polterten, schreckte Percy Byron aus seinem Dämmerschlaf auf. Er gähnte, streckte die Arme aus und spannte seine Gesäßmuskeln an. Die beiden verschwitzten Mitreisenden auf der Sitzbank gegenüber, zwei Kaufmänner aus Yorkshire, schienen davon nichts mitbekommen zu haben. Sie schnarchten mit offenen Mündern und verbreiteten einen bestialischen Mundgeruch im Abteil...", las Thomas Abbott die ersten von ihm geschriebenen Sätze auf dem Bildschirm des Laptops.

„Aller Anfang ist schwer", murmelte er gedankenverloren, als er die Zeilen der ersten Sätze seiner Reinschrift noch einmal überflog.

Die Anweisungen der Baronesse kurz vor ihrer Abreise in den Karibikurlaub waren knapp, aber unmissverständlich gewesen: Abbott hatte alle handschriftlichen Aufzeichnungen aus der Zeit um 1840 aus dem Inventar der Bibliothek herauszusuchen und in zeitgemäßem Englisch niederzuschreiben. Wie sie ihm erklärt hatte, beabsichtigte sie, diese zu erfassen und zu katalogisieren, um sie so auch für kommende Generationen zu bewahren.

Allerdings, so hatte sie am Tag ihrer Abreise anvertraut, würden ihr immer wieder seltsame Bilder einer Frau erscheinen. Eventuell könnten die alten Aufzeichnungen Hinweise liefern, um diesen komischen Erscheinungen auf den Grund zu gehen. Sie wäre davon überzeugt, dass es mit einer ehemaligen Adelsherrin mit dem Namen Lucy zusammenhinge, die um das Jahr 1840 hier auf Black Swan Manor gelebt hat.

Dann hatte die Baronesse sogar eine dieser seltsamen Begegnungen mit der bei ihrem Tod kaum fünfundzwanzig Jahre alten Lucy beschrieben. Die Haut der ganz in Weiß gekleideten Frau sei weich und ein wenig faltig gewesen – wie ein Handschuh aus einem sehr feinen Material – und unnatürlich hell. Ihre Augen, klein und eingesunken, so als hätten sie seit einer Ewigkeit nach etwas Verlorenem Ausschau gehalten. Ihre Hände seien feingliedrig, fast skelettartig, verfärbt von vereinzelten Leberflecken, mit Ringen an mehreren Fingern. So unwirklich die Erscheinung war, so ginge jedoch keine Bösartigkeit von ihr aus, hatte die Baronesse gemeint. Eher habe sie den Eindruck, dass diese Frau von einer durchaus vertrauten Aura umgeben sei.

Die Worte der Baronesse waren für Abbott sehr viel mehr als eine gewöhnliche Erklärung oder eine Arbeitsanweisung. Sie hatte mit diesen Worten sehr viel Persönliches von sich offenbart und das bewies ihm, dass er mehr und mehr in ihr Vertrauen gezogen wurde.

So hatte er sich gleich nach ihrer Abreise in die Karibik hochmotiviert an die Arbeit gemacht. Sein Studium, die auf der Hochschule gewonnenen wissenschaftlichen Erfahrungen und sein anglistisches und philologisches Wissen sollten ihn durchaus in die Lage versetzen, diese knifflige Aufgabe für die Herrin zu erfüllen.

Im Kamin der kaum beleuchteten Bibliothek knackte leise das Feuer.

Abbott reckte sich in seinem barocken Lehnstuhl und drückte die Fernbedienung für den CD-Player. Irgendwo in der Dunkelheit zwischen den Regalen waren ein kurzes Summen und dann ein leises Klicken zu vernehmen. Kurz darauf begann Bachs Orchestersuite Nr. 3 in D-Dur.

Er lehnte sich zurück, schloss die Augen und lauschte den beruhigenden Streicherklängen, dachte daran, wie lange es gedauert hatte, um überhaupt eine Ahnung über das Ausmaß der unübersichtlichen Bibliothek zu bekommen. Es mussten abertausende Bücher sein, die in den Regalen standen. Er fand antike, in Leder gebundene und handgeschriebene Abhandlungen in Sprachen, deren Herkunft er nicht einmal ansatzweise feststellen konnte. In den langen Regalen befanden sich Reiseberichte, medizinische und naturkundliche Bücher aus mehreren Jahrhunderten und jede Menge Bücher aus den verschiedensten Wissensgebieten. Jedoch gab es auch Gegenwartsliteratur und moderne Trivialromane. Was hätte ihm als Anglist besseres widerfahren können?

Mit einem sanften Rascheln rutschte sein hellblauer Seidenkimono – ein Geschenk von Madame Aimée – über das glatte Nylon seiner Strapsstrümpfe und hinterließ ein erregendes Prickeln auf den Schenkeln. Kurz musste er beim Anblick seiner in hauchdünne, schwarze Nylonstrümpfe gehüllten Beine schmunzeln: Geisteswissenschaften und prickelnde Erotik schlossen sich nicht zwangsläufig aus …

All das, was mit ihm jetzt geschah, hatte mit einem erotischen, nächtlichen Traum angefangen, sinnierte er. Welch eine schier unglaubliche Kette von Ereignissen hatte dieser in Gang gesetzt, um schließlich hier auf Black Swan Manor ein neues Zuhause und seine wahre Bestimmung zu finden!

Eine Hand auf seinem Nacken und ein freundlich ausgesprochenes „Wie ich sehe, warst du schon fleißig" rissen ihn aus der Wärme seiner Gedanken zurück in die Gegenwart.

„Herrin! Sie sind schon wieder da?", platzte es erschrocken aus ihm heraus. Verwirrt sah er über die Schulter zu ihr hoch. Sie hielt ihm in einer lässigen Geste die Hand hin. Sofort ergriff er sie und küsste den Handrücken, nahm dabei einen Hauch vom kühlen Nappaleder ihrer Handschuhe wahr.

„Wir sind nach einem langen Rückflug erst heute am frühen Morgen zurückgekehrt. Ach, diese dauernden Pilotenstreiks!", klagte sie und verdrehte die Augen. „Auch Reisen in der First Class bewahren einen nicht vor Flugverspätungen, machen sie höchsten ein wenig erträglicher. Aimée und ich haben den ganzen Tag im Bett gelegen und uns von den Strapazen der

Rückreise erholt. Erst am späten Nachmittag sind wir aufgestanden und kommen jetzt gerade von einem längeren Spaziergang aus dem Wald zurück."

Während sie redete, zupfte sie das Leder an den Fingerspitzen und zog sich dann die Handschuhe aus.

„Am kommenden Dienstag wird Lady Fortescue uns besuchen. Sie bringt ihren Deckhengst für meine Kassiopeia mit. Wir werden den Besuch nutzen, um deine Operation zu besprechen. Wie weit bist du mit den Übersetzungen gekommen?"

„Ich ... ich habe schon genug Material für meine Arbeit gefunden. Wie ich herausgefunden habe, sind ein Teil davon die Aufzeichnungen eines Mannes, der hier um diese Zeit lebte und als Hofmaler beschäftigt war – ein Mann mit dem Namen Percy Byron aus Manchester. Ich habe meiner Reinschrift zunächst nur einen Arbeitstitel gegeben. Ich habe sie mit *1840 – Der Maler* überschrieben."

„Sehr gut! Mach weiter damit! Wenn du den Text beendet hast, dann lies ihn uns vor! Hast du bei dir zu Hause in London alles erledigen können?"

„Ja, Herrin, ich habe alles so gemacht, wie Sie es verlangt haben. Aber es gibt ein unerwartetes Problem, bei dem ich um Ihre Hilfe bitte."

Die Baronesse setzte sich auf die Kante des Tisches, ihr Rock spannte sich so noch mehr um ihren Hintern. Abbott stellte fest, dass ihre Haut nach dem Strandurlaub eine ansehnliche Bräune bekommen hatte.

„Um was für ein Problem handelt es sich?"

Abbott musste einmal kräftig durchatmen, bevor sprechen konnte:

„Ich habe einen Brief von einem ehemaligen Kollegen von der Universität erhalten. Er weiß, dass ich mich hier aufhalte!"

10.

Zufrieden lehnte sich Dr. Dean Fleming in den Friseurstuhl zurück. Er kostete jeden Augenblick aus, während die hübsche junge Friseurin – dem Alter nach offensichtlich eine Auszubildende – seinen Nacken vom Flaum letzter Härchen befreite. Morgen war das Vorstellungsgespräch beim Universitätspräsidenten. Die Ernennung zum Professor wäre danach nur noch eine reine Formsache.

Der einzige ernstzunehmende Konkurrent, dieser introvertierte Thomas Abbott, war schon seit drei Tagen nicht mehr zum Dienst erschienen. Und das unentschuldigt! Das kam nicht von ungefähr, war Dr. Fleming überzeugt und dachte dabei an einen alten Spruch seiner Mutter: „Erkenne die Schwächen deines Gegners und nutze sie für dich aus!"

Wie richtig Mama damit doch gelegen hatte!

Als Leiter der Abteilung Studium und Lehre und Beauftragter für die IT-Sicherheit war es kein besonders großes Problem gewesen, die von Abbott aufgerufenen Webseiten am PC seines Arbeitsplatzes herauszubekommen. Besonders die Webseite einer deutschen Baronesse, die ein gewisses Etablissement in Cornwall eröffnen wollte, war auffallend oft aufgerufen worden. Wie es aussah, hatte dieser Idiot tatsächlich von seinem Dienstcomputer aus ein Dokument heruntergeladen und ausgedruckt, auf dem die Voraussetzungen standen, die ein Versuchskaninchen für ihr neu eingerichtetes Dominastudio mitbringen muss.

Ein fataler Fehler!

Der Professor einer ehrwürdigen britischen Universität als Sklave einer teutonischen Domina! Was für eine bessere Information hätte es geben können, um seinen ärgsten Konkurrenten um die Professorenstelle aus dem Rennen zu werfen.

Die passenden Zeilen für einen kompromittierenden Brief an Abbott waren danach schnell geschrieben.

Nein, als Erpresser hatte er sich mit diesem Brief auf keinen Fall gesehen, mehr war es der geschickte Schachzug eines cleveren Spielers, um einen Gegner schachmatt zu setzen. Ja, er war ein Spieler! Ein Spieler, der gewinnt!

Und nun war Abbott seit einigen Tagen wie vom Erdboden verschluckt. Gewiss hatte er den Brief längst gelesen, kauerte schamerfüllt in seiner Wohnung und wagte sich nicht mehr an seinen Arbeitsplatz.

Die Friseuse hatte ihre Arbeit beendet und wusch den Rasierer aus. Er reckte seinen Kopf zu allen Seiten und betrachtete sich dabei aus den Augenwinkeln im Spiegel, einmal von links, einmal von rechts. Sein Hals kam ihm mit diesem neuen Haarschnitt irgendwie schlanker und länger vor, die Schultern ein wenig breiter.

Er zahlte, gab der jungen Frau augenzwinkernd ein ungewöhnlich hohes Trinkgeld und verließ zufrieden das Friseurgeschäft.

Draußen glänzte der Bürgersteig vor Nässe. Straßenlaternen warfen ein weiß-gelbliches Licht auf den nassen Asphalt. Autos fuhren durch Pfützen und wirbelten Wasser auf. Der Regen hatte zwar aufgehört, aber die Luft war kalt und feucht. Der Wind wehte durch die Straßenfluchten. Bunte Leuchtreklamen blinkten über Schaufenstern, die schon herbstlich dekoriert waren. Er schlug den Kragen hoch und nahm sich vor, so schnell wie möglich nach Hause zu gehen. Es war wirklich kein Wetter zum Spazierengehen, jeder auf dem überfüllten Bürgersteig schien bestrebt, so schnell wie möglich nach Hause zu kommen.

Vor dem Schaufenster einer Parfümerie stoppte er. Ob er sich noch einen Duft für den morgigen Tag kaufen sollte, überlegte er und blickte ein wenig unentschlossen auf die Auslagen des Fensters. In diesem Moment hielt neben ihm eine schwarze Limousine.

Die Hintertür des Wagens deutschen Fabrikats öffnete sich. Zwei lange, elegant bestrumpfte Frauenbeine kamen im Licht der Straßenlaterne zum Vorschein. Eine junge Frau stieg aus, sah ihm für eine Sekunde tief in die Augen und lächelte ihn an. Dann schlenderte sie an ihm vorbei, zog ihm dabei wie zufällig mit der Hand über den Ärmel und verschwand um die Ecke.

Die Eindrücke dieser Begegnung waren kurz, hatten ihn jedoch wie der Schlag eines Hammers mit voller Wucht mitten ins Gesicht getroffen. Ohne Überlegung und aus einem intuitiven Antrieb heraus folgte er der schlanken Gestalt in dem weißen Kaschmirmantel, die mit knallenden Absätzen zielstrebig die enge Seitengasse durchschritt.

Die rosafarbene Leuchtreklame eines Pornokinos zog an ihm vorbei. Aus den Türen einiger Pubs drang Musik aus Jukeboxen. Ein größeres Haus war fast vollständig mit einer bunten Lichterkette dekoriert. Hier befand sich das Vergnügungsviertel der Stadt, Heimat von Nachtschwärmern, Prostituierten und Szenegängern.

Ihr schwarzer Pagenschnitt wippte bei jedem ihrer energischen Schritte. Er hatte Mühe zu folgen, musste sogar in den Laufschritt wechseln, um sie nicht aus den Augen zu verlieren. Wie konnte die elegante Lady sich nur so schnell mit diesen hohen Schuhen über das glatte Kopfsteinpflaster bewegen?

Hatte sie sich gerade zu ihm umgedreht? Ja, sie hatte ihn wieder angesehen! Erneut war ihm dieser einnehmende Blick über die Schulter zugeworfen worden! Er holte im Laufschritt soweit auf, dass sie genau vor ihm lief, vernahm dabei den betörenden Duft ihres Parfüms.

Ein Passant stieß ihn im Vorübergehen an und entschuldigte sich. So hätte er fast nicht mitbekommen, dass die unbekannte Schöne in der Eingangstür eines der vielen Lokale verschwand.

Im Schankraum war es genauso dämmerig wie draußen. Die Tische waren unbesetzt, nur an der Bar saßen ein paar Männer, die sich lebhaft unterhielten. Die Sängerin aus der Musikbox hatte eine tiefe, rauchige Stimme. Hektisch sah Fleming sich um, entdeckte die Unbekannte vor einer Seitentür. Ihre dunklen Augen schienen ihn jetzt zu durchdringen. Auffordernd sah sie ihn an, verschwand dann in dem abgrenzenden Flur hinter sich.
Wieder nahm er die Verfolgung auf und fand sie schließlich in einem Toilettenraum. Vom grellen Neonlicht angestrahlt stand sie am Rand eines Waschbeckens gelehnt, forderte ihn mit einer Handbewegung auf, sich ihr zu nähern. Sie hob den Kopf, lächelte gewinnend, als er vor ihr stand. Deutlich war wieder ihr Duft wahrzunehmen. In wollüstiger Vorfreude leckte sie sich die roten Lippen.
„Wir werden viel Spaß miteinander haben!", sprach sie mit einer verschlagenen Stimme, aus der er einen französischen Akzent heraushörte. Sie schlug ihren Mantel auf und offenbarte darunter nur einen schwarz-seidenen BH, öffnete die Häkchen zwischen den Cups und legte zwei stramme Brüste frei. Er kicherte ein wenig verlegen und schob seine Handflächen in Richtung ihres Oberkörpers vor.
In diesem Moment war da dieses komische, zischende Geräusch hinter ihm.
War das nicht ein Atmen, das er gehörte hatte, schoss es ihm durch den Kopf und war gerade im Begriff, sich umzudrehen. Unvermittelt traf ihn ein heftiger Schlag in den Nacken. Eine kräftige Hand legte sich auf seinen Mund und der beißende Geruch von Äther füllte seine Atemwege. Fleming

taumelte und es fiel ihm schwer, sich am Rand des Waschbeckens festzuklammern, um nicht zu Boden zu gehen. Er hielt den Atem an, wollte das betäubende Mittel nicht in seine Lungen lassen. Doch es war ein vergeblicher Kampf gegen den kräftigen Arm und die in einem Lederhandschuh steckende Hand, die das Tuch gnadenlos auf Mund und Nase presste.

Als er versuchte, sich an den weißen Kaschmirmantel der Dame zu klammern, da trat sie einen Schritt zurück. Das Verlangen war vollkommen aus ihren Augen verschwunden, Gleichgültigkeit und Kühle sprachen jetzt daraus. Dann knickten seine Beine ein und er schlug auf die Knie.

Das Letzte, was er noch erkannte, waren die langen, bestrumpften Beine einer attraktiven Frau, die ihm eine Falle gestellt hatte.

***

Als Dr. Fleming zu sich kam, war es still und dunkel um ihn herum. Das Atmen fiel ihm schwer. Um genug Sauerstoff zu bekommen, musste er immer wieder tief durch die Nase Luft holen. Sein Kopf brummte.

Unter großer Willensanstrengung versuchte er sich zu orientieren. Offenbar befand er sich in einem geschlossenen Raum und man hatte ihm die Augen verbunden. Er saß auf einem harten, ungepolsterten Stuhl und es roch ein wenig nach Desinfektionsmitteln. Die Arme waren nach rechts und links ausgestreckt, mit etwas Metallenem fixiert, wie er nach einer Weile feststellte. Seine Beine spürte er kaum noch, auch sie konnte er nicht bewegen. Er vermutete, dass sie an die Stuhlbeine festgebunden waren.

Nach einiger Zeit hörte er das gedämmte Rauschen einer Toilettenspülung. Jetzt merkte er, wie durstig er eigentlich war. Sein Körper war nackt und die Glieder schwer wie Blei, sie ließen sich einfach nicht bewegen, so sehr er sich auch bemühte.

Je mehr er nun das Bewusstsein erlangte, desto klarer wurde sein Verstand. Man hatte ihn entführt, war seine einzige Schlussfolgerung aus dieser misslichen Lage.

„Wo bin ich? Was wollen Sie von mir?", fragte er ächzend in die schier undurchdringliche Schwärze hinein, vernahm daraufhin ein Tuscheln und sich nähernde Schritte.

„Dr. Dean Fleming!"

Irritiert nickte er, hörte kurz darauf eine weibliche Stimme.

„Ein Mann wie du sollte einer attraktiven Frau nie trauen! Vor allem dann nicht, wenn sie sich für einen Menschen wie dich zu interessieren scheint!"

„Wa…warum ist alles so dunkel? Und warum kann ich mich nicht bewegen? Kann ich etwas zu trinken bekommen?"

Furcht ergriff langsam Besitz von ihm.

„Wir haben deine Arme an der Wand fixiert. Es ist nicht dunkel. Ganz im Gegenteil! Es ist hell und wir können dich sehr gut sehen", kam die Antwort, die ungewöhnlich vergnügt klang.

„Wer sind Sie und was wollen Sie von mir? Lassen Sie mich frei!", rief er, spürte darauf einen Stoß am Kieferknochen.

„Bleib ruhig, du Memme! Wenn du das tust, was ich sage, wird dir nichts geschehen! Ich möchte es kurz machen und dir ein Angebot unterbreiten, das du nicht ablehnen kannst!"

Fleming erkannte die Stimme mit dem französischen Akzent wieder. Es war der Lockvogel aus der Kneipentoilette. Sie war nicht mehr als ein Köder gewesen, auf den er hereingefallen war. Wieder drang ihr betörendes Parfüm in seine Nase und raubte ihm auch die letzten verbliebenen Sinne. Unwillkürlich schluckte er, spürte den Adamsapfel in seiner Kehle hüpfen.

Er nickte zur Bestätigung.

„Gut, dann haben wir uns also verstanden!", sprach die Stimme zu ihm, machte eine kurze Pause und fuhr dann fort: „Wir haben einen gemeinsamen Bekannten. Und dieser Bekannte hat einen sehr hässlichen Brief von dir bekommen. Du weißt, vom wem ich spreche?"

Er nickte erneut, jedoch zurückhaltender als zuvor. Warum sollte er es auch leugnen? Offenbar wussten sie noch viel mehr über ihn.

„Wir wollen nicht mehr von dir, als dass du alles, was du über unseren gemeinsamen Bekannten weißt oder über ihn zu wissen meinst, vergisst und alle Beweise dafür vernichtest!"

Eine Weile herrschte Ruhe. Auch wenn im Moment niemand mit ihm sprach, so wusste er um die Blicke, die auf ihm hafteten. Dann begann eine andere Frauenstimme zu ihm zu sprechen, eine Stimme, die einen osteuropäischen Akzent aufwies, aber in ihrer Bestimmtheit der vorhergehenden in nichts nachstand.

„Bist du bereit, uns und unserem gemeinsamen Freund diesen Gefallen zu tun? Du wirst alles vergessen und alle Beweise vernichten?"

Heftiges Nicken.

„Das freut uns", kam nun eine dritte, einnehmend klingende Stimme. Er erkannte in ihr einen leichten ostasiatischen Akzent. Diese Stimme bekam dann jedoch einen unangenehmen Ton: „Allerdings ...", drohte sie, „Allerdings können wir uns nicht sicher sein, ob du auch Wort hältst, Dr. Fleming! Und um da sicher zu gehen, gibt es zwei Möglichkeiten: Entweder wir bringen dich für immer zum Schweigen oder wir machen dich erpressbar!"

Dr. Fleming hörte nach diesen Worten das Klappen einer Tür, dann das Klacken von Pfennigabsätzen. Eine weitere

Person hatte den Raum betreten. Erneut war ein Tuscheln zu hören. Kurz darauf sprach eine Frau zu ihm.

„Du bist übrigens bis auf eine Kopfmaske ganz nackt!", stellte die Stimme mit einem harten deutschen Akzent fest.

Stoßweise atmete er mehrfach durch die Nase ein und aus. Eine Deutsche! Es musste diese deutsche Baronesse sein, ging es ihm durch den Kopf. Seine Furcht stieg ins unermessliche. Er zitterte am ganzen Körper. .

„Weißt du, dass es für manche Männer ein Lustgewinn ist, wenn beim Orgasmus die Sauerstoffzufuhr unterbrochen wird? Man erzählt sich sogar Geschichten, in denen Männer kurz vor dem Erstickungstod den Orgasmus ihres Lebens erfuhren, um dann auf dem Gipfel der Lust zu sterben! Wie wäre es, wenn wir das einmal an dir auszuprobieren? Ich ziehe mir dazu meine Lederhandschuhe an und benutze nur meinen Daumen und Zeigefinger, um dich innerhalb kurzer Zeit ersticken zu lassen. Gleichzeitig wird meine Freundin dir deinen kleinen Schwanz bis zu einem faszinierend tödlichen Orgasmus blasen!", hauchte die Stimme ihm ins Ohr.

Finger legten sich bei diesen Worten um seine Hoden und begannen die Vorhaut und Eichel zu reizen. Er stemmte seinen ganzen Willen vergeblich dagegen, dass sich der Penis aufrichtete. Es hatte keinen Zweck, zu verlangend, zu gefühlvoll und erfahren waren die Bewegungen, die seine sexuelle Erregung immer mehr ansteigen ließen.

Er keuchte in die Maske hinein, verschluckte sich dabei und rang nach Sauerstoff, als ihm plötzlich die Nase zugehalten wurde. Panisch versuchte er einzuatmen. Blut presste sich in seinem Kopf, der zu zerplatzen drohte. Vergeblich schnappte er nach Luft, während die Bewegungen an seiner Eichel immer schneller wurden und die Reize von dort dem gesamten Körper ein berauschendes Kribbeln bescherten.

Sein Körper wurde urplötzlich von verkrampften Zuckungen durchgeschüttelt. Ein unmenschliches Geräusch, halb gurgelnd, halb stöhnend, schien sich aus seinem Inneren zu befreien und drang aus seinem Mund. Bunte Lichtkegel bildeten sich auf seiner Netzhaut, kreisten dort wild umher, um sich dann in der Mitte zu einem großen Lichtpunkt zu konzentrieren.

Der Orgasmus!

In Gestalt eines immer größer werdenden Lichts vom Ende eines unendlich langen Tunnels kam er auf ihn zugerast.

Das Licht war plötzlich so grell, dass er instinktiv die Lider zusammenpresste.

Dann ließ man von ihm ab und alles war vorbei, die Erregung baute ab, ohne den so begehrten sexuellen Höhepunkt erreicht zu haben.

Er lebte noch!

***

Die Maske wurde ihm vom Kopf gezogen und es dauerte eine Weile, bis er sich an die Helligkeit des Raums gewöhnt hatte. Alles war hier strahlend und sauber. Es gab keine Möbel, sondern nur weiße Wände und helle Fliesen auf dem Boden ..., sowie vier in eleganten Kostümen gekleidete Frauen, die ihn schweigend betrachteten. Eine unglaublich anziehende, aber auch bedrohliche, ja zerstörerische Aura schien sie zu umgeben.

„Nur ein paar Sekunden länger, und du hättest die erste Möglichkeit erfahren: ein letzter großer Orgasmus als krönender Abschluss deines kläglichen Lebens!", sagte die eine von ihnen. Es war die Frau, die als Köder gedient hatte und aus deren Stimme eine französische Herkunft herauszuhören war.

Diese nickte daraufhin der neben ihr stehenden Frau zu.

„Die zweite Möglichkeit wäre die Erpressbarkeit!", sprach die zweite Frau mit dem osteuropäischen Akzent und gab ihm keine Zeit, sich von der soeben erlebten Situation zu erholen.

Sie wies auf die dritte – ganz augenscheinlich asiatische – Frau neben ihr, die eine Videokamera vor dem Gesicht hielt und alles filmte.

„Lächeln bitte!", sagte die Asiatin, woraufhin sich die Französin und die Osteuropäerin ihm langsam näherten.

Hände glitten sanft über seinen nackten Körper, während er von den elegant gekleideten Femmes fatales leidenschaftlich liebkost wurde.

„Welche der beiden Möglichkeiten wählst du also, Dr. Dean Fleming?", wurde er von der vierten Frau gefragt, die er längst als die deutsche Baronesse Hanna erkannt hatte. Lässig, eine kurze Reitgerte in der Hand haltend stand die in einem edlen, cremefarbenen Hosenanzug gekleidete Adelsdame im Türrahmen. Exklusivität und Erhabenheit strahlte sie in diesem Moment auf ihn aus. Bei seinen Nachforschungen über Abbott hatte er auf der Homepage der Baronesse bereits Fotos von ihr gesehen. Doch diese wurden von der Realität noch übertroffen.

Dr. Dean Fleming seufzte aus tiefstem Herzen auf. Alle Furcht schien verflogen zu sein. Ja, diese zweite Möglichkeit wolle er wählen, kam es aus seinem Mund, auf den sich sofort ein Finger legte und ihm andeutete, jetzt nichts mehr zu sagen.

So zärtlich war er noch nie geküsst worden! Hatte ihn jemals überhaupt jemand zärtlich geküsst?

Hinter dem Vorhang seiner sexuellen Erregung schien jetzt alles zu verschwinden. Es gab keinen Verstand mehr, keine Vernunft und kein rationelles Denken. Alles unterwarf sich dem Verlangen, von diesen todbringenden Amazonen auf den Gipfel der Lust geführt zu werden.

Er spürte, wie sich harte, warme Nippel von strammen Frauenbrüsten gegen seine kühle Haut drückten. Lange, tiefschwarz lackierte Fingernägel fuhren provozierend über seinen wie unter Strom stehenden Körper. Erneut kam in ihm das wundervolle Gefühl des sich langsam ankündigenden Orgasmus auf. Wie von Sinnen stöhnte er, spürte die Zunge der einen an seinem Hals und den Biss der anderen an seiner Unterlippe.

Er war außer sich vor Lust, riss an seinen Fesseln, während er dem Höhepunkt immer mehr entgegenstrebte. Mit einem ohrenbetäubenden Lärm brüllte er alle Angst und Anspannung dieses Tages aus sich heraus. Er schrie Worte der tiefsten Dankbarkeit gegenüber der Baronesse in die Kamera hinein, als sich sein Sperma auf dem Boden vor ihm verteilte.

***

Dr. Fleming küsste nacheinander die Handrücken der Ladys und beugte sich dabei jedes Mal zu einem Diener hinab. Er bog seinen kurzen Oberkörper dabei so tief nach unten, dass es ihm noch einmal möglich war, ihre hohen Lederstiefel von ganz nahem zu betrachten.

„Ich verspreche es Ihnen hoch und heilig, verehrte und anbetungswürdige Damen des Hauses Black Swan Manor: Ich werde sofort das Nötige in die Wege leiten, um diese dumme Sache umgehend aus der Welt zu schaffen! Und ich bedanke mich noch einmal für alles, was Sie für mich getan haben!"

Den vier Herrinnen des Hauses immer wieder einen dankbaren Diener andeutend bewegte er sich rückwärtsgehend die Eingangstreppe hinunter, rutschte von der untersten Stufe ab und fiel mit dem Hintern auf den Rücksitz des Taxis, das bereits mit geöffneter Tür auf ihn wartete.

Als der Wagen sich langsam in Bewegung setzte, winkte er ihnen zum Abschied zu. Nachdenklich sah er daraufhin auf die Armbanduhr. Es war fünf Uhr morgens. Um kurz nach neun würde er bei der Arbeit sein, um zehn Uhr begann das Vorstellungsgespräch. Es blieb ihm also noch genug Zeit, um alle Beweise zu vernichten, die auf einen Verbleib oder die Gewohnheiten von Thomas Abbott hindeuten könnten.

Ja, die hochverehrte Frau Baronesse hatte ihm zum Abschied sogar erlaubt, die begehrte Professorenstelle anzunehmen. Mit dem dann zu erwartenden Gehalt konnte er sich – ein wenig Sparsamkeit vorausgesetzt – in einem Jahr vielleicht einen einwöchigen Kerkeraufenthalt bei ihr leisten, errechnete er. Spätestens dann würde es ein Wiedersehen mit der ehrenwerten deutschen Baronesse Hanna, der französischen Madame Aimée, der japanischen Lady Seiyoua und der polnischen Lady Ewa geben, freute er sich.

11.

„Dann machen wir hier ... und hier einen Schnitt ... in der Brustfalte", sagte Lady Fortescue und zog mit einem schwarzen Filzstift zwei gebogene Linien auf Thomas Abbotts Brustkorb. Sie federte wie eine kleingewachsene Gymnastiklehrerin um ihn herum, während sie redete. Das Alter von sechzig Jahren war ihr kaum anzusehen.

„Der Hautschnitt wird etwa sechs Zentimeter lang sein und erfolgt unter Vollnarkose. Diese Schnittführung praktiziere ich in den meisten Fällen. So kann ich das Implantat am einfachsten platzieren. Später, wenn seine Brust dann richtig schön groß ist, wird die Narbe in der Brustfalte nicht mehr zu sehen sein!"

Sie sah schmunzelnd zu beiden Frauen auf dem Sofa, die sich mit zur Seite geneigten Köpfen vorstellten, wie ihr Spielzeug wohl bald aussehen würde. Hanna hatte die Hand unter das Kinn gelegt, schob die Unterlippe ein wenig vor.

Die adelige Schönheitschirurgin fuhr mit ihren Ausführungen fort:

„Ihr beiden müsst euch nur über die BH-Größe einig werden! Aber mehr als D geht nicht bei ihm. Glücklicherweise hat er schon ein wenig Männerbrust. *Aaaber* ...", bei diesem betonten Wort klopfte die Lady ihrem künftigen Patienten auf die Schulter, „... es wird es nicht ganz ohne Schmerzen gehen, weil wir Haut und Muskeln durch einen Gewebe-Expander dehnen müssen. Aber ich denke, dass du nach deinem Aufenthalt bei meiner geschätzten Freundin Hanna und dem Team ihrer charmanten Ladys entsprechend abgehärtet bist, oder?"

Ein wenig abwägend verharrte ihr Blick über den Rand ihrer Hornbrille auf dem fast nackten Körper des zustimmend mit dem Kopf nickenden Mannes.

„Der Brustexpander wird in Abständen von zwei oder drei Wochen mit einer Kochsalzlösung aufgefüllt und nach ausreichender Dehnung gegen das endgültige Implantat ausgetauscht. So einfach ist das bei mir! Noch Fragen?"
Ihr Mund verzog sich zu einem Lachen. Sie gesellte sich zu ihren beiden Freundinnen auf das Sofa und nahm einen kräftigen Schluck Champagner.
„Was ist mit dem Permanent Make-up und seiner Körperbehaarung?", fragte Aimée.
„Ach ja! Ach, mein Alter ... ich vergesse ja fast die Hälfte!", lachte sie und sprang wieder auf, um sich dem in der Raummitte stehenden Mann aufs Neue zu widmen.

Hanna lehnte sich zurück und legte ihre Beine auf den Tisch. Sie war sichtlich gut gelaunt. Mit einer Handbewegung deutete sie ihrem Hausmädchen Claire an, eine weitere Flasche Champagner zu bringen. Es war erstaunlich, wie flott Lady Fortescue trotz ihres Alters noch war. Sie trug ein typisch englisches Tweedkostüm und eine weiße Bluse mit einer adretten Fliege. Sie wirkte wie eine junge Sekretärin aus einem alten schwarz-weiß-Liebesfilm, die nur ihre Brille abnehmen und die Klammern aus dem Haar lösen musste, um ihren attraktiven Chef erst zu begeistern und danach vor den Standesbeamten zu bringen.
„Wir werden seine Lippen auffüllen und schattieren!"
Ihr Finger wanderte von seinem Mund zu den Augen. Die Worte schienen nun beinahe überschwänglich aus ihr herauszusprudeln. Man merkte ihr an, dass sie in ihrem Element war.
„Dasselbe geschieht mit den Augenbrauen! Danach wird den Augen durch einen permanenten Ober- und Unterlidstrich eine schöne Tiefe verschafft. Am Ende werden wir mit einer Verdichtung der Wimpern für kraftvolle Augen und einen ausdrucksstarken Blick sorgen. Bei der

Körperbehaarung machen wir entweder ein Peeling oder eine Laserbehandlung. Auf jeden Fall garantiere ich, dass er nach der Behandlung außer Kopfbehaarung, Augenbrauen und Wimpern kein Haar mehr am Körper haben wird. Alles in allem werde ich wohl ein paar Monate mit ihm brauchen. Spätestens im Frühsommer ist die Transformation abgeschlossen! Und dann…", ihr Mund verzog sich nach diesen Worten zu einem Schmunzeln, „Dann könnt ihn für eure Zwecke nutzen!"

Wie eine Wildkatze auf Beutejagd umkreiste sie Abbott.

„Was habt ihr überhaupt mit ihm vor?", fragte sie neugierig und begutachte dabei die Beute gründlich. „Wird er nur euer Bettspielzeug oder wollt ihr auch Geld mit ihm verdienen?"

„Hanna und ich sind uns noch nicht ganz sicher. Aber ich glaube, wir werden uns für beides entscheiden!", entgegnete Aimée.

„Oh, ihr seid so herrlich verdorben! Meine Lieben, dann verspreche ich euch, dass ihr ihn danach nicht mehr als Mann wiedererkennen werdet …, davon einmal abgesehen!", lachte Lady Fortescue überschwänglich und zeigte mit der Hand auf den Penis, der sich halb erigiert unter der hellblauen Seide eines Damenslips abzeichnete.

Die Lady ließ daraufhin ihre Handfläche über die Brust von Thomas Abbott gleiten.

„Ich nehme dich vielleicht noch heute Abend mit zu mir, mein Schöner!", flüsterte sie ihm lüstern zu, während ihre Hände sich nach unten bis an seinen Po schoben; dann sagte sie lauter: „Und wenn du es mir richtig gut besorgst, dann gibt es noch Gratisimplantate für einen richtig knackigen Frauenpopo dazu!"

„Wie rechnen wir übrigens das Finanzielle ab?", warf Hanna ein und deutete Claire an, den Champagner zu öffnen.

„Ich sag dir morgen oder übermorgen den ungefähren Preis. Allerdings …", die Lady machte einen Schmollmund,

„Er ist wirklich ein hinreißendes Objekt. Vielleicht könnte ich ihn mir die kommende Woche ausleihen und es mit meinen Aufwendungen verrechnen? Mein Hormonspiegel läuft mir fast über in den letzten Tagen."

„Abgemacht!", freute sich Hanna und klatschte begeistert in die Hände.

Im selben Moment knallte der Flaschenkorken.

12.

- einige Monate später -

Michelle betrachtete vom Fenster ihres Zimmers aus das bunte Treiben im Park von Black Swan Manor, wo man auf einem Rasenstück ein großes Zelt aufgebaut hatte. Lampions säumten die Kieswege und sorgten für eine feierliche Beleuchtung. Baronesse Hanna hatte zur Eröffnung ihres mittlerweile fertiggestellten Studios und Sklavenkerkers geladen und alle waren gekommen: ehemalige Kunden ihres Dominastudios, Freunde aus ganz Europa, neue Mitarbeiterinnen. Sogar der Bürgermeister und eine Delegation des Stadtrats waren anwesend, was im Vorfeld zu einer lebhaften Berichterstattung in den Lokalzeitungen geführt hatte. Wie durchgesickert war, war es unter den Ratsmitgliedern zu einem wüsten Kampf um die wenigen von der Baronesse ausgegebenen Gästekarten gekommen.

Ein Fernsehteam hatte Kameras und Mikros aufgebaut und eine Reporterin interviewte gerade die Baronesse. Michelle kannte die junge Dame aus einem Vorabendmagazin nur zu gut: Cathie Doyle. In letzter Zeit hatte sich die bekannte Klatschjournalistin auffallend oft hier aufgehalten und immer wieder über die Baronesse und vom Geschehen auf Black Swan Manor berichtet.

Leise Tanzmusik drang bis ans Fenster und versetzte Michelle in eine träumerische Stimmung. Mit eleganten Schritten stolzierte sie auf ihren High Heels zum Bett und öffnete den Nachtschrank. Sie konnte noch immer nicht wirklich begreifen, wozu die Baronesse in der Lage gewesen war und starrte ungläubig auf den Namen ihres neuen französischen Reisepasses: *Michelle Descartes, Geburtsort: Fort-de-France*, Hauptstadt des Überseedépartements Martinique, womit sie nun Staatsbürgerin der Republik Frankreich war. Damit stammte sie, statt aus dem regnerischen London, genau wie ihre leibliche Mutter nun von der sonnigen Karibikinsel Martinique. Sogar fünf Jahre jünger hatte man sie gemacht.

Noch immer ungläubig darüber, was da auf dem Papier ihres neuen Passdokuments gedruckt stand, schüttelte sie den Kopf. Dieselben Fragen schossen ihr zum tausendsten Mal durch den Kopf. Welche Beziehungen hatte die Baronesse spielen lassen, um an diesen Pass zu kommen? Welche Mühen und wie viel Geld musste es gekostet haben, eine vollkommen neue Identität zu schaffen?

Michelle Descartes ... wie wohlklingend dieser Name im Gegensatz zu dem Namen war, den sie nie wieder in ihrem Leben hören, lesen oder aussprechen wollte: Thomas Abbott. Diesen introvertierten, schüchternen und stotternden Hochschulmitarbeiter gab es jetzt nicht mehr! Er war nicht mehr als eine immer mehr verblassende Erinnerung, war ebenso aus ihrem Leben verschwunden wie die Anstellung an der Universität, der Škoda und die enge Wohnung in einem gesichtslosen Vorort von London.

Sie klappte das Reisedokument zu, trat ans Fenster zurück und sah hinaus, legte dabei die Hände unter die Brüste und schob sie ein wenig nach oben. Wie von Lady Fortescue vorausgesagt, war es ein langer und auch nicht schmerzfreier Weg gewesen. Das Spannen von Muskeln und Haut, die Implantate, die Regeneration, die endlos langen Prozeduren der Enthaarung – das alles lag nun endlich hinter ihr.

Und heute sollte sie sich zum ersten Mal der Öffentlichkeit zeigen.

Eine jähe tiefe Sehnsucht ergriff sie, endlich einmal wieder unter Menschen zu sein, sich unbeschwert unter die Partygäste dort unten zu mischen.

Die Türen zu diesem neuen Leben hatte die Baronesse für sie geöffnet. Hier auf Black Swan Manor konnte sie sich von dem Zauber der großen Welt einfangen lassen, elegante Kleider tragen oder auch leichtfüßig im Arm einer Frau – oder eines Mannes – über das Tanzparkett schweben. Dumpf und hart, von einer kaum bezähmbaren Sehnsucht angefüllt, hämmerte ihr Herz in lauten Schlägen in der Brust.

Sie wandte sich nicht um, als Aimée hinter ihr sagte: „Ich muss wieder runter, Michelle! Beeil dich, wir sind alle gespannt auf deinen ersten Auftritt. Dort unten gibt es noch allerhand für dich zu sehen!"

Zu sehen? Nein, sie wollte mehr als nur ein Zuschauer sein! Michelle würde alles andere als zurückhaltend sein. Sie wollte mitmachen, sich im Rhythmus der der Musik wiegen und sich vom Zauber des Augenblicks forttragen lassen.

Hinter ihr schlug die Tür zu. Das Klacken von Aimées Absätzen wurde allmählich leiser, bis es ganz verstummte. Reglos verharrte sie weiter am Fenster und sah nach unten, tippte dabei gedankenverloren mit den manikürten, lilalackierten Fingernägeln auf die Scheibe. Das Interview mit der Baronesse war beendet und die Musik wurde wieder lauter. Die Reporterin und Hanna standen jetzt dicht beieinander, schienen miteinander leise etwas zu besprechen, was nicht für andere Ohren bestimmt war.

Plötzlich zuckte es in ihr auf. Eine heiße, wilde Mischung aus Erregung und Unsicherheit ergriff sie, trieb sie ins Ankleidezimmer zurück. Sie huschte zum Spiegel und betrachtete sich eine Weile. Sie hatte sich noch immer nicht vollständig daran gewöhnt, dass inzwischen eine ganz andere Person vor ihr stand als vor dem Aufenthalt in Lady Fortescues Klinik. So war es immer wieder aufs Neue ein Erlebnis, sich zu betrachten. Ja, sie war es tatsächlich,

Michelle, die exotische Schönheit aus der Karibik mit den hungrigen schwarzen Augen.

Sie lauschte für einen Augenblick in sich hinein, war für eine Sekunde unschlüssig, als hätte sie Angst vor dem, was aus ihrem Inneren ins Freie drängte.

Was sie nun tat, geschah wie aus einem in die Erinnerung gerufenen Wort der Herrin, dem blindlings gehorcht wurde.

Mit einer fast unwirschen Bewegung zog sie die Nadeln aus ihrer Hochsteckfrisur, starrte sich aus feurigen Augen an, als das schwarze Haar weich und seidig auf ihre Schultern fiel. Mit den langen, schlanken Fingern fuhr sie sich durch die Strähnen.

Skeptisch musterte sie sich. Trotz des dunklen Teints wirkte sie einfach noch zu blass für das fliederfarbene Cocktailkleid, dessen glänzender, geraffter Stoff sich eng um ihre weiblichen Rundungen schmiegte. Entschlossen legte sie kräftig Rouge auf, puderte es dann leicht auf. Auch auf Lippenstift verzichtete sie nicht und zog die Lippen nochmals nach, die nun in einem kräftigen Rot leuchteten.

Geschwind eilte sie zur Tür und verließ ihren Wohnbereich.

Alles war ruhig auf dem langen Korridor. Nicht einmal die Musik von draußen war hier zu hören. Ihr Herz pochte vor Aufregung in der Brust. Würde man Reste von dem Mann namens Thomas Abbott in ihr erkennen? Sie eilte durch den mit einem roten Läufer ausgelegten Flur, stöckelte dann leichtfüßig die große Treppe hinab in die Eingangshalle. Hart knallten ihre Absätze über den Marmorboden. Sie hatte gelernt, auf hohen Absätzen zu gehen. Es war weitaus leichter, als es den Anschein hat, wenn man über einen schlanken, aber gut trainierten Körper verfügte, dachte sie nicht ohne Stolz.

Als sie den Park erreicht hatte und sich dem Zelt näherte, stockte ihr Fuß. Unwillkürlich hielt sie den Atem an, als Ewa und Seiyoua vor ihr auftauchten. Damit nicht genug, bei ihnen stand eine Gruppe von Personen, die sie noch in den letzten Monaten als ihr früheres Ich kennengelernt hatte: Adam, der Leibwächter, der Chauffeur Duncan Faulkner, sowie Ewas Ehemann Henry. Bei ihnen stand eine Frau, die sie noch nicht kannte. Offenbar gab es eine neue Lady im Team.

Ihre Nervosität steigerte sich. Das Herz schlug ihr jetzt bis zum Hals.

Die illustre Gruppe begrüßte sie mit einem freundschaftlichen Lachen. Keine Anspielung von Spott war aus ihren Gesichtern zu lesen. Im Gegenteil, anerkennende Blicke schienen auf ihrem Körper zu haften. Es war schön, eine Frau zu sein! Hier auf Black Swan Manor war einfach alles anders, besser für diejenigen, die „unnormal" waren.

Um vieles sicherer geworden, gesellte sie sich zu ihnen. Nun war sie ganz Frau, und mischte sich mit der Selbstsicherheit einer wahren Lady unter die Gäste. Als Claire mit einem Tablett kam und ihr mit einem höflich ausgesprochenen „Madame Michelle" Champagner anbot, musste sie lachen. Alle Aufregung war verflogen und man stieß miteinander an.

„Darf ich dir Vera vorstellen?", fragte Ewa, zog dabei die neue, ein wenig unsicher wirkende unbekannte Frau zu sich heran. „Vera hat sich vor einigen Tagen aus ihrem bürgerlichen Leben als eine treu für ihren Mann sorgende Ehefrau verabschiedet und ist nach einer kurzen Odyssee durch die Stadt bei uns im Studio gelandet. Irgendwie habt ihr beide ja einen ähnlichen Weg beschritten und ich glaube, dass du dich mit deiner künftigen Kollegin gut verstehen wirst!"

Die Frau in dem blauen, etwas zerknitterten Kleid, das eher in eine Hochzeitsgesellschaft der achtziger oder neunziger Jahre gepasst hätte, stieß mit ihr an und stellte sich als Vera Morgan vor.

Sicher würden man schon bald Gelegenheit bekommen, sich näher kennenzulernen …

Tief, fast gierig sog Michelle das Leben und die Atmosphäre in sich ein, ließ sich wie verzaubert darin fallen. Sie stieß an, sah Lachen und Scherzen um sich und bemerkte die beobachtenden Blicke des ebenfalls anwesenden Bürgermeisters. Ob er wohl ein Auge auf sie geworfen hatte? Er war doch verheiratet!

Als ein Walzer begann, schloss sie die Augen, wiegte sich unbewusst im Dreivierteltakt der Musik, bis sie eine Stimme zusammenzucken ließ.

„Darf ich Sie höflichst um diesen Tanz bitten, Madame?"

Neben ihr stand der Bürgermeister und sah sie erwartungsvoll an. Wie in Trance legte sie, verfolgt von den neugierigen Blicken ihrer Freunde, die Hand auf seinen ausgestreckten Arm und ließ sich auf die Tanzfläche geleiten.

Weich, wie auf Wolken, führte der Mann sie durch den Tanz, und es erfüllte sich das, wovon sie so lange und sehnsüchtig geträumt hatte. Lichter und Lampions kreisten um das Paar herum. Sie überließ sich völlig seiner Führung. In einem anregenden Gefühl wurde ihr auf einmal bewusst, wie dicht er sich mittlerweile an sie geschmiegt hatte. Ob ihr Tanzpartner wohl schon bemerkt hatte, welch bizarr-süßes Geheimnis sich unter dem dünnen Stoff ihres Abendkleides verbarg? Sollte sie es für eine Sekunde wagen, den sich in ihrem Seidenslip immer mehr aufstellenden Penis an ihn zu schmiegen? Wie wäre wohl die Reaktion des nicht unattraktiven Repräsentanten der Stadt?

Nein! Sie musste sich zusammenreißen! Die Worte der Baronesse waren da eindeutig gewesen. In ihrer neuen Existenz sei sie noch jungfräulich, unbefleckt und rein, hatte die Baronesse gesagt. Nur ihr und Madame Aimée stünde das *Recht der ersten Nacht* zu, und Michelle wusste, dass das Wort der Baronesse Gesetz war.

Als die Musik verstummte, war sie noch immer wie betäubt.

„Darf ich Sie zu einem Glas Champagner einladen?", hörte sie seine weiche Stimme wie von weit entfernt und neigte daraufhin zustimmend ihren Kopf.

Als sie mit ihrem Tanzpartner auf die Bar zuschritt bemerkte sie eine Hand auf ihrem Po. Sie ließ es geschehen, spürte die Blicke der Gäste auf ihrem Rücken, was ein süßes Prickeln auf ihrer Haut hinterließ. Sie war jetzt eine Lady, der man seine Verehrung zu Füßen legte und deren Schönheit man zu huldigen hatte! Es gab keine Gewöhnlichkeit mehr, kein Morgen und kein Gestern. Nur noch der Augenblick zählte, und der war so berauschend, dass sie wünschte, er sollte niemals enden. Sie legte ihre schlanken Finger fest um den Stiel des Champagnerglases, so, als wolle sie ihrem neuen Leben damit sagen „Ich lasse dich nie mehr los!".

Augenblicklich waren auch die anderen Herren aus dem Stadtrat auf die schlanke, schwarzhaarige Schönheit mit den weiblichen Rundungen aufmerksam geworden. Keiner von ihnen hatte sie zuvor jemals gesehen, und als man fragte, was für eine außergewöhnliche Nation solch exotische Frauen hervorbringen würde, fiel Michelle immer tiefer in einen Rausch. Mann debattierte daraufhin untereinander um den nächsten Tanz, wie auf der letzten Ratssitzung um die begehrten Eintrittskarten zu diesem Fest.

Plötzlich spürte sie einen Frauenkörper in ihrem Rücken, roch das Parfüm der Baronesse.

Der Bürgermeister, der sich inzwischen so weit vorgewagt hatte, dass sein Gesicht fast schon in ihrem ausladenden Dekolletee versank, wich im selben Moment respektvoll einen Schritt zurück. Es war nur eine Reaktion, aber sie zeigte Michelle, über was für eine Macht die Baronesse verfügte. Eine Sekunde später hörte sie ihre klare Stimme.

„Ich muss Sie um Entschuldigung bitten, meine Herren, aber das Objekt ihres Interesses ist bereits vergeben … an

Madam Aimée und mich!", sagte sie und zog Michelle aus dem Schwall ihrer Verehrer heraus, fügte dann in Richtung der Vertreter der Stadtverwaltung hinzu: „Lady Ewa und Lady Seiyoua haben eine Performance einstudiert, die sie uns gleich auf der Bühne vorführen werden. In zwei Minuten beginnt die Show. Setzen Sie sich, meine Herren, ... aber in die zweite Stuhlreihe! Die Damen haben auf Black Swan Manor stets die Plätze in der ersten Reihe!"

***

Ein Lichtspot wanderte unruhig durch die Dunkelheit des Partyzelts, bis er auf einen wohlproportionierten Oberkörper stieß. Ewa streifte sich langsam im Lichtkegel des Scheinwerfers ellenbogenlange Handschuhe über und fuhr dann mit den Handflächen über das schwarze Leder ihres Korsetts. Dunkelbraune Haarsträhnen fielen auf die helle Haut ihres Nackens und der Schulter. Sie drückte die Brüste nach oben und entblößte dabei fast ihre Nippel.
  Plötzlich erfüllten wummernde Bässe das Zelt. Rihannas temperamentvolle Stimme klang durch die in den Zeltecken aufgebauten Lautsprecherboxen.
  In diesem Moment vollführte Ewa eine Pirouette und warf dabei ihren Schlapphut vom Kopf. Sie beugte sich in der Taille nach vorne und streckte dem Publikum ihren von Strumpfhaltern gerahmten Po zu. Ein String bedeckte hier nur das Allernötigste. Die schwarzen Strapse zogen sich in einem leichten Bogen um den Hintern und endeten an metallenen Klipsen, die nun die Abschlüsse ihrer Nylonstrümpfe noch ein wenig mehr nach oben zogen. Hohe Stiefel mit spitzen Absätzen verstärkten den dramatischen Effekt ihrer Körpersprache, die den Gästen sagen wollte: Ansehen erlaubt, anfassen verboten!

Neben Ewa erhellte sich plötzlich ein Lampenschirm, dessen herabhängende Fransen im Rhythmus der Bässe vibrierten. Das gedimmte Licht erlaubte den Gästen jetzt den Blick auf eine vollkommen unbekleidete, auf einem Bett liegende Frau.

Seiyoua!

Sie musste schon eine ganze Weile dort in der Dunkelheit verborgen gelegen haben. Mit einem Knebel im Mund wartete sie auf die Lederherrin, die langsam auf sie zu stolzierte.

Ewa spreizte ihrer asiatischen Freundin die Beine und Arme und band diese mit Stofftüchern an die vier Bettpfosten, so dass sie wie ein X lag. Als sie eine Hand prüfend auf Seiyouas Körper legte, zuckte dieser wie von einem elektrischen Schlag getroffen auf. Ewa zog an einem Hebel neben dem Bett, und das Kopfende hob sich so weit nach oben, dass alle Anwesenden in den Genuss kamen, den gesamten Körper der Lustsklavin zu bewundern.

Ein leises Raunen war unter den Gästen zu hören.

Ewa ließ ihre Hand tiefer wandern, die Beine hinab bis zu Seiyouas Knöcheln, senkte dann den Kopf und spielte mit ihrer Zunge auf dem großen Zeh, ließ ihn dann ganz ihn ihrem Mund verschwinden. Wieder zuckte die Japanerin auf, diesmal mehrfach, so, als würde sie von Stromstößen durchzogen. Ewa überzog den Fuß danach mit einer ganzen Serie von kurzen, aber leidenschaftlichen Küssen.

Die Musik zog in vibrierenden Schüben durch das Partyzelt. Ewas Mund verharrte eine Weile an der Lende ihrer Sklavin. Dann nahm sie die Haut zwischen ihre Zähne und sog daran eine Weile so stark, dass ein herzförmiger Knutschfleck zurückblieb.

Wieder ging ein Raunen durch die Gäste.

Dann brach die Musik urplötzlich ab. Das Licht ging aus, und das Zelt war in Dunkelheit gehüllt. Seiyoua gab ein langgezogenes, lustvolles Stöhnen von sich. Bevor die Scheinwerfer wieder angingen, fragte Ewa in einem herrischen Ton:

„Ist der Sklavin erlaubt worden, einen Ton von sich zu geben?"

Seiyoua schüttelte heftig den Kopf. Ihre Augen waren weit geöffnet. Mehr und mehr steigerte sie sich in etwas hinein, das anfangs nur als erotische Performance für die Partygäste gedacht war.

„Du bist doch eine brave Sklavin, oder?", hörte sie die Worte der Herrin, diese betonte dies, indem sie ihr zärtlich mit den Fingern über die Wange strich.

„Du bist feucht geworden?", erkundigte sie sich daraufhin und warf einen Blick auf die Scham, die bis auf einen schmalen Streifen pechschwarzer Härchen vollständig rasiert war. Sie kreiste mit den Fingerspitzen in den wenigen Haaren, berührte dabei wie zufällig die Klitoris und Schamlippen. Seiyoua verzog das Gesicht. Sie zerrte an den Fesseln, streckte den Kopf nach oben, sodass die Schlagadern und Sehnen am Hals hervortraten. Ein Speichelfaden rann aus dem Mundwinkel am Gummiball des Knebels vorbei, zog sich über das Kinn und tropfte auf die Brust.

Ewa grinste schelmisch.

„Die Sklavin sehnt sich nach der Berührung der Herrin? Ich wusste es doch!", lachte sie, schüttelte den Kopf und erinnerte ihre japanische Liebhaberin nochmals daran, dass diese sie nicht ohne Erlaubnis ansehen dürfe.

„Du bist ein böses, kleines Mädchen! Und was macht man mit bösen Mädchen, hmmm?"

Wie zur Antwort auf diese Frage, trat Claire, das Hausmädchen, mit einem silbernen Serviertablett in den

Händen heran. Ewa trank einen Schluck aus dem darauf stehenden Sektglas und nahm sich eine kurze Peitsche vom Tablett. Als Seiyoua das sah, bebte ihr Körper augenblicklich. Sie wand sich auf dem Bett und zerrte an den Fesseln. Mit aufgerissenen Augen starrte sie auf die kleine Zuchtpeitsche, deren winzige Knoten am Ende der neun Lederriemen bei jedem Schritt der Herrin lustig in der Luft hüpften.

Eine Windböe erfasste den Zelteingang, der für kurze Zeit wie die Flügel eines großen Vogels flatterte. Ein Waldkauz schrie irgendwo in einem der umstehenden Bäume.

Fast tänzelnd näherte sich Ewa ihrer Gefangenen, ließ die Enden der dünnen Lederstriemen über deren Haut wandern. Diese nahm die Zärtlichkeiten des Zuchtinstruments voller Lust in sich auf. Die Sprache des Körpers war eindeutig: Seiyoua sehnte sich nach einer Bestrafung.

Die Erlösung folgte mit einem kurzen Schlag über ihren Bauch, wo sich sofort rote Striemen bildeten. Seiyoua stöhnte auf in einer Mischung aus Lust und Erleichterung. Weitere Schläge folgten im Abstand von nur wenigen Sekunden, jeweils begleitet von einem lustvollen Aufstöhnen.

Mit einigen geschickten Handgriffen wurde die Sklavin vom Knebel befreit und es wurde ihr stattdessen eine Augenklappe angelegt. Wieder tänzelten die Enden der Riemen zärtlich über die Haut, diesmal über das Gesicht. Seiyoua öffnete instinktiv den Mund und nahm einige Riemen zwischen die Lippen, spielte mit der Zunge daran. Gierig sog sie den Geruch des Leders in sich auf. Ihr ganzer Körper schien zu beben, immer mehr verlor sie sich in ihren Gefühlen.

„Ist mein ungezogenes Mädchen geil genug, um den erlösenden Orgasmus zu erhalten?", erkundigte sich die Herrin.

Sie zog die kleine Peitsche vom Gesicht weg.

„Ja, bitte, gnädige Dame, bitte!", stieß es gequält aus der Asiatin heraus.

Die Herrin kannte den Körper ihrer Freundin nur zu gut. Sie drehte deshalb die Peitsche einmal in der Hand. Der Griff war wie ein Penis geformt und diesen ließ sie sachte auf Seiyouas Klitoris kreisen. Sie wollte das Feuer in ihr noch stärker anfachen, bis die hilflose Sklavin es nicht mehr aushielte und danach flehte, den phallusförmigen Peitschengriff eingeführt zu bekommen.

„Du kleines Luder bist geil auf diesen Gummischwanz?"

„Ja, bitte, Herrin, bitte hören Sie damit nicht auf! Es tut der ungezogenen Göre so gut! Sie wird danach wieder ganz lieb und eine gute Sklavin sein!", stöhnte sie und schob den Unterleib vor. Ihre Lust kannte jetzt keine Grenzen mehr, die gierigen Blicke aus dem Publikum schienen sie immer stärker zu stimulieren.

Abermals trat das Dienstmädchen heran. Unter metallischem Rasseln zog die Herrin eine Kette vom Tablett herunter und befestigte die an den Enden angebrachten Klammern an den steil hervorstehenden Brustwarzen der Sklavin. Wieder wurde Seiyoua von mehreren schnell aufeinander folgenden Zuckungen durchzogen. Die Bauchdecke senkte und hob sich im Takt ihrer schnellen Atmung. Wie von Sinnen warf sie den Kopf hin und her, versuchte irgendwie den schmerzhaften Lustgewinn mit den zärtlichen Berührungen an ihrer Klitoris in Einklang zu bringen.

Ein Gewitter von Gefühlen ging auf sie nieder, und als der Peitschengriff in einer unerwarteten Bewegung zwischen ihren Schamlippen verschwand, schien sie von innen heraus zu explodieren.

Alle Eindrücke prasselten gleichzeitig auf sie ein. Der brennende Schmerz an den Nippeln, das glotzende Publikum, das heftige, fordernde Stoßen in ihrem Unterleib und die weiche, zärtlich spielende Zunge der Herrin auf der Klitoris brachten sie um den Verstand. An der Schwelle zum Höhepunkt bog sie ihren Rücken durch und drückte die Hüfte in die Höhe, um den Dildo noch tiefer in sich aufzunehmen. Das Verlangen war so stark, dass sie alles um sich herum vergaß. Es gab jetzt keine Zuschauer mehr, keine Show und kein Zelt. Sie war jetzt ganz alleine und in ihrer Lust gefangen, die wie eine fremde Macht alles in ihr bestimmte.

Ein lautes Schreien aus ihrer Kehle zerriss die sommerliche Luft. Impulse reinster Lust durchzogen Seiyoua. Der Orgasmus schien überall in ihr gleichzeitig stattzufinden.

Als das Licht erloschen war, blieb Seiyoua noch lange in ihrer eigenen Welt der Leidenschaft und der Begierde gefangen. Erschlafft blieb ihr gefesselter Körper auf dem Bett liegen.

Stille trat ein.

Es dauerte lange, bis der erste Zuschauer wie aus einem Zustand der Trance erwachte und seinem Nachbarn etwas zuflüsterte.

Als das Licht wieder hochgedimmt wurde, warf Hanna einen flüchtigen Blick auf die Mitglieder des Stadtrats und den Bürgermeister. Einige von ihnen starrten noch immer konsterniert zur Bühne, auf der sich jetzt nur noch ein leeres Bett befand.

Den Männern würde noch eine lange und ereignisreiche Nacht bevorstehen, wenn alles wie geplant lief, dachte sie grinsend. Danach dürften auch diese regionalen Entscheidungsträger zu ihren Fürsprechern geworden sein. Der Rückhalt bei Lokalpolitikern und Behörden war bei dieser Art von Etablissements ein nicht zu unterschätzender Vorteil, den man sich sichern musste. Manche Sachen funktionierten hier in England genauso wie in ihrer deutschen

Heimat und wohl überall auf der Welt, hatte sie mittlerweile gelernt.

***

Die Stunden waren für Michelle wie im Nu vergangen. Es war schon weit nach Mitternacht, als sie sich nach dem Ausklingen der Musik mit einer gemurmelten Entschuldigung von ihrem Tanzpartner löste und aus dem Zelt verschwand.

Während man vergeblich Ausschau nach der exotischen Unbekannten hielt, war sie in eine schattige Ecke der großen Terrasse getreten und lehnte sich dort gegen das Sandsteingeländer. Verträumt sah sie auf den Park und den dahinterliegenden Wald, die nun im silbrigen Licht des Mondes lagen. Es war kühler geworden und eine leichte Brise rauschte in den Bäumen. Ein Teil der Beleuchtung an den Wegen war nach dem letzten Tanz ausgeschaltet worden. Einige Gäste hatten sich in den Spiegelsaal des Schlosses zurückgezogen, aus dem nun leise Musik erklang. Ein anderer Teil hatte sich in den Keller begeben, wo die Ladys nun dabei waren, willige Sklaven zu empfangen. Offensichtlich hatte die erotische Show von Ewa und Seiyoua ihre Wirkung nicht verfehlt: Nach und nach hatten sich vor allem die Mitglieder des Stadtrates davongestohlen und die Treppe zum Kellergeschoss genutzt.

Draußen breitete sich jetzt langsam Stille aus, die nur vom Ruf eines einsamen Waldkauzes und vom unterdrückten Kichern eines Pärchens unterbrochen wurde.

Sie hob den Kopf und fuhr sich mit den Fingern durch die Haare, sog mit geschlossenen Augen die Nachtluft ein. Den ganzen Abend über war sie in einem Rausch gewesen. Nicht einmal hier in der Ruhe des Gartens riss dieses Gefühl ab.

Ein Rascheln hinter ihr ließ sie herumfahren.

„Hier sind Sie, Madame? Man vermisst Sie bereits!"

Es war die ruhige Stimme von Claire, dem jungen Hausmädchen.

Sie sah die ungewöhnlich große und schlanke Bedienstete einen Augenblick an, als müsse sie sich erst besinnen, so als könne sie aus ihrer Traumwelt nur langsam in die Wirklichkeit zurückfinden.

„Die Baronesse lässt nach Ihnen fragen. Sie mögen schnellstmöglich auf ihr Zimmer kommen!"

„Auf ihr Zimmer? Die Baronesse ist nicht mehr bei ihren Gästen?"

„Um die Gäste werden wir uns kümmern", antwortete Claire vieldeutig, zupfte dabei am Rock ihres kurzen Kleidchens, drehte sich dann auf dem Absatz um und verschwand in einer der offen stehenden Türen.

Michelles Blick wanderte von dort über die vom Mond angestrahlte Rückfassade des Hauses nach oben.

Im Gemach der Baronesse brannte Licht. Dort wurde sie erwartet, überlegte sie mit einem aufgeregten Kribbeln im Bauch, spürte dabei, wie der Penis langsam anschwoll.

***

„Zieh dich ganz langsam für uns aus, meine Süße! Du bist jetzt eine von uns", flüsterte Hanna vom Bett aus, als Michelle den Reißverschluss am Rücken ihres Abendkleides aufzog.

Leise raschelnd sank der dünne Stoff zu Boden.

Hannas Mund verzog sich zu einem erwartungsvollen Grinsen. Selbst im Halblicht der vielen Kerzen war die Weiblichkeit von Michelles Körper, der jetzt fast alles von sich preisgab, unverkennbar. Eine Mischung aus Staunen, Anerkennung und Vorfreude war aus ihren Augen zu lesen. Lady Fortescue hatte bewiesen, dass sie eine begnadete

Schönheitschirurgin war. Nichts an Michelle deutete mehr auf einen Mann hin, bis auf …

„Wow! Jetzt runter mit dem Slip! Aber langsam!", forderte Aimée, die sich bei diesen Worten demonstrativ noch dichter an Hanna schmiegte. Beide schienen in einem Meer von Kissen zu liegen.

Michelle erwiderte den Blick und machte einen Kussmund. Nach ihrem erfolgreichen Auftritt bei der Party war sie alles andere als zurückhaltend. Genüsslich und erfüllt von Selbstvertrauen schob sie ihren Tanga über die Hüften nach unten. Jetzt stand sie fast vollkommen nackt, nur noch mit Strumpfhaltergürtel, Nylons und High Heels bekleidet vor dem Bett.

„Komm zu uns!", forderte die Baronesse.

„Du darfst sogar zwischen uns liegen, Süße", ergänzte Aimée und rückte von ihrer Freundin ein wenig ab.

***

Hanna strich mit der Fingerspitze über Michelles Schlüsselbein und legte dann die Handfläche auf ihre Brüste, sah, dass Aimées Hand beinahe simultan dieselben Bewegungen verrichtete.

Michelle genoss das Spiel, der Mittelpunkt des Begehrens solch ungewöhnlicher Liebhaberinnen zu sein. Selbst hier, im sanften Licht des Gemachs, strahlten ihre makellosen Gesichter eine aristokratisch-kühle Schönheit aus.

„Wie glatt ihre Haut ist", hauchte Hanna ihrer französischen Freundin zu und kuschelte sich an das von Lady Fortescue geschaffene Zwitterwesen in ihrer Mitte. Die langen schwarzen Haare kitzelten ihre Nase, und sie sog die letzten Reste eines animalisch-männlichen Geruchs daraus auf. In Hannas Schoß pochte es, die Nippel zogen sich umso enger zusammen, je mehr sie sie an Michelles Busen rieb.

Verfolgt von Aimées interessierten Blicken legte sie ihre Lippen langsam auf die ihrer neuen Spielpartnerin. Ein langer, heißer Kuss folgte, und als sie Aimées weiche Lippen wiederum in ihrem Nacken spürte, da schien Hanna in einen unendlich hohen Berg von Watte zu fallen. Ein Schauer von Glücksgefühlen lief ihr den Oberkörper hinunter und überzog alles mit einer kribbelnden Gänsehaut.

Michelle wurde jetzt aktiver, ihre Arme legten sich um Hannas Körper. Diese, noch immer küssend, ließ gemeinsam mit Aimée die Finger nach unten wandern, dorthin, wo das letzte noch verbliebene Stück Männlichkeit inzwischen eine stattliche Größe angenommen hatte. Sie befühlten Michelles flachen Bauch und folgten den kleinen Hügeln ihrer Bauchmuskeln, bis sie an ihre Erektion gelangten, die prall wie die dunklen Nippel ihres Busens emporstand.

Noch fester schmiegten sich beide an die bezaubernde Shemale in ihrer Mitte. Abwechselnd küssten sie sich. Die Zungenschläge und die Lippen der drei wurden fordernder und heizten sich gegenseitig zunehmend an. Stärker wurde das Verlangen, immer mehr loderte das Feuer der Leidenschaft in ihnen.

Als Hanna den Penis mit ihren Fingern fest umschloss und die Vorhaut bewegte, begann Michelle zu stöhnen. Welch eine Wonne war es, nach einer so langen Zeit wieder einmal einen echten Schwanz zu berühren, sinnierte Hanna. Zärtlich spielten ihre Fingernägel mit der Eichel, während sie langsam die Vorhaut vor und zurück schob und sich Aimées Hand um den sich immer stärker zusammenziehenden Hodensack schmiegte.

Eine Weile lagen die drei zwischen den vielen Seidenkissen, sie küssten und liebkosten sich, fuhren mit den Zungen über ihre steifen Nippel und rieben ihre Körper aneinander, bis Hanna es nicht mehr aushielt. Mit einem Satz schwang sie sich auf Michelles Oberschenkel und senkte dann langsam den Kopf. Ihre Küsse landeten auf Penis und Hoden. Aimée tat es ihr gleich, und als die Französin die Eichel mit ihren Lippen umschlang, da hob Michelle den Kopf an, um das erregende Spiel beobachten zu können. Sie massierte sich dabei ihre wohlgeformten Brüste, die einen Vergleich mit denen ihrer ehemaligen Herrinnen nicht zu scheuen brauchten. Hanna und Aimée beachteten sie aber in diesem Moment nicht, sie küssten sich, widmeten sich dann wieder abwechselnd Penis und Hoden.

Hanna vernahm den anregend männlichen Geruch von Michelles Geschlecht, schmeckte ihre Lust auf der Zunge. Der herbe Duft zwischen den unbehaarten Beinen entfachte ihr Verlangen zusätzlich. Ein Schwall von Feuchtigkeit schoss zwischen ihren Schenkeln hervor. Sie war bereits tropfnass, als sie plötzlich Aimées forschende Finger an ihrer Vagina bemerkte. Hart rieben sie über ihre geschwollene, pulsierende Klitoris und drangen dann in sie ein. Allein dieser Akt bescherte Hanna beinahe einen Höhepunkt. Sie zitterte am ganzen Körper, aber als sich das elektrisierende Kribbeln im Unterleib immer mehr ausbreitete, da zog sie diesen instinktiv zurück.

Nein, diesen ersten Orgasmus wollte sie auf andere Weise bekommen.

„Ich will von unserem neuen Spielzeug endlich gefickt werden! Lass uns gemeinsam auf ihr kommen, Schatz", flüsterte sie Aimée zu, hockte sich auf Michelles Unterleib und führte deren Penisspitze an ihre feuchtnasse Grotte.

Michelles Gesicht färbte sich daraufhin schamrot, was Hanna besonders erregte, ebenso wie der pralle Penis, der jetzt von ihrer Hand gehalten wurde. Die Vorfreude führte zu einem weiteren heftigen Ausstoß ihrer Liebessäfte.

Aimee grinste, als sie diesen Schwall von Flüssigkeit aus Hannas Vagina sah, der Michelles Oberschenkel und Penis benetzte. Sie wollte es ihr gleichtun und hockte sich über

Michelles Gesicht, so dass diese einen ungehinderten Blick auf die rosa Öffnung ihrer rasierten Scham werfen konnte. Aimées Erregung wuchs mit jeder Sekunde, und ihr Atem wurde schneller. Ihr Blick wich dabei nicht von den Augen der Baronesse. Gebannt wartete sie darauf, dass sich der Unterleib ihrer Freundin senken würde. Erst dann würde auch sie es tun, um Michelles Zunge an ihren Schamlippen zu spüren.

Simultan senkten sich die Unterleiber der beidem Frauen. Hanna schloss in ekstatischer Lust die Augen und bemerkte ein kurzes Stechen. Es war, als würde sie ihre Jungfräulichkeit ein zweites Mal verlieren. Es folgte ein glühender Schmerz, der jedoch sofort abnahm und sich in berauschendes Entzücken verwandelte. Ihr Unterleib füllte sich mehr und mehr. Sie jauchzte vor Lust auf. Die Reibung des harten Schwellkörpers an ihrem weichen, inneren Gewebe sorgte für die Lust, nach der sie nach dem erregenden Vorspiel so verlangte. Sie verlagerte ihr Gewicht, damit sie eine Hand zwischen ihre Beine stecken konnte, um die Hoden zu drücken. Ihre Finger hielten den Hodensack fest umklammert und sorgten dafür, dass der Penis tief in ihrer Scheide verharrte. Ihre Blicke kreuzten sich mit denen von Aimée, die das Spiel von Michelles Zunge leise stöhnend genoss und mit den Handflächen zärtlich ihre Brustwarzen massierte.

Dann ließ Hanna sanft ihre Hüften kreisen. Ihr Inneres zog sich zusammen, schloss sich wie eine glitschige Faust um das männliche Geschlecht, so, als wolle sie es nie wieder loslassen.

Michelles Penis zuckte, ihre Zunge spielte an Aimées Scham, sachte hob und senkte sie dabei ihren Unterleib.

Als Hannas Kreisbewegungen intensiver wurden und sie zu stöhnen begann, stieß Michelle heftiger zu. Hanna wurde jetzt am ganzen Körper durchgeschüttelt. Glühende Fäden des Entzückens kreuzten durch ihren Unterleib, zogen von dort bis ins Zentrum ihrer Seele. Ein weiterer Schwall warmer Säfte rann aus ihrer Vagina am Penis herab.

„Ja, ja, … bitte, … oh ja …!" schrie Hanna wie von Sinnen aus sich heraus, als die glühenden Fäden ihren ganzen Körper in lodernde Flammen versetzten. Mit einer schnellen Bewegung zog sie Aimées Kopf zu sich. Ihre Zungen spielten neckisch miteinander, dann vereinigten sie sich zu einem unendlich leidenschaftlichen Kuss.

Hannas Höhepunkt baute sich jetzt rasch auf und sie wusste durch Aimées schweres Atmen, dass auch ihrer dicht bevorstehen musste.

Ihre Leiber hoben und senkten sich, bis die Luft voll war vom lusterfüllten Stöhnen ihrer gemeinsamen sexuellen Ekstase. Von unterdrückten Keuch- und Kehllauten begleitet, spürte Hanna die warme Lava aus dem zuckenden Schwanz in ihr Loch spritzen. Mitgerissen von ihrer eigenen Erregung fasste sie nach Aimées Brüsten, massierte sie zärtlich. Beide Frauen kamen nun zur gleichen Zeit. Wie eine Flutwelle schwappte der gemeinsame Orgasmus über sie dahin. Ihre nackten Leiber zuckten in unkontrollierten Bewegungen.

Auch wenn die drei Körper noch lange Zeit mit latenter Lust pochten, stellte sich nach und nach eine Ruhe ein. Hanna schloss die Augen und ließ sich in die Arme ihrer Freundin fallen. Eine Weile wollte sie in der Geborgenheit von Aimées und Michelles Armen verharren und Kraft für das schöpfen, was noch kommen sollte, denn sie wusste, dass sie noch lange nicht genug hatte.

***

Michelle erwachte erst am frühen Abend. Mit geschlossenen Augen tastete sie zwischen den Kissen vergeblich nach Aimées und Hannas Körper.

Sie hatten das Bett verlassen.

Zufrieden legte sie die Hand auf ihren schlaffen, von klebriger Feuchtigkeit benetzten Penis und kuschelte sich in die weichen Seidenkissen. Eine Weile verharrte sie so in einem wohligen Schlummer. Auf der Schwelle vom Bewusstsein zum Schlaf hörte sie, wie jemand ihren Namen rief:

„*Michelle!*"

Wie Blitzlichter tauchten die Erinnerungen der Nacht vor ihren geschlossenen Augen auf. Bis in die späten Morgenstunden hatten sich die drei in einer immer ungestümer und leidenschaftlicher drehenden Spirale der Begierde geliebt. In Gedanken sah sie die wundervollen Körper ihrer beiden Liebhaberinnen vor sich, die von ihrem harten Schwanz von einem Orgasmus zum nächsten getrieben wurden.

„*Michelle!*"

Dieser köstliche Geschmack des heißen, weiblichen Tempels der Baronesse!

„*Michelle!*"

Aimées feuriger Blick, als der steife Penis in ihren Anus eindrang.

„*Michelle!*"

Wie von Sinnen hatte die Baronesse gestöhnt, als sich Sperma über ihre Brüste ergoss. Mit begehrlichen Blicken hatte sie dann beobachtet, wie Aimée diesen lustvoll von ihren Brustwarzen schleckte.

„*Michelle!*"

Sogar in der Hundestellung wollte die Baronesse gefickt werden, während das Spiel ihrer Zunge Aimées Muschi zum Höhepunkt brachte.

„*Michelle ... Michelle?*"

Aus dem Halbschlaf langsam in eine Phase des Bewusstseins zurückkehrend, blickte sie um sich, rieb sich die verschlafenen Augen.

„Michelle? ... Wo bleibst du denn?", rief jemand jetzt ganz deutlich.

Es war die Stimme der Baronesse. Von woher kam sie? Wie oft hatte sie schon gerufen, während sie in den träumerischen Erinnerungen der vergangenen Nacht geschwelgt hatte?

Mit einem Satz sprang sie aus dem Bett, warf sich einen von Aimées Seidenkimonos über und schlüpfte in die Pumps. Das Rufen musste aus dem Badezimmer nebenan gekommen sein, vermutete sie. Zielstrebig schritt sie zur Verbindungstür und drückte die Klinke.

Feuchtwarme Badezimmerluft empfing sie. Sie hörte das Plätschern von Wasser und vernahm den Duft von Rosmarin und Jasmin.

„Na, endlich! Ich dachte, du würdest überhaupt mehr aufwachen! Komm schon, mein hübsches Spielzeug! Ich will es hier im heißen Wasser von dir noch einmal besorgt bekommen!", lachte die Baronesse aus einem blubbernden Whirlpool heraus.

In diesem Moment gesellte sich Aimée zu ihr ins dampfende Wasser. Als sie in das Becken stieg, sah Michelle, dass die Französin einen Strapon umgeschnallt hatte.

„Worauf wartest du? Komm in unsere Mitte! Hanna wartet nicht gerne!", sagte Aimèe vieldeutig und umfasste den Gummipimmel, der mit jeder ihrer Bewegungen auf und ab wippte.

In diesem Moment spürte Michelle wie sich ihr eigener Unterleib mit Blut füllte und sich der Penis langsam wieder aufbaute.

13.

„Ein Weg, dem Vergessen der Menschheit zu entrinnen, ist das Schreiben! Ich werde dir Feder, Tinte und Papier bringen lassen. Du bist des Schreibens mächtig. Bring also das, was dir hier auf Black Swan Manor widerfahren ist, zu Papier. Am besten, du beginnst die Geschichte von Anfang an. Wie wäre es, wenn du genau mit der Stelle beginnst, als du mit der Kutsche angereist bist?", grinste sie und verschwand in der Dunkelheit des Kellergangs.

„Das waren in etwa seine letzten leserlichen Worte", konstatierte Michelle mit nachdenklicher Stimme und scrollte das von ihr verfasste Dokument am Bildschirm nach unten. „Übrigens habe ich für meine Übertragung in einen modernen Sprachgebrauch die Romanform gewählt. Ich war der Meinung, dass die am verständlichsten sei."

Sie nahm eines der alten, fleckigen Papiere und betrachtete es eingehend.

„Leider wird Byrons Handschrift danach so undeutlich, dass ich nur noch Fragmente davon entziffern kann. Er hat zum Ende hin beim Schreiben stark gezittert, muss unter Stress gestanden haben."

„Oder er hatte Todesangst!", ergänzte Hanna.

Aimée sah Hanna fragend an und warf dann ein Holzscheit in das Kaminfeuer, das knackend aufflackerte. Ein kurzes Spiel aus Schatten und Licht flog über die Wände und erhellte die Bibliothek für einige Sekunden bis an die Decke.

„Das, was du übersetzt hast, ist schon sehr aufschlussreich. Es lässt aber noch zu viele Fragen offen und wirft neue auf. Was lässt sich aus dem restlichen, unleserlichen Gekritzel denn noch erkennen? Streng dich an, Michelle, es ist sehr wichtig für mich!", sagte Hanna in einem ungewohnt besorgten Ton, verließ ihren Platz vor dem Kamin und wanderte unruhig vor den Bücherregalen hin und her. Sie verschwand in einer dunklen Ecke und war nun ganz von Schatten umgeben.

Tief atmete sie durch und sah, dass Aimée sich auf ihren Platz zurückbegab, während Michelle sich daran machte, unter der Leselampe mit einer Lupe die Schrift besser zu entziffern. Außer dem Knistern im Kamin herrschte Stille.

Irgendwo musste doch der Schlüssel zu diesen dauernden Erscheinungen versteckt sein, überlegte Hanna. Nein, dieses komische Gespenst, ganz offensichtlich die Gestalt der vor fast zwei Jahrhunderten verstorbenen Lucy, bereitete ihr gewiss keine Angst. Aber es stellte ihr Weltbild als realitätsbezogene und mit beiden Beinen auf der Erde stehende Frau vollkommen auf den Kopf. Aberglaube und Geister waren für sie bisher nicht mehr als dummer Schabernack gewesen, entstanden aus den wirren Ideen irgendwelcher Spinner, die damit die Aufmerksamkeit anderer auf sich zu ziehen versuchten. Ihre Reputation als Domina und strenge Herrin über Black Swan Manor wäre dahin, wenn diese Sache herauskäme, ausgerechnet jetzt, wo in der nächsten Woche die ersten Kunden eintreffen würden. Sie musste dem aberwitzigen Problem ein Ende bereiten, und zwar so schnell und nachhaltig wie nur möglich.

In diesem Moment räusperte sich Michelle.

„Also …, wie ich schon sagte …, die letzten Aufzeichnungen sind sehr lückenhaft und nur noch Fragmente. Nach dem, was ich entziffern kann, verbrachte Percy Byron die folgenden Monate auf Black Swan Manor und stellte das Bildnis von Lucy, die inzwischen schwanger war, fertig. In den letzten Wochen ihrer Schwangerschaft wurde sie von einer seltsamen Krankheit heimgesucht, die sie immer schwächer werden ließ. Kurz vor der Entbindung hatte sie bleich wie ein Gespenst ausgesehen, mit eingefallenen Augen und einer hellen, pergamentartigen Haut."

Genau so, wie sie mir immer wieder erscheint, überlegte Hanna und trat aus der Dunkelheit hervor. Auf ihrer schwarzen, glänzenden Satinbluse und dem Lederrock reflektierte sich das Kaminfeuer.

„Sprich weiter!", sagte sie und setzte sich zu Aimée.

„In dieser Zeit muss dieser verräterische Diener wieder auf Black Swan Manor aufgetaucht sein. Ich vermute mal, weil sich in ihm das schlechte Gewissen geregt hatte. Vielleicht wollte er aber auch nur Geld erpressen. Er hat dem Earl dann offenbar von dem Gift erzählt, das er ihm Monate zuvor immer heimlich auf Lucys Befehl hin verabreicht hatte. Percy Byron hadert in seinen nächsten Sätzen mit der Tatsache, dass die ‚Herrin' dem Diener bei dem Vorfall im Teehaus das Leben geschenkt hatte."

Eine Zeitlang studierte Michelle wieder die Aufzeichnungen, hob dann den Kopf.

„Kurz danach müssen sich die Ereignisse überschlagen haben. Das aus Frankeich stammende Hausmädchen, Adélaide, wird eines Morgens ertrunken im Black Swan Lake aufgefunden. Percy bekommt den Verdacht, dass der Earl sie ermorden ließ. Einen Tag darauf liegen die zerschmetterten Körper von Alice und Jamie vor dem Eingangsportal des Anwesens. Wie einer der Knechte beobachtet haben wollte, sollen beide aus dem Fenster des Turmzimmers geklettert sein und sich dann von einem Mauervorsprung Hand in Hand in den Tod gestürzt haben. Byron schreibt dann, dass er um sein Leben fürchte und noch in derselben Nacht aus dem Schloss flüchten wolle. Er fürchte die Rache des Hausherrn, dessen Verstand sich nach dem Tod des Hausmädchens aufgeklart hatte. In der Dunkelheit wolle er sich nach London durchschlagen, um von dort eine Postkutsche nach Norden zu nehmen."

Michelle las wieder eine Weile, zog dann den Stuhl von dem mit unzähligen Papieren und Büchern bedeckten Bibliothekstisch zurück und rieb sich die Augen.

„Es wird jetzt noch misslicher. Soll ich wirklich weitererzählen?"

„Ja, aber erst brauche ich einen Drink. Außerdem werde ich Adam auf den Dachboden schicken, wo er für uns etwas suchen muss. Dort oben befindet sich ein weiteres Puzzleteil, um das Rätsel zu lösen. Langsam beginne ich zu ahnen, wie alles zusammenhängt!"

***

Hanna trank das mit Vodka gefüllte Glas in einem Zug aus und griff instinktiv nach ihrer Reitgerte. Es war schon verrückt, überlegte sie, aber mit diesem Zuchtinstrument in der Hand fühlte sie sich einfach besser, auf seltsame Art und Weise *sicherer*.

Sie schritt an Adam, der einen in Stoff eingewickelten Gegenstand auf den Tisch gelegt hatte, vorbei und sprach mit deutlicher Stimme:

„Gut, wie ich sehe, hast du es auf dem Dachboden gefunden!"

Daraufhin nickte sie Michelle zu.

„Erzähle uns jetzt den Rest aus den Aufzeichnungen", sagte sie zu ihr und ließ sich auf der breiten Lehne des Sessels nieder, auf dem Aimée saß.

Aimée wirkte weitaus angespannter als zuvor, was nach Hannas Meinung wohl am grausamen Tod des französischen Hausmädchens Adélaide lag. In dem Moment, als Michelle davon erzählte, hatte Hanna zu ihr hinübergeblickt und gesehen, wie sie zusammengezuckt war. Auch Aimée war einst als Hausmädchen eingestellt worden. Ob Lucy eine ähnliche Beziehung zu Adélaide hatte, wie Hanna zu Aimée? Percys Aufzeichnungen schweigen sich darüber aus, in

Anbetracht der vielen Parallelen zwischen Hannas und Lucys Leben lag dies aber nahe.

Michelle schob sich die Haarsträhnen hinter das Ohr und warf einen konzentrierten Blick auf das Manuskript vor sich, sprach dann nach kurzer Zeit weiter:
„Wie ich es hier herauslese, hat Byron noch in der Nacht seine wichtigsten Sachen gepackt und wollte die Flucht durch den Wald antreten. Dann muss er sich aber kurzerhand dazu entschlossen haben, Lucy noch ein letztes Mal aufzusuchen, um ihr Lebewohl zu sagen. Erst Stunden zuvor hatte sie Zwillinge zur Welt gebracht – einen Sohn und eine Tochter, *seine* von ihm gezeugten Kinder, wie er annahm! Als er ihr Zimmer betrat, waren die Babys verschwunden. Seine letzten Sätze sind mit ungewöhnlicher Klarheit niedergeschrieben worden:
Die von mir gezeugten Kinder waren ihr entrissen worden. Leblos und kalt liegt ihr schlaffer Körper in meinen Armen. Gar im Tode und mit dem zur Geisterhaftigkeit veränderten Antlitz ist ihre Herrlichkeit noch immer grenzenlos! Mein Leben ist dahin! Zur zwölften Stunde, wenn der Earl seine Nachtruhe sucht, werde ich diesen von Gott verfluchten Ort verlassen. Jetzt, wo ich diese letzten Worte niederschreibe, beginne ich zu beten: Gott steh mir bei, mögen die Dunkelheit der Wälder und die Unwegsamkeit der Moore mir genügend Schutz geben!"

„Hat Byron etwa seine Herrin getötet?", fragte Aimée nach einer Weile des Schweigens in den Raum hinein.
„Nein, er war es nicht! Einen Teil der Frage kann der Inhalt dessen beantworten, was Adam für uns vom Boden geholt hat", antwortete Hanna, trat an den in Stoff eingewickelten Gegenstand heran.
Bedächtig befreite sie ihn von dem fleckigen Leinengewebe, legte ihn daraufhin wieder vorsichtig auf die Tischplatte.

„Das hier ist das von Percy Byron in der Folterkammer gemalte Portrait von Lucy!"

Eine gespenstische Stille machte sich breit. Sie war so beklemmend wie das, auf das jetzt alle Anwesenden blickten:
Lucy lag sinnlich lächelnd und nur halbwegs mit einem Pelz bedeckt auf einer mit Fellen ausgelegten Ottomane. Der linke Arm ruhte lässig auf der Lehne, eine Reitpeitsche in der Hand haltend, das Haar zu einem strengen Knoten gebunden und mit einem silbernen, schwanenförmigen Diadem geschmückt. Sanft streichelte ihre Hand über eines der vielen Felle, dabei sehnsüchtig zu dem blickend, was bei ihr saß. Ihr halb entblößter Oberkörper reckte sich vor und bot sich ihrem Gegenüber begehrlich an. Angsteinflößend schwarz präsentierte sich diese Gestalt, so dass ein furchterregender Effekt nicht geleugnet werden konnte. Dieses seltsame Wesen war auf dem dunklen Bild nur schwer auszumachen, somit offen für diverse Deutungen. Am ehesten war es wohl mit der Gestalt eines schwarzen Schwans mit ledrigen Schwingen zu vergleichen.
Mit einer schnellen Bewegung klappte Hanna den Stoff wieder über das Bild und beendete damit die Stille.
„Das reicht! Vielleicht ist es besser, nicht zu viel in diesem Bild zu entdecken!"
Nach diesen Worten trat sie an einen in der Ecke der Bibliothek befindlichen Schreibsekretär und holte einen vergilbten Brief aus einem der Schubfächer hervor.
„Michelle, du kannst uns jetzt den Inhalt des Briefes vorlesen! Ich habe ihn bei meinem Umzug aus Deutschland mitgenommen. Er stammt aus dem Besitz des Hauses Nordgründen. Ich bin immer davon ausgegangen, dass er von dem damaligen deutschen Freiherrn Friedrich zu Nordgründen kurz vor seinem Tod geschrieben worden sei. Aber ganz offensichtlich habe ich es falsch gedeutet, denn er

wurde vom Earl of Devonshire verfasst und ist an seinen deutschen Vetter Friedrich gerichtet. Beide Häuser waren seit dem 16. Jahrhundert familiär eng verbandelt. Ich kenne den Inhalt des in deutscher Sprache gehaltenen Briefes zwar schon, möchte aber, dass auch ihr ihn hört, um alles zu verstehen. Michelle, ich denke, mit deinen Kenntnissen der deutschen Sprache wird es für dich kein allzu großes Problem darstellen, uns diesen Brief vorzulesen", sagte sie und legte das vergilbte Papier so unter das Licht der Tischlampe, dass Michelle es lesen konnte.

Diese räusperte sich einmal und begann langsam vorzulesen:
„An meinen geehrten Vetter und Freund!
Meine geliebte Lucy sollte mit ihrer Prophezeiung Recht behalten. Indem ich sie in meinem Wahn noch im Wochenbett mordete, entriss ich der Welt ein Wesen, das anzubeten mich das Schicksal zwang.
Mit dem Ende des Malers machte ich mich noch am selben Tage zum zweiten Male zum Sünder. Ich ließ diesen spitzbärtigen Burschen von zwei gedungenen Meuchelmördern verfolgen und man erschlug ihn auf der großen Lichtung, hinter dem Rücken des Gottes der Liebe. Noch in der Nacht ließ ich seine sterblichen Reste an derselben Stelle vergraben. Möge seine verdorbene Seele so auf ewig den wachsamen Augen Amors verborgen bleiben.
Schon bald nach diesen schrecklichen Tagen verfinsterte sich das Firmament meiner Seele. Melancholie und Gram verdüsterten es mit dunklen Wolken. Entsetzliche Vermutungen und Gedanken erfüllten meinen Geist. Trugbilder verfolgen mich bis zum heutigen Tage.
Seit diesen bedauerlichen Tagen meines Sündenfalls schweiften meine Empfindungen immer wieder zu meiner Lucy zurück. Ich sah sie als Gespenst in Spiegeln und ihre bleiche Gestalt suchte mich an meinem Nachtbette auf, mich aus hohlen, leeren Augen anklagend ansehend.
Ich habe lange Zeit meines verfluchten Lebens verbracht, vor ihrem Bildnis zu verweilen, um die wahre Tiefgründigkeit ihrer Seele darin zu

erfassen. Vergeblich ließ ich ein Mausoleum erbauen und ihre sterblichen Reste darin betten, auf dass sie Ruhe fände.

Meine letzten Jahre gingen in tiefster Schwermut dahin. Lucys Zwillinge, gezeugt aus den dunklen Begierden des Schwarzen Schwans, reiften heran und wurden älter. Und je mehr ich ihre inzwischen ins Erwachsenenalter getretenen Gestalten betrachte, desto deutlicher entdecke ich an ihnen die Ähnlichkeit mit meiner geliebten Lucy, die durch meine Hand ihr Ende fand.

Jetzt, da meine Augen schwächer werden und mir das Schreiben immer schwerer fällt, kommt die Zeit, mein jämmerliches Leben zu beenden und vor meinen Schöpfer zu treten. Gott steh' mir bei, ich armer Sünder!"

14.

Der Wind hatte in der Nacht zugenommen und zog seit dem frühen Vormittag als Sturm von Westen über die Baumkronen. Hanna steckte die Hände in die Taschen ihres Pelzmantels und bemerkte, dass Aimée sich bei ihr einhakte. Verwelkte Blätter tanzten über den Kiesweg des Parks.

Vor zehn Minuten hatte Duncan Faulkner, ihr Chauffeur, angerufen. Er und Adam seien beim Graben mit dem Spaten auf etwas gestoßen. Er sei sich fast sicher, dass es ein Sarg sei und dass sie wohl die sterblichen Überreste des Malers gefunden hätten. Es sei genau an der Stelle, die die Herrin ihnen genannt hatte.

Seine Stimme war heiser und ungewohnt aufgeregt gewesen.

Hanna beschleunigte ihren Schritt und rief sich die Sätze aus dem Brief in die Erinnerung zurück:

Ich ließ diesen spitzbärtigen Burschen von zwei gedungenen Meuchelmördern verfolgen und man erschlug ihn auf der großen Lichtung, hinter dem Rücken des Gottes der Liebe. Noch in der Nacht ließ ich seine sterblichen Reste an derselben Stelle vergraben. Möge seine verdorbene Seele so auf ewig den wachsamen Augen Amors verborgen bleiben.

Der ermordete Maler musste also hinter der Bronzeplastik von Amor vergraben worden sein, hatte Hanna nach dem gestrigen Gespräch in der Bibliothek gefolgert.

Die Skulptur des griechischen Gottes zierte noch immer die große Lichtung. Ob es noch das Original war oder ob man sie irgendwann durch eine neue Figur ersetzt hatte, vermochte sie nicht zu sagen. Das war ihr jetzt auch egal. Auf keinen Fall wollte sie bei dem, was sie jetzt vorhatte, Zeit verlieren.

In dem Augenblick, als sie in den Wald gelangten, drang ein seltsames Geräusch aus den Bäumen. Im ersten Moment klang es wie das Jammern einer Frau, zog dann als Windböe durch die Baumkronen, die sich wie wild über ihr bewegten. Überall um sie herum war das Rascheln welker Blätter zu hören.

Nach kurzer Zeit passierten sie das Familienmausoleum, dessen helle Fassade zwischen den Baustämmen einige Meter abseits des Weges auf der rechten Seite zu sehen war. Für eine Sekunde stockte Hanna. Blitzte zwischen den knorrigen Stämmen nicht auch das weiße Kleid von Lucy auf? Huschte sie dort von Baum zu Baum, beobachtete Hanna und Aimée, während sie zur Lichtung eilten, dorthin, wo die Gebeine ihres geliebten Sklaven vergraben lagen?

Sie gingen nun so schnell sie konnten. Bis zur Lichtung waren es noch gut fünf Minuten, schätzte sie. Es war weniger Neugierde, die sie antrieb, als vielmehr der Wunsch, diese Sache endlich zu beenden. Der Eröffnungstag ihres Kerkers rückte immer näher.

Adam und Faulkner hatten direkt hinter dem Sandsteinsockel, auf dessen Spitze die Bronzefigur von Amor thronte, ein tiefes Loch in den Boden gegraben. Ihre fragenden Gesichter waren verschwitzt und von Sand verschmiert. Beide standen unten im Erdloch und ihre Köpfe befanden sich nahezu auf einer Höhe mit Hannas und Aimées Stiefeln.

„Gut, fangt langsam an, das Ding freizulegen!", sagte Hanna. Sie umfasste intuitiv den Griff ihrer Reitgerte ein wenig fester und ließ sich von Aimée eine Zigarette anzünden.

Die beiden vor Schweiß dampfenden Männer zogen daraufhin wieder ihre Arbeitshandschuhe über. Sie nahmen die Spaten und begannen, dünne Schichten Erde abzutragen.

Nach dreißig Minuten zog Faulkner die Hand über seine Stirn, hinterließ dabei einen weiteren sandfarbenen Streifen auf seinem Gesicht.

„Sechseckig! Obwohl er etwas klein ist, ... es ist definitiv ein Sarg. Vermutlich aus Blei! Es ist kaum zu glauben, dass der noch so gut erhalten ist", rief er nach oben, wandte sich dann zu Adam, der neben ihm im Loch stand: „Wir sollten nun links und rechts vom Sarg mehr in die Tiefe graben, so dass wir von der Seite herankommen! So können wir ihn besser öffnen und herausholen."

Die Männer benutzen eine Weile die Spaten und nahmen dann Maurerkellen in die Hand, um den Sarg ganz freizulegen.

Hanna begann unter ihrem Pelzmantel zu schwitzen. Sie drehte sich immer wieder prüfend um, denn sie wurde das Gefühl nicht los, beobachtet zu werden.

Lucy?

Die Männer legten die Kellen beiseite und befreiten mit einem Handfeger den jetzt freiliegenden Sarg von letzten Erdresten. Diesen aus dem Loch herauszubekommen erwies sich als schwerer als gedacht. Der Platz um den Sarg musste noch verbreitert werden, um Holzbohlen darunter schieben zu können. Zu sehr befürchtete man, dass er ansonsten in der Mitte zerbrechen könnte. Schließlich gelang es, Seile unter die Bohlen zu ziehen und so alles aus dem Loch herauszuheben.

„Sollen wir ihn öffnen?", fragte Faulkner und stütze sich pustend auf seinem Spaten ab.

Hanna schüttelte den Kopf.

„Nein! Ich denke, dass es nicht nötig ist. Legt den Sarg auf den Wagen und folgt uns!", antwortete sie und bewegte sich mit Aimée in Richtung Mausoleum.

***

Als Hanna den rostigen Schlüssel zur Familiengrabstätte im Schloss drehte und sich kurz darauf die schwere Holztür vor ihr öffnete, wurde sie von einem bleichen Körper empfangen.

Von so nahem hatte sie Lucy bisher noch nicht gesehen.
Beide waren sich jetzt so nah, dass Hanna sogar die Nähte des weißen Kleides erkannte und die Ringe an den Fingern der linken Hand, die ungeduldig mit den kleinen Knöpfen ihres Mieders spielten. Ja, Hanna erkannte in den eingefallenen Augen, dass Lucy auf die Gebeine ihres geliebten Percy sehnsüchtig wartete. Er war der einzige Mensch in ihrem kurzen Leben gewesen, dem sie jemals zeigen konnte, was sie unter wahrer Liebe verstand: Die Liebe einer Herrin zu ihrem Sklaven.

Hanna verspürte einen Kloß im Hals, nicht aus Ehrfurcht vor der unerklärlichen Situation, sondern wegen der Tatsache, dass ihre drei Begleiter von all dem nichts bemerkten. Lediglich Aimée schien ein wenig unruhig. Offenbar war ihr kalt geworden, denn sie zog den Kragen ihres Mantels hoch.

Auf Hannas Anweisung hin platzierten Adam und Faulkner den Sarg mit Byrons sterblichen Überresten ganz dicht neben dem, an dessen Seite die folgenden Worte zu lesen waren:

Countess Lucy of Devonshire 1816 - 1841

***

Lucy beobachtete die Arbeiten der beiden Männer, ohne sich zu rühren, bis sich unmerklich ihr Blick nach draußen in den Wald wandte, um sich irgendwo in der Ferne zu verlieren. In ihren Augen lag Erleichterung. Die lange Zeit der rastlosen Suche hatte endlich ein Ende gefunden.

Hanna verließ als letzte das Mausoleum. Als sie den Schlüssel in das Schloss steckte, da löste sich der bleiche Körper vor ihren Augen auf. Lucy hatte endlich ihre letzte Ruhe an der Seite der einzigen Liebe ihres Lebens gefunden.

15.

The Epping Evening Herald
Ermittlungen im Vermisstenfall Thomas Abbott eingestellt!

London – Wie kurz vor Redaktionsschluss bekannt wurde, sind die polizeilichen Ermittlungen im Fall des vermissten Thomas Abbott eingestellt worden. Nachdem er vor einem knappen Jahr aus seinem Urlaub nicht in den Universitätsdienst zurückgekehrt war, ging man zunächst von einem Verbrechen aus, so ein Sprecher der Polizei. Nach den derzeitigen Erkenntnissen ist allerdings nicht mehr von einem Verbrechen auszugehen.

„Die in der Wohnung des Vermissten aufgefundenen Unterlagen und mehrere kurz vor seinem Verschwinden verfasste Briefe belegen eindeutig, dass Thomas Abbott sich aus freiem Willen aus seinem Umfeld entfernt hat. Offenbar ist er zunächst mit der Bahn in nördlicher Richtung gereist, wo sich seine Spur verliert. Wir glauben, dass er sich in Südamerika aufhält."

Weiterhin im Dunkeln bleiben jedoch die Beweggründe für Abbots ungewöhnliches Handeln.

Thomas Abbott galt als aussichtsreicher Kandidat für die Besetzung eines neuen Lehrstuhls an der Universität, der inzwischen von Dr. Dean Fleming besetzt worden ist (wir berichteten).

Als Michelle die Lokalzeitung aus dem Vorort von London weglegte, hatte sie ein breites Grinsen in ihrem Gesicht.

„Wo wir gerade bei nicht mehr existenten Personen sind – was soll eigentlich mit Lucys Portrait geschehen?", fragte sie und blickte auf das wieder in Stoff gewickelte Gemälde, das an eines der vielen Regale der Bibliothek gelehnt stand. Es befand sich schon seit fast zwei Wochen an derselben Stelle. Niemand schien Lust zu haben, sich Gedanken über den Verbleib des Bildes zu machen. „Wollen wir es in die Ahnengalerie auf dem Flur hängen oder wieder auf dem Dachboden deponieren?"

Bei ihren letzten Worten spürte sie den Druck der sich zuziehenden Schnüre ihres Latexkorsetts.

Hanna zog die Schleife fest an Michelles Rücken zu und band einen Doppelknoten.

„Zeig dich mal von vorne, Schatz!", forderte sie ihre transsexuelle Freundin auf und wandte sich dann zu Aimée: „Mit dem neuen Korsett wird unsere Süße auch den müdesten Kunden zu einem potenten Hengst und den störrischsten Esel zu einem folgsamen Sklaven machen. Man wird ihr zu Füßen liegen."

Die Cups aus dickem Gummi hatten alle Mühe, die strammen Brüste zu bändigen. Michelles volle Haarpracht hatte nun auch endlich ihre Wunschlänge erreicht. Eine dichte, pechschwarze Löwenmähne legte sich über Schultern und Nacken und erstreckte sich wallend über den Rücken. Schwarze Latexstrümpfe schmiegten sich um ihre langen Beine, endeten in solch hochhackigen Stiefeln, dass Hanna zu ihr aufsehen musste, wenn sie neben ihr stand. Nur ein sanfter Hügel unter dem Slip verriet, dass sich dort der Rest ihrer Männlichkeit verbarg, dessen Potenz sie und Aimée in Anspruch nahmen, wenn ihnen danach war.

Hanna gab Michelle einen freundschaftlichen Klaps auf den Po. Eine Mischung aus Freude, Ausgelassenheit und Aufregung erfüllte sie. Sie nahm das in Stoff eingewickelte Bild unter den Arm und stolzierte damit zum Kamin.

„Lucy hat ihre Ruhe endlich gefunden! Vergangenheit soll Vergangenheit bleiben! Für uns gibt es das Jetzt und Heute! Und ich habe verdammte Lust, heute am erstbesten Kunden meinen Sadismus auszuleben um mich danach vor seinen Augen von euch beiden verwöhnen zu lassen!", lachte sie und warf das Bild ins Feuer.

Gemeinsam verließen die drei den Raum. In einer halben Stunde würden die ersten Kunden eintreffen.

***

Als der Stoffrücken des Portraits verbrannte, löste sich ein hinter dem Bilderrahmen verborgenes Zeichenpapier, das durch die aufsteigende Warmluft hochgewirbelt wurde. Für eine oder zwei Sekunden tanzte das vergilbte Blatt neckisch auf den Flammen, um dann mit einem kurzen und hellen Aufflackern zu verbrennen.

Niemand würde die Kohlezeichnung darauf mehr betrachten oder das lesen können, was auf der Rückseite geschrieben stand:

„Der Schwarze Schwan! Nach den Beschreibungen meiner Herrin Lucy, so wie er ihr einst im Spiegel erschienen war. Percy Byron, im Jahre der Herrin 1840"

EPILOG

Es geschah an einem warmen Sommertag, nur ein paar Jahre nach den schicksalhaften Ereignissen des Jahres 1840:

Lucy verharrte eine Weile in der von Buchen gesäumten Zufahrt zu Black Swan Manor. Auch wenn sie lange fort gewesen war, war noch vieles so wie früher. Vor allem die drei Bäume am Ende des Weges erkannte sie genau wieder. Erst kam die Buche, in die beim großen Gewitter während des schwülheißen Sommers im Jahre 1839 der Blitz eingeschlagen war und dann die mit dem dicken Stamm, hinter der sie sich beim Versteckspiel mit Alice und Jamie so gerne verborgen hatte. In die Rinde des letzten Baumes hatte Percy nach einem gemeinsamen Spaziergang mit einem Messer ihre beiden Initialen eingeritzt.

L.o.D. und P.B., las sie in Gedanken und zeichnete die geschwungenen Buchstaben und das sie umgebende Herz, die durch nachwachsende Rinde mittlerweile wie alte Narben aussahen, mit dem Finger nach.

Percy! Ich bin nach meiner langen Reise wieder zu Hause! Endlich kann ich dich in meine Arme schließen!

Der große Findling vor dem Haus war verschwunden. Stattdessen hatte man hier einen runden Steinbrunnen angelegt. Leise plätscherte Wasser aus den vielen Wasserspeiern, die Figuren der griechischen Mythologie nachempfunden waren. Stetig quoll es aus grotesken Gesichtern, aus Mündern von skurrilen Schimären, aus Penissen und aus Füllhörnern.

Wie so oft stand die große Eingangstür am Portal offen. Unbemerkt von dem in der warmen Nachmittagssonne dösenden Hund huschte sie die Steintreppe hinauf. Nein, die zweite Treppenstufe wackelte nicht mehr, wenn man drauftrat, fiel ihr auf.

Sie betrat die große Eingangshalle, die inzwischen mit einem Teppich ausgelegt war, der exotische Muster aufwies, die sie an die märchenhaften Geschichten des Morgenlandes erinnerten. Erwartungsvoll rief sie nach Percy, ihrem geliebten Sklaven, bekam aber keine Antwort. Als sie die Halle durchquert hatte und die geschwungene Treppe in das Obergeschoss nahm, bekam sie Herzklopfen, halb aus Ungeduld, halb aus einem Gefühl, dass etwas nicht stimmen konnte. Alles schien hier irgendwie anders als gewohnt. Ungeduldig huschte sie über den langen Flur.

Percy!

Es drängte sie jetzt nur noch zu ihrem Maler und Sklaven, der jetzt sicher vor einem seiner Landschaftsbilder saß. Sie schlüpfte durch den Spalt der offenstehenden Tür zu seinem Atelier, bemerkte aber, dass es zu einem Schlafzimmer mit zwei Kinderbetten umfunktioniert worden war. Zwei kleine, blondgelockte Kinder spielten vor dem Galeriefenster des Zimmers. Sie waren so in das Spiel mit ihren Holzpferden vertieft, dass sie Lucys Eintreten nicht bemerkt hatten.

„Wer seid ihr, und wo ist der Maler? Wo ist Percy? Percy Byron?", rief sie den Kindern zu, die sich jedoch weder zu ihr umdrehten noch antworteten. Da sie auf ein vorsichtig ausgesprochenes „Kinder? Hört ihr mich nicht?" ebenfalls keine Reaktion erhielt, trat sie dichter an sie heran.

Plötzlich drehten sich die beiden fast gleichzeitig um.

Zwei grüne Augenpaare sahen in ihre Richtung.

Sie haben dieselbe Augenfarbe wie ich, stellte sie fest und lächelte die Kinder an, die sich noch immer seltsam reglos verhielten.

„Seid ihr es, meine Kinder?", erkundigte sie sich unsicher und fiel plötzlich auf die Knie. „Bin ich so lange fortgewesen?"

Tränen liefen über ihre bleiche Wange.

„Mir fröstelst's! Es ist auf einmal so kalt im Zimmer", sagte der Junge zu seiner Schwester, die darauf entgegnete:

„Mir ist auch kühl. Gehen wir nach unten und spielen im Hof, wo die Sonne scheint! Dort wird es wärmer sein."

Das Mädchen stand auf und nahm den Bruder an die Hand. Gemeinsam verließen sie das Kinderzimmer.

Sie hatten nicht bemerkt, dass sie dabei direkt durch ihre Mutter hindurchgegangen waren.

ENDE

In Vorbereitung sind die folgenden Arbeiten von Edyta Zaborowska:

Lucys Versuchung (erotische Kurzgeschichte)

Die Feminisierung des Thomas Abbott (erotische Novelle)

Beide Geschichten werfen ein näheres Licht auf die Vorgänge im vorliegenden Roman. Während in „Lucys Versuchung" die Vorgeschichte von Lucy während ihres Aufenthalts in einem Kloster erzählt wird, schildert „Die Feminisierung des Thomas Abbott" die von Hanna und Aimée angewandten Methoden aus Zuwendung, Bestrafung, Dominanz und Belohnung, um das in Abbott schlummernde, weibliche Bewusstsein zu erwecken.